Sebastian Fitzek

DIE THERAPIE

Psychothriller

Lizenzausgabe der Axel Springer AG, Berlin
1. Auflage April 2012

Ungekürzte Lizenzausgabe
Copyright © der Originalausgabe 2006 by Knaur Taschenbuch.
Ein Unternehmen der Droemerschen Verlagsanstalt
Th. Knaur Nachf. GmbH & Co. KG, München

Konzeption und Gestaltung: Klaus Fuereder, Berlin
Projektkoordination: Stephan Pallmann, Alexandra Wesner

Satz: CPI – Ebner & Spiegel, Ulm
Druck und Verarbeitung: CPI – Ebner & Spiegel, Ulm

ISBN 978-3-942656-16-0

Was ich bei der Behandlung oder auch außerhalb meiner Praxis im Umgang mit Menschen sehe und höre, das man nicht weiterreden darf, werde ich verschweigen und als Geheimnis bewahren.

Aus dem hippokratischen Eid

Zeige mir deine Freunde und ich sage dir, wer du bist.

Sprichwort

Prolog

ALS DIE HALBE STUNDE VERSTRICHEN WAR, wusste er, dass er seine Tochter nie wiedersehen würde. Sie hatte die Tür geöffnet, sich noch einmal kurz zu ihm umgedreht und war dann zu dem alten Mann hineingegangen. Doch Josephine, seine kleine zwölfjährige Tochter, würde nie wieder herauskommen. Er war sich sicher. Sie würde ihn nie wieder strahlend anlächeln, wenn er sie zu Bett brachte. Er würde nie wieder ihre bunte Nachttischlampe ausknipsen, sobald sie eingeschlafen war. Und nie wieder würde er von ihren grauenhaften Schreien mitten in der Nacht geweckt werden. Diese Gewissheit traf ihn mit der plötzlichen Wucht eines heftigen Auffahrunfalls.

Als er aufstand, wollte sein Körper auf dem wackeligen Plastikstuhl sitzen bleiben. Er hätte sich nicht gewundert, wenn seine Beine eingeknickt wären. Wenn er einfach umgekippt und auf dem abgenutzten Parkettboden des Wartezimmers liegen geblieben wäre. Genau zwischen der drallen Hausfrau mit der Schuppenflechte und dem Tischchen mit den veralteten Illustrierten. Doch die Gnade der Ohnmacht wurde ihm nicht gewährt. Er blieb bei Bewusstsein.

Patienten werden nicht nach dem Zeitpunkt ihres Erscheinens, sondern nach Dringlichkeit behandelt.

Das Hinweisschild an der weißen, lederverkleideten Tür zum Behandlungsraum des Allergologen verschwamm vor seinen Augen.
Dr. Grohlke war ein Freund der Familie und Arzt Nummer zweiundzwanzig. Viktor Larenz hatte eine Strichliste angelegt. Die einundzwanzig Ärzte zuvor hatten nichts finden können. Gar nichts.
Der Erste, ein Notarzt, war am zweiten Weihnachtsfeiertag auf das Familienanwesen nach Schwanenwerder gekommen. Auf den

Tag genau vor elf Monaten. Erst glaubten sie alle, Josephine hätte sich nur an dem Festtags-Fondue den Magen verdorben. Sie hatte sich in der Nacht mehrfach übergeben und dann Durchfall bekommen. Seine Frau Isabell verständigte den privatärztlichen Notdienst, und Viktor trug Josy in ihrem feinen Batistnachthemd nach unten ins Wohnzimmer. Noch heute spürte er ihre dünnen Ärmchen, wenn er daran dachte. Das eine Hilfe suchend um seinen Hals gelegt, mit dem anderen ihr Lieblingsstofftier, die blaue Katze Nepomuk, fest umklammernd. Unter den strengen Blicken der anwesenden Verwandten hatte der Arzt den schmalen Brustkorb des Mädchens abgehört, ihr eine Elektrolyt-Infusion gegeben und ein homöopathisches Mittel verschrieben.

»Ein kleiner Magen-Darm-Infekt. So was grassiert gerade in der Stadt. Aber keine Sorge! Alles wird gut«, waren die Worte gewesen, mit denen sich der Notarzt verabschiedete. Alles wird gut. Der Mann hatte gelogen.

Viktor stand direkt vor Dr. Grohlkes Behandlungszimmer. Als er die schwere Tür öffnen wollte, konnte er noch nicht einmal die Klinke runterdrücken. Erst dachte er, die Anspannung der letzten Stunden hätte ihm selbst dafür die Kraft geraubt. Dann wurde ihm klar, dass die Tür verschlossen war. Jemand hatte von innen einen Riegel vorgelegt.

Was geht hier vor?

Er drehte sich abrupt um und hatte das Gefühl, seine Umgebung wie in einem Daumenkino zu betrachten. Alles, was er sah, erreichte zeitversetzt und in ruckartigen Bildern sein Gehirn: die irischen Landschaftsaufnahmen an den Praxiswänden, der verstaubte Gummibaum in der Fensternische, die Dame mit der Schuppenflechte auf dem Stuhl. Larenz rüttelte ein letztes Mal an der Tür und schleppte sich dann durchs Wartezimmer auf den Gang hinaus. Der Flur war immer noch hoffnungslos überfüllt. Als ob Dr. Grohlke der einzige Arzt in Berlin wäre.

Viktor ging langsam nach vorne zum Empfang. Ein Teenager mit nicht zu übersehenden Akneproblemen wollte sich gerade ein Rezept ausstellen lassen, doch Larenz stieß ihn rüde zur Seite und fing sofort an, auf die Sprechstundenhilfe einzureden. Er kannte

Maria von seinen früheren Besuchen her. Als er vor einer halben Stunde mit Josy die Praxis betreten hatte, war sie noch nicht da gewesen. Jetzt war er froh, dass ihre Vertretung offensichtlich Pause hatte oder woanders gebraucht wurde. Maria war zwar erst Anfang zwanzig und sah aus wie eine etwas korpulente Torhüterin beim Frauenfußball. Aber sie hatte selbst eine kleine Tochter. Sie würde ihm helfen.

»Ich muss dringend zu ihr rein«, sagte er lauter als beabsichtigt.
»Oh, guten Tag, Herr Dr. Larenz, schön, Sie mal wieder zu sehen.« Maria erkannte den Psychiater sofort. Er war lange Zeit nicht mehr in dieser Praxis gewesen, aber sie sah sein markantes Gesicht oft genug im Fernsehen und in Zeitschriften. Er war ein beliebter Gast in Talkshows. Nicht zuletzt wegen seines guten Aussehens und seiner lockeren Art, komplizierte seelische Probleme auch für Laien verständlich zu erklären. Heute allerdings sprach er in Rätseln.

»Ich muss sofort zu meiner Tochter!«
Der Junge, den er zur Seite gestoßen hatte, spürte instinktiv, dass mit dem Mann etwas nicht stimmte, und ging noch einen Schritt beiseite. Auch Maria war verunsichert und bemühte sich, ihr stereotypes, eingeübtes Lächeln nicht zu verlieren.

»Ich verstehe leider nicht, wovon Sie reden, Dr. Larenz«, sagte sie und griff sich nervös an ihre linke Augenbraue. Normalerweise steckte hier ein Piercing, an dem sie immer zupfte, wenn sie aufgeregt war. Doch ihr Chef Dr. Grohlke war konservativ, und sie musste den silbernen Steckstift rausnehmen, sobald Patienten in der Praxis waren.

»Hat Josephine denn überhaupt einen Termin für heute?«
Larenz öffnete den Mund, um ihr seine Antwort entgegenzuschleudern, hielt dann aber inne und schloss ihn wieder. Natürlich hatte sie heute einen Termin. Isabell hatte ihn telefonisch fest vereinbart. Und er hatte Josy hingefahren. Wie immer.

»Was ist eigentlich ein Allergologe, Papi?«, hatte sie ihn noch im Auto gefragt. »Macht der das Wetter?«
»Nein, Maus. Das ist ein Meteorologe.« Er hatte sie im Rückspiegel beobachtet und sich gewünscht, ihr blondes Haar streicheln

zu können. Sie war ihm so zerbrechlich erschienen. Wie ein Engel auf japanischem Seidenpapier.

»Der Allergologe kümmert sich um Menschen, die mit bestimmten Stoffen nicht in Berührung kommen dürfen, weil sie sonst krank werden.«

»So wie ich?«

»Vielleicht«, hatte er gesagt. *Hoffentlich*, hatte er gedacht. Das wäre wenigstens eine Diagnose. Ein Anfang. Die unerklärlichen Symptome ihrer Krankheit beherrschten mittlerweile die gesamte Familie. Josy ging schon seit einem halben Jahr nicht mehr zur Schule. Die Krämpfe kamen meistens so unvermittelt und unregelmäßig, dass sie es in keinem Klassenzimmer lange ausgehalten hätte. Isabell arbeitete daher nur noch halbtags und organisierte Josys Privatunterricht. Und Viktor hatte seine Praxis in der Friedrichstraße ganz geschlossen, damit er sich rund um die Uhr seiner Tochter widmen konnte. Oder besser gesagt ihren Ärzten. Doch trotz des Mediziner-Marathons, den sie in den letzten Wochen absolviert hatten, waren alle Experten, die sie konsultierten, ratlos. Sie konnten keine Erklärung für Josys periodisch wiederkehrende Fieberkrämpfe liefern, für die ständigen Infektionskrankheiten oder das nächtliche Nasenbluten. Manchmal wurden die Symptome geringer, verschwanden zuweilen sogar ganz, so dass die Familie Hoffnung schöpfte. Doch nach einer kurzen Pause ging alles von vorne los, meistens mit noch schlimmeren Attacken. Bisher konnten die Internisten, Hämatologen und Neurologen lediglich ausschließen, dass es sich um Krebs, Aids, Hepatitis oder um eine andere ihnen bekannte Infektion handelte. Selbst auf Malaria war Josephine bereits getestet worden. Negativ.

»Dr. Larenz?«

Marias Worte katapultierten Larenz in die Realität zurück, und er registrierte, dass er die Sprechstundenhilfe die ganze Zeit mit offenem Mund angestarrt haben musste.

»Was haben Sie mit ihr angestellt?« Er hatte seine Stimme wiedergefunden, und nun wurde sie mit jedem Wort lauter.

»Wie meinen Sie das?«

»Josy. Was haben Sie mit ihr gemacht?«

Larenz brüllte jetzt, und die Gespräche der wartenden Patienten verstummten schlagartig. Man sah es Maria an, dass sie nicht die leiseste Ahnung hatte, wie sie mit dieser Situation umgehen sollte. Natürlich war sie als Sprechstundenhilfe bei Dr. Grohlke außergewöhnliches Verhalten von Patienten gewohnt. Schließlich war das hier keine Privatpraxis, und die Uhlandstraße zählte schon lange nicht mehr zu den vornehmsten Adressen Berlins. Immer wieder schwemmte die nahe gelegene Lietzenburger Straße Prostituierte und Junkies in die Warteräume. Und niemand wunderte sich, wenn beispielsweise ein abgemagerter Stricher auf Entzug die Sprechstundenhilfe anschrie, weil er sich nicht wegen seiner Ekzeme behandeln lassen wollte, sondern eine Arznei brauchte, die seine Schmerzen lindern konnte.

Nur lag heute der Fall etwas anders. Denn Dr. Viktor Larenz trug keinen dreckigen Trainingsanzug und kein durchlöchertes T-Shirt. Er hatte keine ausgelatschten Turnschuhe an, und sein Gesicht war keine Sammelstelle für aufgeplatzte, eiternde Pickel. Im Gegenteil. Er sah aus, als sei der Begriff »distinguiert« extra für ihn erfunden worden: schlanke Figur, gerade Körperhaltung, breite Schultern, eine hohe Stirn und ein markantes Kinn. Obwohl er in Berlin geboren und aufgewachsen war, hielten ihn die meisten für einen Hanseaten. Nur die grau melierten Schläfen und die klassische Nase fehlten ihm. Selbst seine teakholzbraunen lockigen Haare, die er in letzter Zeit etwas länger trug, und seine schiefe Nase – schmerzhafte Erinnerung an einen Segelunfall – taten dem weltmännischen Gesamteindruck keinen Abbruch. Viktor Larenz war dreiundvierzig. Ein Mann, dessen Alter man nur schwer schätzen konnte, bei dem man sich aber sicher war, dass er leinene Taschentücher mit eingestickten Initialen besaß und niemals Kleingeld bei sich hatte. Dessen auffallend blasse Haut sich auf zu viele Überstunden zurückführen ließ. Und genau das machte die Angelegenheit für Maria so schwierig. Denn von einem promovierten Psychiater, der in einem maßgeschneiderten, zweitausendzweihundert Euro teuren Anzug daherkommt, erwartet man nicht, dass er in der Öffentlichkeit herumbrüllt. Dass sich seine Stimme überschlägt, während er, wild gestikulierend, unverständliche Worte von sich gibt. Und eben deshalb wusste Maria nicht, was sie jetzt tun sollte.

»Viktor?«

Larenz drehte sich zu der tiefen Stimme um. Dr. Grohlke hatte den Lärm gehört und seine Behandlung unterbrochen. Der hagere alte Arzt mit dem sandfarbenen Haar und den tief liegenden Augen sah äußerst besorgt aus.

»Was ist denn hier los?«

»Wo ist Josy?«, schrie Viktor ihm als Antwort entgegen, und Dr. Grohlke schreckte unwillkürlich vor seinem Freund zurück. Er kannte die Familie jetzt seit fast zehn Jahren, aber so hatte er Larenz noch nie erlebt.

»Viktor? Wollen wir nicht lieber in mein Zimmer gehen und ...?«

Larenz hörte gar nicht zu, sondern starrte stattdessen über die Schulter des Arztes. Als er sah, dass die Tür des Behandlungsraums jetzt einen Spalt offen stand, stürmte er los. Er trat die Tür mit dem rechten Fuß auf. Sie flog nach innen und knallte gegen einen Rollwagen mit Instrumenten und Medikamenten. Die Frau mit der Schuppenflechte lag auf der Behandlungsliege. Sie hatte den Oberkörper frei gemacht und erschrak so sehr, dass sie vergaß, ihre Brüste zu bedecken.

»Aber, Viktor, was ist denn in dich gefahren?«, rief Dr. Grohlke hinter ihm her, doch Larenz schoss bereits wieder aus dem Raum an ihm vorbei in den Flur.

»Josy?«

Er rannte den Gang nach hinten und stieß dabei jede Tür auf.

»Josy, wo bist du?«, brüllte er panisch.

»Um Himmels willen, Viktor!«

Der alte Allergologe folgte ihm, so schnell er konnte, doch Viktor schenkte ihm gar keine Beachtung. Die Angst ließ seinen Verstand aussetzen.

»Was ist hier drin?«, schrie er, als er die letzte Tür links vor dem Wartezimmer nicht öffnen konnte.

»Putzmittel. Nur Putzmittel, Viktor. Das ist unsere Abstellkammer.«

»Öffnen!« Viktor rüttelte wie ein Wahnsinniger an der Türklinke.

»Jetzt hör mir mal zu ...«

»Ö F F N E N !«

Dr. Grohlke packte Larenz mit unvermuteter Kraft an beiden Oberarmen und hielt ihn fest.

»Beruhige dich, Viktor! Und hör mir zu. Deine Tochter kann nicht da drin sein. Die Putzfrau hat den Schlüssel heute Vormittag mitgenommen, und sie kommt erst morgen früh wieder.«

Larenz atmete schwer und registrierte die Worte, ohne ihren Inhalt zu verstehen.

»Lass uns also bitte logisch vorgehen.« Dr. Grohlke lockerte seinen Griff und legte eine Hand auf Viktors Schulter.

»Wann hast du deine Tochter zuletzt gesehen?«

»Vor einer halben Stunde, hier im Wartezimmer«, hörte Viktor sich sagen. »Sie ist zu dir reingegangen.«

Der alte Arzt schüttelte besorgt den Kopf und wandte sich zu Maria, die ihnen gefolgt war.

»Ich habe Josephine nicht gesehen«, sagte sie zu ihrem Chef. »Und sie hat heute keinen Termin.«

Blödsinn, schrie Larenz in Gedanken und griff sich an die Schläfen.

»Isabell hat den Termin doch telefonisch fest vereinbart. Und natürlich kann Maria meine Tochter nicht gesehen haben. Am Empfang war eine Vertretung. Ein Mann. Er sagte, wir sollten schon mal Platz nehmen. Josy war so schwach. So müde. Ich setzte sie ins Wartezimmer und ging nach draußen, um ihr ein Glas Wasser zu holen. Und als ich wiederkam, war sie ...«

»Wir haben keine Vertretung«, unterbrach Grohlke seinen Freund. »Bei uns arbeiten nur Frauen.«

Viktor sah fassungslos in Dr. Grohlkes Gesicht und versuchte, das soeben Gehörte zu verstehen.

»Ich habe Josy heute nicht behandelt. Sie war nicht bei mir.«

Die Worte des Arztes kämpften gegen ein durchdringendes, nervtötendes Geräusch an, das Larenz plötzlich aus einiger Entfernung hörte, und das immer lauter wurde.

»Was wollt ihr von mir?«, rief er verzweifelt. »Natürlich ist sie in den Behandlungsraum gegangen. Ihr habt sie doch aufgerufen. Ich war nebenan und hörte den Mann vom Empfang ihren Namen rufen. Sie wollte doch heute allein in die Sprechstunde gehen. Darum hatte sie mich gebeten. Sie ist ja gerade zwölf geworden, wisst ihr?

Sie schließt seit kurzem auch die Badezimmertür hinter sich ab. Und deshalb habe ich mir, als ich ins Wartezimmer zurückkam, gedacht, sie sei bereits im Sprechzimmer.«

Viktor öffnete den Mund und merkte auf einmal, dass er kein einziges dieser Worte gesagt hatte. Sein Verstand arbeitete, jedoch war er offensichtlich nicht mehr in der Lage, sich zu artikulieren. Er sah sich hilflos um und hatte das Gefühl, die Welt wie in Zeitlupe zu sehen. Das nervtötende Geräusch wurde immer aufdringlicher und übertönte fast den Lärm um ihn herum. Er spürte, dass alle auf ihn einredeten: Maria, Dr. Grohlke und sogar einige Patienten.

»Ich habe Josy seit einem Jahr nicht mehr gesehen«, waren die letzten Worte Dr. Grohlkes, die Viktor noch deutlich vernehmen konnte. Und dann wurde ihm plötzlich alles klar. Für einen kurzen Moment wusste er, was passiert war. Die schreckliche Wahrheit blitzte auf, so flüchtig wie ein Traum in der Sekunde des Erwachens. Und ebenso rasch entglitt sie ihm auch wieder. Für den Bruchteil eines Augenblicks verstand er alles. Josys Krankheit. Woran sie die vergangenen Monate so schwer gelitten hatte. Plötzlich sah er, was passiert war. Was man ihr angetan hatte. Er musste würgen, als ihm klar wurde, dass sie jetzt auch hinter ihm her sein würden. Sie würden ihn finden. Früher oder später. Er wusste es. Doch dann entglitt ihm die entsetzliche Erkenntnis. Sie verschwand wieder. So unwiederbringlich wie ein einzelner Wassertropfen im Abfluss.

Viktor schlug sich mit beiden Händen an die Schläfen. Das durchdringende, quälende, entsetzliche Geräusch war jetzt ganz nah bei ihm und nicht mehr auszuhalten. Es glich dem Wimmern einer gefolterten Kreatur und hatte kaum etwas Menschliches an sich. Und es erstarb erst, als er nach langer Zeit seinen Mund wieder schloss.

1. Kapitel

Heute, einige Jahre später

VIKTOR LARENZ HÄTTE NIE GEDACHT, dass er einmal die Perspektive wechseln würde. Früher stand das schmucklose Einzelzimmer der Weddinger Klinik für psychosomatische Traumata seinen schwierigsten Patienten zur Verfügung. Heute lag er selbst auf dem hydraulisch verstellbaren Krankenbett, die Arme und Beine mit grauen, teilelastischen Bändern fixiert. Niemand war bisher zu Besuch gekommen. Weder Freunde, ehemalige Kollegen noch Verwandte. Die einzige Abwechslung, außer der Möglichkeit, auf eine vergilbte Raufasertapete, zwei speckige braune Vorhänge und eine wasserfleckige Zimmerdecke zu starren, war Dr. Martin Roth, der junge Oberarzt, der zweimal täglich zur Visite erschien. Niemand hatte bei der Leitung der psychiatrischen Anstalt einen Besucher-Antrag gestellt. Noch nicht einmal Isabell. Viktor hatte es von Dr. Roth erfahren, und er konnte es seiner Frau auch nicht verübeln. *Nach allem, was vorgefallen war.*

»Wie lange ist es jetzt her, dass meine Medikamente abgesetzt worden sind?«

Der angesprochene Oberarzt kontrollierte gerade den Tropf mit der Elektrolyt-Kochsalzlösung, der am Kopfende des Bettes an einem dreiarmigen Metallständer hing. »Etwa drei Wochen, Dr. Larenz.«

Viktor rechnete es dem Mann hoch an, dass er ihn noch immer mit seinem Titel anredete. In all den Unterhaltungen, die sie in den letzten Tagen geführt hatten, war er von Dr. Roth immer mit dem größtmöglichen Respekt behandelt worden.

»Und seit wann bin ich wieder ansprechbar?«

»Seit neun Tagen.«

»Aha.« Er machte eine kurze Pause.

»Und wann werde ich entlassen?«

Viktor sah, wie Dr. Roth über diesen Scherz lächeln musste. Sie wussten beide, dass er niemals entlassen werden würde. Zumindest nicht aus einer vergleichbaren Einrichtung dieser Sicherheitsstufe.

Viktor sah auf seine Hände und rüttelte leicht an den Fesseln. Anscheinend war man aus Schaden klug geworden. Bereits bei seiner Einlieferung hatte man ihm Gürtel und Schnürsenkel abgenommen. Und im Badezimmer war sogar der Spiegel entfernt worden. Wenn er jetzt zweimal am Tag unter Bewachung zur Toilette geführt wurde, konnte er noch nicht einmal mehr überprüfen, ob er wirklich so jämmerlich aussah, wie er sich fühlte. Früher hatte man immer sein Aussehen gelobt. Er fiel auf durch breite Schultern, dichte Haare und seinen durchtrainierten Körper, der für einen Mann in seinem Alter perfekt gewesen war. Heute war davon nicht mehr viel übrig.

»Mal ehrlich, Dr. Roth. Was empfinden Sie, wenn Sie mich hier so liegen sehen?«

Der Oberarzt mied weiter den direkten Blickkontakt mit Viktor, während er das Klemmbrett ergriff, das am Fußende des Bettes hing. Man konnte ihm ansehen, dass er überlegte. *Mitleid? Sorge?*

»Angst.« Dr. Roth hatte sich für die Wahrheit entschieden.

»Weil Sie sich davor fürchten, Ihnen könnte etwas Ähnliches zustoßen wie mir?«

»Finden Sie das egoistisch?«

»Nein. Sie sind ehrlich, und das gefällt mir. Außerdem liegt der Gedanke nahe. Wo wir doch einige Gemeinsamkeiten haben.«

Dr. Roth nickte nur.

So unterschiedlich die derzeitige Lage der beiden Männer war, so übereinstimmend schienen einige Etappen in ihren Lebensläufen. Beide wuchsen als wohlbehütete Einzelkinder in den vornehmsten Gegenden Berlins auf. Larenz als Sohn einer alteingesessenen und auf Gesellschaftsrecht spezialisierten Anwaltsfamilie in Wannsee, Dr. Roth als umsorgter Sprössling zweier Handchirurgen in Westend. Beide hatten sie an der Freien Universität in Dahlem Medizin studiert – mit dem Schwerpunkt Psychiatrie.

Beide erbten von ihren Eltern die Villa der Familie und ein nicht unerhebliches Vermögen, was ihnen ein Leben ohne Arbeit ermöglicht hätte. Trotzdem war es Zufall oder Schicksal, das sie an diesem Ort zusammengeführt hatte.

»Na schön«, sprach Viktor weiter. »Sie sehen also eine Parallele zwischen uns. Wie hätten *Sie* denn in meiner Situation reagiert?«

»Sie meinen, wenn ich herausgefunden hätte, wer *meiner* Tochter das angetan hat?«

Dr. Roth hatte seinen Tagesvermerk auf dem Klemmbrett notiert und sah Viktor zum ersten Mal direkt an.

»Ja.«

»Ehrlich gesagt, weiß ich nicht, ob ich überlebt hätte, was Sie durchstehen mussten.«

Viktor lachte nervös auf.

»Das habe ich auch nicht. Ich bin gestorben. Auf die grausamste Art, die Sie sich vorstellen können.«

»Vielleicht wollen Sie mir doch alles darüber erzählen?«

Dr. Roth setzte sich zu Larenz auf die Bettkante.

»Worüber?« Viktor stellte die Frage, obwohl er die Antwort natürlich kannte. Der Arzt hatte es ihm in den letzten Tagen wiederholt vorgeschlagen.

»Alles. Die ganze Geschichte. Wie Sie herausgefunden haben, was mit Ihrer Tochter geschehen ist. Was es mit Josephines Krankheit auf sich hatte. Sie schildern mir, was passiert ist. Und zwar von Anfang an.«

»Ich habe Ihnen das meiste doch schon erzählt.«

»Ja. Aber mich interessieren die Einzelheiten. Ich will alles noch einmal ganz genau von Ihnen hören. Besonders, wie es am Ende dazu kommen konnte.«

Zu der Katastrophe.

Viktor atmete tief aus und schaute wieder hoch zur wasserfleckigen Zimmerdecke.

»Wissen Sie, ich habe all die Jahre nach dem Verschwinden von Josy gedacht, dass es nichts Grausameres geben kann als die Unwissenheit. Vier Jahre lang ohne eine einzige Spur, ohne ein Lebenszeichen. Manchmal habe ich mir gewünscht, das Telefon möge klingeln und man werde uns mitteilen, wo ihre Leiche liegt. Ich dachte wirklich, es gibt nichts Entsetzlicheres als den Schwebezustand zwischen Ahnen und Wissen. Doch ich habe mich geirrt. Denn wissen Sie, was noch schrecklicher ist?«

Dr. Roth sah ihn fragend an.

»Die Wahrheit.« Viktor flüsterte fast. »Die Wahrheit! Ich glaube, ich bin ihr schon einmal in der Praxis von Dr. Grohlke begegnet. Kurze Zeit, nachdem Josy verschwunden war. Und sie war so schlimm, dass ich es nicht wahrhaben wollte. Doch dann traf ich noch einmal auf sie. Und dieses Mal konnte ich sie nicht mehr verdrängen, denn sie hat mich im wahrsten Sinne des Wortes verfolgt. Die Wahrheit stand auf einmal direkt vor mir und schrie mir ins Gesicht.«

»Wie meinen Sie das?«

»Genau so, wie ich es sage. Ich stand dem Menschen gegenüber, der das ganze Elend zu verantworten hatte, und konnte es nicht ertragen. Nun, Sie selbst wissen am besten, was ich dann auf der Insel getan habe. Und wohin es mich letztlich gebracht hat.«

»Die Insel«, hakte Dr. Roth nach. »Parkum, richtig? Warum waren Sie überhaupt dort?«

»Als Psychiater müssten Sie eigentlich wissen, dass das die falsche Frage ist.« Viktor lächelte. »Ich will trotzdem versuchen, Ihnen eine Antwort darauf zu geben: Die *Bunte* bat mich, Jahre nach Josys Verschwinden, zum wiederholten Mal um ein Exklusiv-Interview. Zuerst wollte ich ablehnen. Auch Isabell war dagegen. Doch dann dachte ich, die Fragen, die man mir per Fax und E-Mail geschickt hatte, könnten mir helfen, meine Gedanken zu sortieren. Zur Ruhe zu kommen. Verstehen Sie?«

»Also fuhren Sie dorthin, um an dem Interview zu arbeiten?«

»Ja.«

»Allein?«

»Meine Frau wollte und konnte nicht mitkommen. Sie hatte einen wichtigen Geschäftstermin in New York. Ehrlich gesagt, war ich ganz froh, für mich zu sein. Ich hoffte einfach, dass ich auf Parkum endlich den nötigen Abstand finden würde.«

»Den Abstand, um Abschied von Ihrer Tochter zu nehmen.«

Viktor nickte, obwohl Dr. Roth seinen letzten Satz nicht als Frage formuliert hatte.

»So in etwa. Also nahm ich meinen Hund, fuhr an die Nordsee und ließ mich von Sylt aus übersetzen. Ich konnte ja nicht ahnen, was für eine Kette von Ereignissen ich mit dieser Reise in Gang setzte.«
»Erzählen Sie mir mehr darüber. Was genau geschah auf Parkum? Wann haben Sie zum ersten Mal gemerkt, dass alles zusammenhängt?«
Die unerklärliche Krankheit von Josephine. Ihr Verschwinden. Das Interview.
»Also, gut.«
Viktor ließ seinen Kopf kreisen und hörte, wie seine Nackenwirbel knackten. Wegen der Fesseln war dies momentan die einzige Entspannungsübung, die ihm noch möglich war. Er atmete tief durch und schloss die Augen. Wie immer dauerte es nur wenige Augenblicke, bis ihn seine Gedanken zurückführten. Zurück nach Parkum. Zurück in das reetgedeckte Strandhaus. Dem Ort, an dem er vorgehabt hatte, sein Leben vier Jahre nach der Tragödie neu zu ordnen. Wo er hoffte, den nötigen Abstand für einen Neuanfang zu gewinnen. Und wo er stattdessen alles verlor.

2. Kapitel

Parkum, fünf Tage vor der Wahrheit

B: *Wie fühlten Sie sich unmittelbar nach der Tragödie?*
L: Ich war tot. Zwar atmete ich noch, ich trank auch und aß hin und wieder. Und ich schlief manchmal sogar ein bis zwei Stunden am Tag. Aber ich existierte nicht mehr. Ich starb an dem Tag, an dem Josephine verschwand.

Viktor starrte auf den blinkenden Cursor hinter dem letzten Absatz. Seit sieben Tagen war er jetzt auf der Insel. Seit einer Woche saß er von früh bis spät an dem alten Mahagonischreibtisch und versuchte, die erste Frage des Interviews zu beantworten. Erst heute Vormittag war es ihm endlich gelungen, wenigstens fünf zusammenhängende Sätze in seinen Laptop zu tippen.

Tot. Tatsächlich gab es kein treffenderes Wort, um den Zustand zu beschreiben, in dem er sich in den Tagen und Wochen unmittelbar danach befunden hatte.
Danach.
Viktor schloss die Augen.
An die ersten Stunden unmittelbar nach dem Schock konnte er sich nicht mehr erinnern. Wusste weder, mit wem er gesprochen hatte, noch, wo er gewesen war. Als das Chaos seine Familie zerstörte. Isabell hatte damals die Hauptlast tragen müssen. Sie war es, die für die Polizei den Kleiderschrank durchsuchte, um herauszufinden, welche Sachen Josy getragen hatte. Sie war es, die das Bild aus dem Familienalbum löste, damit es ein taugliches Fahndungsfoto von der Kleinen gab. Und sie war es auch, die die Verwandten informierte, während er ziellos durch die Straßen Berlins geirrt war. Der angeblich so professionelle, berühmte Psychiater hatte in der wichtigsten Situation seines Lebens jämmerlich versagt. Und auch in den folgenden Jahren war Isabell stärker gewesen als er. Während sie schon nach einem Vierteljahr wieder ihrem Beruf als Unternehmensberaterin nachging, hatte Viktor seine Praxis verkauft und seitdem keinen einzigen Patienten mehr behandelt.

Der Laptop gab plötzlich einen hellen Warnton von sich und Viktor merkte, dass der Akku wieder ans Stromnetz angeschlossen werden musste. Als er am Tag seiner Anreise den Schreibtisch im Kaminzimmer vor das Panoramafenster mit dem Blick zum Meer gerückt hatte, stellte er fest, dass es dort keine Steckdose gab. Jetzt konnte er beim Arbeiten zwar immer wieder die atemberaubende Aussicht auf die winterliche Nordsee genießen, musste dafür aber alle sechs Stunden seinen Computer zum Aufladegerät tragen, das auf einem kleinen Tisch vor dem Kamin stand. Viktor speicherte schnell das Word-Dokument, bevor die Daten für immer verloren gingen.
So wie Josy.
Er sah kurz aus dem Fenster und wandte sich sofort wieder ab,

als er in dem Anblick der See ein Spiegelbild seiner Seele wiederfand. Der aufkommende Wind, der über das Reetdach pfiff und die Wellen antrieb, sprach eine eindeutige Sprache. Es war Ende November, und der Winter beeilte sich, mit seinen Freunden Schnee und Kälte auf die Insel zu kommen.

Wie der Tod, dachte Viktor, während er aufstand und den Laptop zum Couchtisch vor dem Kamin trug, auf dem das Ladekabel lag.

Das kleine, zweistöckige Strandhaus war Anfang der zwanziger Jahre des vorigen Jahrhunderts erbaut worden und hatte seit dem Ableben von Viktors Eltern keine Handwerker mehr gesehen. Zum Glück hatte sich Halberstaedt, der Bürgermeister der Insel, um die elektrischen Leitungen und den Generator vor dem Haus gekümmert, so dass es jetzt wenigstens hell und warm war. Aber die lange Zeit, in der keiner von der Familie zu Besuch gekommen war, hatte dem alten Holzhaus nicht sehr gut getan. Die Wände brauchten innen wie außen dringend einen neuen Anstrich. Das Schiffsparkett hätte schon vor Jahren abgeschliffen und in der Diele teilweise ersetzt werden müssen. Und die doppelt verglasten Holzfenster waren durch die Witterung etwas verzogen und ließen dadurch unnötig viel Kälte und Feuchtigkeit herein. Die Inneneinrichtung war vielleicht in den achtziger Jahren luxuriös gewesen und deutete auch heute immer noch auf den Wohlstand der Familie Larenz hin. Doch die Tiffany-Lampen, die Nappaleder-Polstermöbel und die Teakholz-Regale hatten mangels fürsorglicher Pflege etwas zu viel Patina angesetzt. Es war lange her, dass sie wenigstens ein Staubtuch gesehen hatten.

Vier Jahre, ein Monat und zwei Tage.

Viktor musste nicht auf den alten Abriss-Kalender in der Küche schauen. Er wusste es. So viel Zeit war vergangen, seitdem er das letzte Mal einen Fuß auf Parkum gesetzt hatte. Die Zimmerdecke hatte seit langem keine Farbe mehr gesehen. Genauso wie der vom Ruß verfärbte Kaminsims. Doch etwas anderes war damals in Ordnung gewesen.

Sein Leben.

Denn Josy hatte ihn hierher begleitet, auch wenn die Krankheit ihr in jenen letzten Oktober-Tagen bereits alle Kraft geraubt hatte.

Viktor setzte sich auf das Ledersofa, verband den Laptop mit dem Aufladegerät und versuchte, nicht an das Wochenende vor dem Schicksalstag zu denken. Erfolglos.

Vier Jahre.

Achtundvierzig Monate, die ohne ein Lebenszeichen von Josy vergangen waren. Trotz mehrerer Großfahndungen und bundesweiter Aufrufe an die Bevölkerung durch die Medien. Selbst eine zweiteilige TV-Sondersendung hatte keine vernünftigen Hinweise ergeben. Trotzdem weigerte sich Isabell, ihre einzige Tochter für tot erklären zu lassen. Aus diesem Grund war sie auch gegen das Interview gewesen.

»Es gibt nichts abzuschließen«, hatte sie ihm kurz vor der Abfahrt gesagt.

Sie standen in der Kiesauffahrt ihres Hauses, und Viktor hatte bereits das Gepäck in dem schwarzen Volvo-Kombi verstaut. Drei Koffer. Einen für seine Kleidung, die beiden anderen gefüllt mit allen Unterlagen, die er seit dem Verschwinden seiner Tochter gesammelt hatte: Zeitungsausschnitte, Protokolle und natürlich die Berichte von Kai Strathmann, dem Privatdetektiv, den er engagiert hatte.

»Es gibt nichts, was du verarbeiten oder beenden musst, Viktor«, hatte sie insistiert. »Gar nichts. Weil unsere Tochter nämlich noch lebt.« Es war nur konsequent, dass sie ihn hier auf Parkum allein ließ und wahrscheinlich gerade in irgendeinem New Yorker Bürohochhaus an der Park Avenue in irgendeinem Meeting steckte. Das war ihre Art, sich abzulenken. Mit Arbeit.

Er zuckte auf dem schwarzen Sofa zusammen, als ein glühendes Holzscheit im offenen Kamin lautstark in sich zusammenfiel. Auch Sindbad, der die ganze Zeit unter dem Schreibtisch geschlafen hatte, fuhr erschreckt hoch und gähnte jetzt vorwurfsvoll die Flammen an. Der Golden Retriever war Isabell vor zwei Jahren auf dem Parkplatz am Strandbad Wannsee zugelaufen.

»Was fällt dir ein? Willst du etwa Josy durch einen Köter ersetzen?«, hatte er damals seine Frau in der Eingangshalle ihrer Villa angeschrien, als sie mit dem Tier nach Hause kam. Er war so laut gewesen, dass die Haushälterin im ersten Stock schnell ins Bügelzimmer verschwand.

»Wie sollen wir das Vieh denn deiner Meinung nach nennen? Joseph?«

Wie immer hatte Isabell sich auch in dieser Situation nicht provozieren lassen. Hatte ihrer hanseatischen Abstammung aus einer der ältesten Bankiersfamilien Norddeutschlands wieder alle Ehre gemacht. Lediglich ihre stahlblauen Augen verrieten ihm, was sie in diesem Augenblick gedacht hatte: »Wenn du damals besser aufgepasst hättest, wäre Josy jetzt hier bei uns und könnte mit diesem Hund spielen.«

Viktor hatte es begriffen, ohne dass sie einen Ton hätte sagen müssen. Und die Ironie des Schicksals wollte, dass sich das Tier vom ersten Tag an Viktor als Bezugsperson aussuchte.

Er stand auf, um in der Küche neuen Tee aufzugießen. In der Hoffnung auf ein zweites Mittagessen trottete Sindbad müde hinter ihm her.

»Vergiss es, Kumpel.« Viktor wollte ihm gerade einen freundschaftlichen Klaps geben, als er merkte, wie das Tier die Ohren anlegte.

»Was hast du?« Er beugte sich zu ihm runter und plötzlich hörte er es auch. Ein metallisches Schaben. Ein Klirren, das in ihm eine alte Erinnerung wachrief. Noch konnte er sie nicht einordnen. *Was war das?*

Viktor schlich langsam zur Tür.

Da. Wieder. Wie eine Münze, die auf Stein gekratzt wird. Noch mal.

Viktor hielt den Atem an. Und dann fiel es ihm ein. Es war das Geräusch, das er als kleiner Junge oft gehört hatte, wenn sein Vater von einem Segelausflug zurückkam. Es war das metallische, klirrende Geräusch, das ein Schlüssel erzeugte, der gegen einen Tonkrug schlug. Und es entstand, wenn sein Vater den Haustürschlüssel vergessen hatte und den Ersatzschlüssel unter dem Blumentopf am Eingang hervorholte.

Oder jemand anderes?

Viktor verkrampfte sich innerlich. Jemand war vor der Tür und kannte das Schlüsselversteck seiner Eltern. Und dieser Jemand wollte offenbar hinein ins Haus. Zu ihm.

Mit pochendem Herz schritt er die Diele entlang und spähte

durch den Spion der schweren Eichenholztür. Nichts. Er wollte gerade die vergilbten Jalousien zurückziehen, um rechts neben der Haustür aus dem kleinen Fenster blicken zu können, als er es sich anders überlegte und noch mal durch das Guckloch an der Haustür hindurchsah. Entsetzt wich er zurück. Sein Puls raste. Hatte er das gerade wirklich gesehen?

Viktor spürte einen leichten Anflug von Gänsehaut auf seinen Unterarmen. Er hörte sein eigenes Blut in seinen Gehörgängen rauschen. Und er war sich ganz sicher. Kein Zweifel. Für den Bruchteil einer Sekunde hatte er ein menschliches Auge gesehen, das offenbar von draußen aus ins Innere des Strandhauses blicken wollte. Ein Auge, das er irgendwoher kannte, ohne genau sagen zu können, wem es gehörte.

Reiß dich zusammen, Viktor!
Er atmete tief durch und riss die Tür auf.

»Was wollen …?« Viktor brach mitten im Satz ab, den er lautstark der unbekannten Person auf seiner Schwelle hatte entgegenschleudern wollen, um ihr einen gehörigen Schrecken einzujagen. Aber da war niemand. Weder auf seiner Holzveranda noch auf dem Gehweg zur etwa sechs Meter entfernten Gartenpforte noch auf der unbefestigten Sandstraße, die zum Fischerdorf führte. Viktor stieg die fünf Stufen zum Vorgarten hinunter, um unter den Vorbau der Veranda zu schauen. Hier hatte er sich als kleiner Junge immer vor den Nachbarskindern beim Spielen versteckt. Doch selbst im Dämmerlicht der langsam untergehenden Nachmittagssonne konnte er noch gut erkennen, dass außer einigen welken Blättern, die der Wind hierher geweht hatte, nichts und niemand da war, um ihn und seine Ruhe zu stören.

Viktor fröstelte etwas und rieb sich die Hände, während er die Treppe wieder hinaufeilte. Der Wind hatte die hellbraune Eichentür fast von alleine zugeschlagen, und Viktor musste sich anstrengen, sie trotz des heftigen Windzuges zu öffnen. Er hatte es gerade geschafft, als er mitten in seiner Bewegung innehielt.

Das Geräusch. Schon wieder. Es klang etwas weniger metallisch und heller, aber es war wieder da. Und dieses Mal kam es nicht von außerhalb. Es kam aus dem Wohnzimmer.

Wer immer hier auf sich aufmerksam machen wollte, stand nicht mehr vor der Tür. Er war bereits *im* Haus.

3. Kapitel

VIKTOR SCHLICH LANGSAM durch den Flur in Richtung Kaminzimmer und suchte dabei nach geeigneten Geräten für seine mögliche Verteidigung. Sindbad war ihm im Notfall keine Hilfe. Der Retriever liebte Menschen so sehr, dass er einen Einbrecher wahrscheinlich zum Spielen auffordern würde, anstatt ihn zu verjagen. Und im Moment war der Hund sogar so faul, dass er von dieser Störung gar keine Notiz nahm und offenbar ins Wohnzimmer zurückgetrottet war, während sein Herrchen draußen nach dem Rechten gesehen hatte.

»Wer ist da?«

Keine Antwort.

Viktor rief sich ins Gedächtnis, dass es seit 1964 kein Verbrechen mehr auf der Insel gegeben hatte, und der aktenkundige Vorgang von damals war auch nur eine harmlose Wirtshausschlägerei gewesen. Allerdings beruhigten ihn diese Fakten jetzt nur wenig.

»Hallo? Ist da wer?«

Er schlich mit angehaltenem Atem so vorsichtig wie möglich die Diele entlang zurück zum Kaminzimmer. Obwohl er sich bemühte, möglichst geräuschlos zu sein, ächzte das altersschwache Parkett bei jeder Gewichtsverlagerung. Die Ledersohlen seiner Budapester taten ihr Übriges.

Warum schleiche ich eigentlich, wenn ich gleichzeitig laut rufe?, fragte er sich. Seine Hand hatte fast die Klinke der Tür zum Wohnzimmer erreicht, als diese plötzlich nach innen aufgezogen wurde. Viktor war so paralysiert, dass er vor Schreck vergaß aufzuschreien.

Er wusste nicht, ob er erleichtert oder wütend sein sollte, als er sie sah. Erleichtert darüber, dass der Eindringling eine hübsche, zierliche Frau war und kein grobschlächtiger Schläger. Oder wütend darüber, dass sie es wagte, am helllichten Tage Hausfriedensbruch zu begehen.

»Wie sind Sie hier reingekommen?«, fragte er laut. Die blonde Frau auf der Schwelle zwischen Kaminzimmer und Flur schien weder verlegen noch verunsichert.

»Die Tür zum Strand stand offen, als ich von außen geklopft habe. Es tut mir Leid, wenn ich Sie störe.«

»Stören?«

Viktor war aus dem lähmenden Zustand der Angst erwacht und musste sich Luft machen, indem er die Unbekannte anfuhr.

»Sie stören nicht, nein, Sie haben mich zu Tode erschreckt!«

»Das tut mir ...«

»Und Sie lügen auch«, schnitt Viktor ihr das Wort ab und drängte an ihr vorbei ins Wohnzimmer.

»Ich habe die Hintertür seit meiner Ankunft nicht geöffnet.«

Zwar habe ich sie auch nicht kontrolliert, aber diese Information brauchst du ja nicht zu wissen, dachte Viktor, während er sich vor den Schreibtisch stellte und seinen ungebetenen Gast musterte. Irgendetwas an ihr kam ihm bekannt vor, obwohl er sich sicher war, sie noch nie zuvor persönlich getroffen zu haben. Sie war etwa einen Meter fünfundsechzig groß, hatte schulterlange, blonde Haare, die sie zum Zopf gebunden trug, und sie war schrecklich dünn. Trotz ihres Untergewichts erschien sie jedoch keinesfalls androgyn, was schon ihre ausladenden Hüften und die wohlgeformten Brüste verhinderten, die sich unter ihrer Kleidung abzeichneten. Mit ihrer vornehm blassen Haut und den schneeweißen Zähnen sah sie eher aus wie ein Fotomodell. Jedoch war sie dafür nicht groß genug. Viktor hätte sonst vermutet, dass sie sich auf der Insel verlaufen hatte und ihn gleich nach dem Weg zum Strand fragen würde, wo sie in einem TV-Werbespot mitspielen wollte.

»Ich lüge nicht, Dr. Larenz. Ich habe in meinem ganzen Leben noch nicht ein einziges Mal gelogen, und ich werde in Ihrem Haus nicht damit beginnen.«

Viktor fuhr sich durch die Haare und ordnete seine Gedanken. Die Situation war völlig absurd. Erlebte er gerade tatsächlich, dass eine Frau bei ihm einbrach, ihn zu Tode erschreckte und dann auch noch eine Diskussion mit ihm anfangen wollte?

»Hören Sie, wer immer Sie auch sind: Ich fordere Sie eindringlich auf, sofort und auf der Stelle mein Haus zu verlassen! Ich meine ...«

Viktor musterte die Fremde erneut.

»... wer sind Sie denn überhaupt?«

Ihm fiel auf, dass er ihr Alter nicht schätzen konnte. Sie wirkte sehr jung, und ihre makellosen Gesichtszüge ließen auf Mitte zwanzig schließen. Ihre Kleidung hingegen entsprach der einer reiferen Frau. Sie trug einen schwarzen, knielangen Cashmere-Mantel, darunter ein pinkfarbenes Chanel-Kostüm. Schwarze Glaceehandschuhe, eine Designerhandtasche und vor allem ihr Parfum deuteten eher auf eine Frau in Isabells Alter hin. Ebenso sprach auch ihre gewählte Ausdrucksweise dafür, dass sie die Dreißig bereits überschritten hatte.

Und sie muss taub sein, dachte Viktor. Denn von seinen Worten völlig ungerührt, blieb sie stumm in der Tür stehen und musterte ihn von dort aus.

»Okay. Ist ja auch egal. Sie haben mir einen großen Schreck eingejagt, und ich bitte Sie jetzt, die Vordertür zu benutzen und mein Haus nie wieder zu betreten. Ich arbeite hier und will nicht gestört werden.«

Viktor zuckte zusammen, als sich die Frau auf einmal mit zwei raschen Schritten auf ihn zu bewegte.

»Wollen Sie denn gar nicht wissen, was ich will, Dr. Larenz? Wollen Sie mich wegschicken, ohne den Grund meines Besuches zu kennen?«

»Ja.«

»Wollen Sie denn nicht wissen, was eine Frau wie mich veranlasst, Sie auf dieser gottverlassenen Insel aufzusuchen?«

»Nein.«

Oder doch?

Viktor merkte, wie sich leise eine längst verloren geglaubte innere Stimme in ihm meldete. Neugier.

»Es ist Ihnen also egal, woher ich überhaupt weiß, dass Sie hier sind?«

»Ja.«

»Das glaube ich nicht, Dr. Larenz. Vertrauen Sie mir. Das, was ich zu sagen habe, wird Sie sehr interessieren.«

»Vertrauen? Ich soll jemandem, der bei mir einbricht, *vertrauen*?«

»Nein. Sie sollen mir zuhören. Mein Fall ist ...«

»Ihr Fall ist mir egal«, unterbrach Larenz sie rüde. »Wenn Sie wissen, was mir zugestoßen ist, dann wissen Sie auch, dass es eine Frechheit ist, mich hier zu stören.«

»Ich habe keine Ahnung, was Ihnen widerfahren ist, Dr. Larenz.«

»Wie bitte?« Viktor wusste nicht, worüber er mehr erstaunt sein sollte. Darüber, dass er mit einer Wildfremden diskutierte oder dass ihre Worte so ehrlich klangen.

»Dann haben Sie in den letzten vier Jahren keine Zeitung gelesen?«

»Nein«, antwortete sie schlicht.

Viktors Verwirrung wuchs von Sekunde zu Sekunde. Und gleichzeitig stieg sein Interesse an der merkwürdigen Schönheit.

»Nun, wie dem auch sei. Ich praktiziere nicht mehr. Ich habe vor zwei Jahren meine Praxis verkauft ...«

»... an Professor van Druisen. Ich weiß. Bei ihm war ich schon. Er hat mich zu Ihnen geschickt.«

»Er hat was?«, fragte Viktor perplex. Jetzt war sein Interesse noch stärker geweckt.

»Na ja, nicht direkt geschickt. Professor van Druisen hat nur gesagt, es wäre wohl besser, wenn Sie sich persönlich meines Falles annehmen würden. Und ehrlich gesagt, ist das auch mein Wunsch.«

Viktor schüttelte den Kopf. Sein alter Mentor sollte einer neuen Patientin tatsächlich die Adresse auf der Insel gegeben haben? Er konnte es nicht glauben. Zumal van Druisen doch wusste, dass er nicht mehr in der Lage war zu praktizieren. Schon gar nicht hier auf Parkum. Doch das würde er später klären. Jetzt musste er erst einmal sehen, dass er diese Person loswurde, um wieder zur Ruhe zu kommen.

»Ich muss Sie nochmals nachdrücklich bitten zu gehen. Sie verschwenden nur Ihre Zeit.«

Keine Reaktion.

Viktor spürte, wie sich seine anfängliche Angst nach und nach in Erschöpfung verwandelte. Er ahnte, dass jetzt genau das eingetreten war, wovor er sich am meisten gefürchtet hatte: Er würde es auch hier nicht schaffen, zu sich selbst zu finden. Die Geister ließen ihn auch auf Parkum nicht in Frieden. Weder die der Toten noch die der Lebenden.

»Dr. Larenz. Ich weiß, dass Sie hier auf keinen Fall gestört werden wollen. Ein gewisser Patrick Halberstroem hat mich heute Morgen übergesetzt und über Sie informiert, noch bevor ich einen Fuß von dem Fischkutter auf die Insel setzen konnte.«

»Er heißt Halberstaedt«, korrigierte sie Viktor. »Er ist hier der Bürgermeister.«

»Ja, der wichtigste Mensch auf der Insel. Nach Ihnen. Das hat er mir auch klar gemacht. Und ich werde seinen Rat auch befolgen und ›meinen hübschen Arsch so schnell wie möglich von Parkum schwingen‹, sobald ich mit Ihnen gesprochen habe.«

»*Das* hat er gesagt?«

»Ja. Aber ich werde das nur tun, wenn Sie mir fünf Minuten Ihrer Zeit geben und es mir selbst ins Gesicht sagen.«

»Was?«

»Dass Sie mich nicht behandeln wollen.«

»Ich habe keine Zeit, Sie zu behandeln«, sagte er wenig überzeugend. »Bitte gehen Sie.«

»Ja, das werde ich. Versprochen. Aber erst möchte ich Ihnen eine Geschichte erzählen. Meine Geschichte. Glauben Sie mir. Es sind nur fünf Minuten. Und Sie werden keine davon bereuen.«

Viktor zögerte. Die Neugierde hatte jetzt jede andere Emotion in ihm überflügelt. Außerdem war seine Ruhe nun sowieso gestört, und ihm fehlte jegliche Kraft zu einer weiter gehenden Auseinandersetzung.

»Ich beiße nicht, Dr. Larenz.« Sie lächelte ihn an.

Das Schiffsparkett im Zimmer ächzte wieder unter ihren Füßen, als sie einen weiteren Schritt auf ihn zuging. Jetzt konnte er ihr teures Parfum riechen. Opium.

»Nur fünf Minuten?«

»Versprochen!«

Er zuckte mit den Achseln. Nach der Störung kam es auf ein

paar Minuten mehr oder weniger nicht mehr an. Und wenn er sie jetzt hinauswarf, würde sie wahrscheinlich den ganzen Tag vor seinem Strandhaus auf und ab laufen, und er käme gar nicht mehr zum Nachdenken.
»Also gut.«
Er sah demonstrativ auf die Uhr.
»Fünf Minuten.«

4. Kapitel

VIKTOR GING ZUM KAMIN, auf dessen Sims eine alte Teekanne aus Meißener Porzellan auf einem Stövchen stand. Als er sah, wie aufmerksam sie ihn beobachtete, gab er sich einen Ruck und zwang sich, seine guten Manieren nicht zu vergessen.
»Möchten Sie auch etwas Tee? Ich war gerade dabei, neuen aufzusetzen.«
Die Frau schüttelte lächelnd den Kopf.
»Nein, danke. Ich will nicht, dass das von meiner Zeit abgeht.‹
»Na gut, dann legen Sie wenigstens Ihren Mantel ab und nehmen Sie Platz.«
Er räumte einen Stapel alter Zeitungen von dem Ledersessel, der zu der alten Couchgarnitur gehörte. Sein Vater hatte sie vor Jahren schon so aufgestellt, dass man gleichzeitig einen Blick auf das Kaminfeuer und durch das Fenster hindurch auf das Meer werfen konnte, sobald man es sich darauf mit einem guten Buch gemütlich machte.
Viktor nahm wieder an seinem Schreibtisch Platz und musterte die schöne Fremde, während sie sich setzte, ohne vorher ihren Cashmere-Mantel ausgezogen zu haben.
Für einen kurzen Augenblick herrschte Schweigen, und man konnte hören, wie sich eine große Welle am Strand brach, um sich gleich darauf wieder zischend zurückzuziehen.
Viktor sah erneut auf seine Uhr.
»Nun gut, Frau ... ähm ... wie heißen Sie eigentlich?«

»Mein Name ist Anna Spiegel, ich bin Schriftstellerin.«
»Müsste ich Sie kennen?«
»Nur wenn Sie zwischen sechs und dreizehn Jahre alt wären und gerne Kinderbücher läsen. Haben Sie Kinder?«
»Ja. Das heißt ...« Der Schmerz kam kurz und heftig. So wie seine Antwort. Er sah ihren suchenden Blick nach Familienfotos auf dem Kaminsims und stellte schnell eine Gegenfrage, um keine Erklärungen abgeben zu müssen.
Sie hat seit Jahren keine Zeitung gelesen.
»Sie sprechen Hochdeutsch ohne Dialekt. Woher kommen Sie?«
»Aus Berlin. Waschecht, wenn man so will. Meine Bücher sind allerdings vorwiegend im Ausland erfolgreich, vor allen Dingen in Japan. Aber mittlerweile auch das nicht mehr.«
»Warum?«
»Weil ich seit Jahren kein einziges Buch mehr herausgebracht habe.«
Viktor hatte gar nicht gemerkt, dass aus ihrer Unterhaltung bereits das typische Frage-Antwort-Spiel geworden war, nach dessen Muster früher die meisten Unterredungen zwischen ihm und seinen Patienten abgelaufen waren.
»Wie lange haben Sie nichts mehr veröffentlicht?«
»Fünf Jahre etwa. Mein letztes Werk war wieder ein Kinderbuch. Ich dachte, es würde mein bisher bestes werden. Ich spürte es mit jeder Zeile, die ich schrieb. Doch dann kam ich nie über die ersten zwei Kapitel hinaus.«
»Warum?«
»Weil sich mein Gesundheitszustand plötzlich drastisch verschlechterte. Ich musste ins Krankenhaus.«
»Weswegen?«
»Ich glaube, das wissen die in der Parkklinik bis heute noch nicht.«
»Sie waren in *der* Parkklinik? In Dahlem?« Viktor sah sie erstaunt an. Mit dieser Wendung des Gesprächs hatte er nicht gerechnet. Zum einen wusste er jetzt, dass sie tatsächlich eine sehr vermögende Autorin sein musste, wenn sie sich den teuren Aufenthalt dort leisten konnte. Zum anderen musste sie wirklich gravierende Probleme haben, denn die exklusive Privatklinik war nicht

auf die üblichen Prominentenprobleme wie Alkoholsucht und Drogenabhängigkeit spezialisiert, sondern auf schwerste psychische Störungen. Er selbst war vor seinem Zusammenbruch früher mehrfach als außenstehender Experte zu Rate gezogen worden und konnte den hervorragenden Ruf dieser Einrichtung bestätigen. Mit dem Aufgebot der bedeutendsten Fachkräfte des Landes und den neuesten Behandlungsmethoden hatte die Berliner Privatklinik in vielen Fällen bahnbrechende Ergebnisse erzielt. Allerdings war ihm noch kein einziger Patient persönlich begegnet, der das Hospital in einem derart wachen Geisteszustand wieder verlassen hatte wie Anna Spiegel, die jetzt gerade bei ihm in seinem Strandhaus saß.

»Wie lange waren Sie dort?«

»Siebenundvierzig Monate.«

Jetzt verschlug es Viktor endgültig die Sprache. So lange? Entweder sie log, dass sich die Balken bogen, oder sie war wirklich ernsthaft krank. Wahrscheinlich sogar beides.

»Sie haben mich fast vier Jahre in einem Raum eingesperrt und so lange mit Pillen voll gestopft, dass ich zwischenzeitlich weder wusste, wer ich bin, noch, wo ich war.«

»Was war die Diagnose?«

»Ihr Spezialgebiet, Dr. Larenz. Deshalb bin ich ja zu Ihnen gekommen. Ich leide unter Schizophrenie.«

Viktor hatte sich in seinem Sessel zurückgelehnt und hörte ihr aufmerksam zu. Auf dem Gebiet der Schizophrenie war er tatsächlich Experte. Zumindest gewesen.

»Wie kam es zu Ihrer Einlieferung?«

»Ich habe Professor Malzius angerufen.«

»Sie haben von sich aus beim Institutsleiter um Aufnahme gebeten?«

»Ja, natürlich. Die Klinik hat einen sehr guten Ruf. Sonst kannte ich niemanden, der mir weiterhelfen würde. Sie wurden mir erst vor wenigen Tagen empfohlen.«

»Von wem haben Sie meinen Namen erfahren?«

»Von einem jungen Arzt in der Klinik. Er hatte zuvor dafür gesorgt, dass meine Medikamente abgesetzt wurden, damit ich wieder klar denken konnte. Er war es auch, der mir sagte, Sie wären der Beste für meinen Fall.«

»Was hat man Ihnen gegeben?«
»Alles mögliche. Truxal, Fluspi. Meistens Flupentixol.« *Klassische Neuroleptika. In jedem Fall keine falsche Behandlung,* dachte Viktor.
»Und es hat nicht geholfen?«
»Nein, die Symptome wurden vom Tag der Einlieferung an immer schlimmer. Nachdem endlich die Medikamente abgesetzt wurden, brauchte ich Wochen, um wieder auf die Beine zu kommen. Ich denke, das ist Beweis genug, dass eine medikamentöse Therapie bei meiner besonderen Form der Schizophrenie ausscheidet.«
»Was macht denn Ihre Form so besonders, Frau Spiegel?«
»Ich bin Schriftstellerin.«
»Ja, das sagten Sie bereits.«
»Ich will versuchen, das so gut wie möglich an einem Beispiel zu verdeutlichen.« Anna sah zum ersten Mal nicht direkt zu ihm hin, sondern fixierte plötzlich einen imaginären Punkt hinter seinem Rücken. Viktor verzichtete früher in seiner Praxis in der Friedrichstraße in Berlin auf die Freudsche Couch und unterhielt sich stattdessen mit seinen Patienten lieber von Angesicht zu Angesicht. Deshalb hatte er ein solches Verhalten schon häufig beobachtet. Die Patienten wichen seinem Blick aus, sobald sie unter großer Anspannung standen und ein besonders wichtiges Ereignis so präzise wie möglich schildern wollten. Oder wenn sie logen.

»Mein erster Versuch als Schriftstellerin war eine Kurzgeschichte. Ich schrieb sie im Alter von dreizehn Jahren für einen Schülerwettbewerb des Senats von Berlin. Die Themenvorgabe lautete ›Der Sinn des Lebens‹, und meine Geschichte handelte von mehreren jungen Erwachsenen, die ein wissenschaftliches Experiment starten. Ich hatte das Manuskript gerade abgegeben, als es am Folgetag passierte.«

»Was?«

»Meine beste Freundin feierte im Festsaal des Hotels ›Vier Jahreszeiten‹ im Grunewald ihren vierzehnten Geburtstag. Ich war auf dem Weg zur Toilette und musste dabei durch die Hotel-Lobby. Auf einmal war sie da. Sie stand direkt an der Rezeption.«

»Wer?«

»Julia.«

»Wer ist Julia?«
»Sie. Julia. Eine der Frauen aus meiner Kurzgeschichte, die Hauptperson in der Eröffnungssequenz.«
»Sie meinen, Sie sahen eine Frau, die derjenigen aus Ihrem Schulaufsatz ähnlich war?«
»Nein.« Anna schüttelte den Kopf. »Nicht eine Frau *wie* sie. Es war genau *die* Frau.«
»Woran haben Sie das erkannt?«
»Weil diese Frau wortwörtlich das sagte, was ich ihr in der ersten Szene in den Mund gelegt hatte.«
»Was?«
Annas Stimme wurde leise, und sie blickte wieder direkt in Viktors Augen.
»Julia beugte sich über den Tresen und sagte zu dem Angestellten an der Rezeption: ›Sag mal, Kleiner, gibst du mir ein hübsches Zimmer, wenn ich ganz nett zu dir bin?‹«
Viktor hielt ihrem fordernden Blick stand.
»Haben Sie mal überlegt, ob das vielleicht nur ein Zufall gewesen sein könnte?«
»Ja, ich habe wirklich lange darüber nachgedacht. Sehr lange. Nur fiel es mir schwer, an einen Zufall zu glauben, da Julia danach wieder genau das tat, was ich in meinem Aufsatz niedergeschrieben hatte.«
»Was denn?«
»Sie steckte sich eine Pistole in den Mund und pustete sich ihr Gehirn aus dem Schädel.«
Viktor sah sie entsetzt an.
»Das ist ...«
»... ein Scherz? Leider nein. Die Frau an der Rezeption war erst der Anfang eines Albtraums, in dem ich jetzt seit fast zwanzig Jahren gefangen bin. Mal mehr, mal weniger, Dr. Larenz. Ich bin Schriftstellerin, und das ist mein Fluch.«
Viktor hätte beinahe die Lippen zu ihren Worten bewegen können, so sicher war er, was sie als Nächstes sagen würde.
»Alle Figuren, die ich seit dieser Geschichte in meinen Gedanken entstehen lasse, werden real. Ich kann sie sehen, sie beobachten und manchmal sogar mit ihnen sprechen. Ich denke sie mir aus,

und im nächsten Moment sind sie in meinem Leben. Das ist meine Krankheit, Dr. Larenz. Das ist mein Problem. Das ist die Besonderheit meiner angeblichen Schizophrenie.«

Anna beugte sich nach vorne.

»Und deshalb bin ich hier bei Ihnen. Also ...?«

Viktor sah sie an und sagte im ersten Moment gar nichts. Zu viele Gedanken wollten gleichzeitig gedacht werden. Zu viele Emotionen kämpften gegeneinander an.

»Also, Dr. Larenz?«

»Also was?«

»Sind Sie interessiert? Werden Sie mich behandeln, nun, wo ich doch schon mal hier bin?«

Viktor sah auf seine Uhr. Die fünf Minuten waren vorbei.

5. Kapitel

RÜCKBLICKEND WAR VIKTOR SICH SICHER. Hätte er bei der ersten Begegnung nur etwas aufmerksamer zugehört und die Zeichen richtig gedeutet, dann wäre ihm bereits viel früher die Erkenntnis gekommen, dass etwas nicht stimmte. Ganz und gar nicht stimmte. Aber wahrscheinlich wäre die Katastrophe dann nur viel schneller eingetreten.

In jedem Fall hatte Anna ihr Ziel erreicht. Sie war in sein Haus eingedrungen und hatte ihn in mehrfacher Hinsicht überrumpelt. Ihre Geschichte interessierte ihn tatsächlich. Sie war so ungewöhnlich, dass er für fünf Minuten weder an sich selbst noch an seine eigenen Probleme hatte denken müssen. Doch obwohl er diesen fast sorgenfreien Zustand genoss, wollte er sie nicht behandeln. Nach kurzer, aber bestimmter Diskussion willigte sie widerstrebend ein, mit der nächsten Fähre morgen früh die Insel zu verlassen und erneut Professor van Druisen zu konsultieren.

»Ich habe meine Gründe«, sagte er knapp, als sie ihn fragte, warum sie nicht bleiben dürfe. »Einer davon ist, dass mir über vier Jahre Praxis fehlen.«

»Sie werden Ihr Handwerk ja nicht verlernt haben.«
»Es ist nicht eine Frage des Könnens ...«
»Sie *wollen* also nicht ...«
Ja, dachte Viktor, aber irgendetwas hielt ihn davon ab, dieser Frau von Josy zu erzählen. Wenn Anna tatsächlich während ihres Aufenthaltes in der Klinik nichts von seiner Tragödie gehört hatte, so wollte nicht ausgerechnet er es sein, der das änderte.

»Ich denke, es wäre höchst fahrlässig, in Ihrem komplexen Fall ohne gründliche Vorbereitung zu beginnen, zumal nicht in einer regulären Praxis.«

»Vorbereitung? Ach, kommen Sie. Es ist doch Ihr Spezialgebiet. Wenn man mich zu Ihnen in die Friedrichstraße überwiesen hätte, was hätten Sie mich denn dann als Erstes gefragt?«

Viktor lächelte über den plumpen Versuch, ihn zu übertölpeln.

»Ich würde Sie fragen, wann Sie zum ersten Mal in Ihrem Leben halluziniert haben, aber ...«

»Lange vor dem besagten Vorfall im Hotel«, unterbrach sie ihn.

»Im ›Vier Jahreszeiten‹ war mein schizophrener Schub allerdings so ...«

Sie suchte nach Worten.

»... so realistisch. So deutlich. Noch nie hatte ich eine derart sinnliche und lebendige Wahrnehmung gehabt wie diese. Ich konnte die Frau sehen, ich hörte den Schuss und sah, wie sich ihr Gehirn über die Rezeption verteilte. Und zum ersten Mal handelte es sich um eine Figur aus einer selbst erfundenen Geschichte. Aber natürlich gab es auch bei mir, so wie bei den meisten Schizophrenen, einige Vorzeichen.«

»Welche?«

Viktor beschloss, ihr noch weitere fünf Minuten zu geben, bevor sie ihn endgültig verlassen musste.

Für immer.

»Nun, wo soll ich da anfangen? Ich denke, die Geschichte meiner Krankheit reicht bis in meine frühe Kindheit zurück.«

Er wartete ab, bis sie von alleine weitersprach, und nahm noch einen Schluck des mittlerweile kalten und bitteren Assam-Tees.

»Mein Vater war Berufssoldat, GI also. Er blieb als Alliierter in

Berlin und arbeitete damals als Rundfunkmoderator beim American Forces Network, dem AFN. Er galt als eine lokale Berühmtheit, war ein Frauenheld erster Güte. Schließlich wurde eine seiner zahlreichen blonden Affären, die er im Hinterzimmer des Militärkasinos verführt hatte, schwanger. Sie hieß Laura, war eine waschechte Berlinerin und meine Mutter.«

»Aha. Sie sprechen von Ihrem Vater in der Vergangenheitsform?«

»Er starb, als ich acht war, bei einem tragischen Unfall. Professor Malzius sah hierin übrigens das erste traumatisierende Erlebnis in meinem Leben.«

»Was war das für ein Unfall?«

»Er wurde in einem Militärkrankenhaus am Blinddarm operiert, und man vergaß, ihm die Stützstrümpfe vor der Operation anzuziehen. Die Thrombose war tödlich.«

»Das tut mir Leid.« Viktor ärgerte sich immer maßlos über das Unglück, das unfähige Ärzte durch Nachlässigkeit über ihre Patienten und deren Angehörige brachten.

»Wie haben Sie die Nachricht vom Tod Ihres Vaters aufgenommen?«

»Nicht so gut. Wir wohnten in einem Reihenendhaus in der Nähe der Andrew Barracks im amerikanischen Sektor in Steglitz. Hinter dem Haus hielten wir einen kleinen Mischlingshund, Terry, der uns einmal zugelaufen war. Mein Vater hasste ihn, und deshalb war er die meiste Zeit an einer kurzen Leine angebunden und durfte nie ins Haus. Als meine Mutter mir gesagt hatte, dass Vater tot war, ging ich raus zu dem Hund und schlug auf ihn ein. Ich nahm dazu einen von Daddys Baseballschlägern, den schweren mit dem Eisenkern. Weil die Leine so kurz war, konnte Terry nicht ausweichen, geschweige denn fliehen. Zuerst knickten seine Beine weg, und er duckte sich. Doch ich schlug weiter. Ich war ein kleines achtjähriges Mädchen mit dem Zorn und der Kraft einer Besessenen. Irgendwann, nach dem zehnten Schlag vielleicht, war Terrys Rückgrat gebrochen, und er konnte sich nicht mehr rühren. Er schrie entsetzlich vor Schmerzen, doch ich hämmerte weiter auf ihn ein, bis das Blut aus seinem Maul kam und er schließlich nur noch ein Klumpen Fleisch war, aus dem ich jegliches Leben herausgeprügelt hatte.«

Viktor versuchte, sie nicht angewidert anzusehen, und fragte ruhig: »Wieso haben Sie das getan?«

»Weil Terry das war, was ich außer meinem Vater am meisten im Leben geliebt habe. In meinem kindlichen Wahn dachte ich: Wenn man mir das Liebste genommen hat, so gibt es für die Nummer zwei in meinem Leben auch keine Daseinsberechtigung mehr. Ich war wütend, weil Terry noch lebte und mein Vater nicht.«

»Das ist ein schreckliches Erlebnis.«

»Ja, ist es. Aber Sie wissen ja noch gar nicht, warum.«

»Wie meinen Sie das?«

»Sie kennen noch nicht die ganze Geschichte, Dr. Larenz. Das wirklich Entsetzliche an diesem Erlebnis ist nicht der Tod meines Vaters. Und nicht, dass ich einen kleinen, unschuldigen Hund grausam zu Tode gequält habe.«

»Sondern?«

»Das wahrhaft Grauenhafte für mich ist, dass es diesen Hund nie gegeben hat. Terry hat nie existiert. Uns war einmal eine Katze zugelaufen, aber kein Hund. Und auch wenn mich noch heute Terrys geschundener kleiner Körper in meinen Träumen verfolgt, so weiß ich mittlerweile ganz genau, dass dieses Erlebnis nur meiner kranken Fantasie entsprungen ist.«

»Wann haben Sie das erkannt?«

»Oh, das hat lange gedauert. Es kam erst im Rahmen meiner ersten psychotherapeutischen Behandlung zur Sprache. Damals war ich achtzehn oder neunzehn. Vorher konnte ich mich niemandem anvertrauen. Wer beichtet schon gerne, dass er eine Tierquälerin ist, geschweige denn eine Irre?«

Himmel, dachte Viktor und streichelte gedankenverloren Sindbad, der weiterhin zu seinen Füßen still vor sich hin döste und das ungewöhnliche Gespräch teilnahmslos verschlief. Über zehn Jahre lang hatte das arme Mädchen mit entsetzlichen Schuldgefühlen leben müssen. Das war die wohl grausamste Geisel der Schizophrenie. Die meisten Trugbilder hatten nur die eine Aufgabe, der erkrankten Person zu suggerieren, sie sei nutzlos, böse und lebensunwert. Nicht selten wurden Schizophrene von Stimmen in ihrem Kopf aufgefordert, sich das Leben zu nehmen. Und nicht viel seltener gehorchten die armen Seelen ihren imaginären Peinigern.

Viktor sah auf seine Uhr und war verwundert, wie spät es bereits geworden war. Heute würde er nicht mehr an dem Interview arbeiten können.

»Gut, Frau Spiegel.« Er stand demonstrativ auf, um zu signalisieren, dass das Gespräch damit endgültig beendet war. Während er einen Schritt auf Anna zuging, merkte er verwundert, dass ihm leicht schwindelig war.

»Wie ich Ihnen mehrfach deutlich gemacht habe, kann ich Sie hier unmöglich behandeln«, fuhr er fort und hoffte, auf seinem Weg nach draußen nicht zu schwanken.

Anna hatte ihn mit unbewegtem Gesicht angesehen und war dann ebenfalls aufgestanden.

»Natürlich«, sagte sie erstaunlich lebhaft. »Ich freue mich trotzdem, dass Sie mir zugehört haben, und werde jetzt Ihrem Ratschlag folgen.«

Etwas an der Art, wie sie sich zur Haustür bewegte, ließ eine schwache Erinnerung bei Viktor aufblitzen. So schnell, wie sie gekommen war, verschwand sie jedoch auch wieder.

»Geht es Ihnen nicht gut, Doktor?«

Er ärgerte sich, dass sie ihm offenbar die leichte Gleichgewichtsstörung ansah.

»Nein, nein, alles bestens.«

Komisch. Viktor fühlte sich so, als ob er gerade nach einer längeren Schiffsfahrt wieder das Festland betreten hätte.

»Wo wohnen Sie eigentlich im Ort?«, fragte er, um die Aufmerksamkeit auf ein anderes Thema zu lenken, während beide in den Flur hinaustraten und Viktor die Tür zur Veranda öffnete.

»Im ›Ankerhof‹.«

Er nickte. Wo sonst. Außerhalb der Saison gab es lediglich in diesem Wirtshaus noch Gästezimmer. Die Inhaberin Trudi, deren Mann vor drei Jahren mit seinem Fischerboot tödlich verunglückt war, galt als die gute Seele der Insel.

»Ist bei Ihnen wirklich alles okay?«, hakte sie nach.

»Doch, doch. Das habe ich manchmal, wenn ich zu schnell aufstehe«, log er und hoffte, dass dies nicht der Vorbote einer schleichenden Erkältung war.

»Gut«, gab sie sich zufrieden. »Dann gehe ich jetzt schnell zurück in den Ort. Ich muss noch packen, wenn ich gleich morgen Früh die Fähre zum Festland nehmen will.«

Viktor freute sich, das zu hören. Je schneller sie von der Insel verschwand, desto früher wäre er wieder ungestört. *In Ruhe gelassen.* Er gab ihr nochmals die Hand und sie verabschiedeten sich kurz und formlos.

Hinterher ist man immer klüger. Hätte Viktor bereits im ersten Gespräch nur etwas genauer hingehört, wären ihm die zwischen den Zeilen versteckten Warnsignale aufgefallen. Doch arglos, wie er war, ließ er Anna gehen und sah ihr noch nicht mal hinterher. Sie musste damit gerechnet haben. Denn sobald die Tür hinter ihr ins Schloss gefallen war, machte sie sich gar nicht erst die Mühe, ihre wahren Absichten zu verbergen. Stattdessen wanderte sie zielstrebig nach Norden.

In die entgegengesetzte Richtung vom »Ankerhof«.

6. Kapitel

ANNA WAR GERADE ERST GEGANGEN, als er schon wieder durch Klopfen an der Haustür gestört wurde. Halberstaedt, der Bürgermeister der Insel.

»Danke, dass Sie sich um den Generator gekümmert haben«, begrüßte ihn Viktor und schüttelte die Hand des alten Mannes. »Es war schön warm, als ich ankam.«

»Freut mich, Herr Doktor«, entgegnete Halberstaedt knapp und zog seine Hand merkwürdig schnell zurück.

»Und? Was treibt Sie bei dem unruhigen Wetter zu mir heraus? Ich dachte, die Post kommt erst übermorgen.«

»Ja, da haben Sie Recht.« Halberstaedt hatte ein Stück Treibholz in der linken Hand, mit dem er sich den Sand aus den Profilsohlen seiner schwarzen Gummistiefel klopfte. »Deswegen bin ich nicht gekommen.«

»Okay.« Larenz deutete auf die Tür. »Wollen Sie nicht eintreten? Es sieht so aus, als ob es bald Regen gibt.«
»Nein. Danke. Will Sie nicht lange stören. Hab nur eine Frage.«
»Ja?«
»Diese Frau, die eben bei Ihnen war. Wer ist sie?«
Viktor war erstaunt über seine Direktheit. Halberstaedt war sonst eher höflich und zurückhaltend und respektierte die Privatsphäre der Inselbewohner.
»Nicht, dass mich das was angeht. Aber ich an Ihrer Stelle wäre vorsichtig.« Halberstaedt machte eine kleine Pause, um etwas Kautabak über die Verandabrüstung auf den sandigen Weg zu spucken.
»Verdammt vorsichtig!«
Viktor kniff die Augen zusammen, als ob die Sonne ihm direkt ins Gesicht scheinen würde, und musterte den Bürgermeister. Weder der Ton noch der Inhalt seiner Worte gefielen ihm.
»Darf ich fragen, was Sie mir damit andeuten wollen?«
»Gar nichts will ich andeuten. Ich sag's ganz offen. Die Frau ist nicht sauber. Mit der stimmt was nicht.«
Viktor kannte den Argwohn, den gesunde Menschen psychisch Kranken entgegenbrachten. Er wunderte sich nur, wie schnell Halberstaedt gemerkt hatte, dass Anna nicht gesund war.
Aber das bin ich auch nicht. Nicht mehr.
»Machen Sie sich mal keine Sorgen um die Dame ...«, setzte er an.
»Um die mache ich mir gewiss keine Gedanken. Ich habe Angst, dass Ihnen etwas zustößt.«
Mit einem Schlag war sie vorbei. Die Gedankenpause, die Annas Einbruch und ihre haarsträubende Geschichte ihm verschafft hatten. *Josy.* Es gab Millionen unterschiedlicher Impulse, die in Viktors Gehirn reflexartig die Erinnerung an seine Tochter auslösen konnten. Eine bedrohliche Stimme wie die des Bürgermeisters gehörte auch dazu.
»Wie meinen Sie das denn nun wieder?«
»So wie ich es sage. Ich glaube, Sie sind in Gefahr. Ich lebe jetzt zweiundvierzig Jahre auf der Insel, und im Laufe der Zeit habe ich viele Menschen kommen und gehen sehen. Einige waren willkommene Gäste. Gute Menschen, bei denen man sich wünschte, sie

würden länger bleiben. So wie Sie, Doktor. Und bei anderen wusste ich vom ersten Moment an, dass es Ärger geben wird. Ich kann das nicht erklären. Muss so was wie ein sechster Sinn sein. Jedenfalls sprang er an, als ich das Weibsstück zum ersten Mal im Ort sah.«
»Das müssen Sie mir schon näher erklären. Was hat sie denn um Gottes willen zu Ihnen gesagt, das Sie so beunruhigt?«
»Sie hat nichts gesagt. Ich habe mich gar nicht mir ihr unterhalten. Hab sie nur von weitem beobachtet und bin ihr dann zu Ihnen gefolgt.«
Komisch, dachte Viktor. *Anna hat mir vorhin etwas ganz anderes erzählt. Aber warum sollte sie mich über eine Unterhaltung mit Halberstaedt anlügen?*
»Auch Hinnerk hat gesagt, sie hätte sich verdammt merkwürdig verhalten, vor zwei Stunden in seinem Gemischtwarenladen.«
»Inwiefern merkwürdig?«, wollte Viktor wissen.
»Sie hat nach einer Waffe gefragt.«
»Wie bitte?«
»Ja. Erst wollte sie eine Harpune oder eine Leuchtspurpistole haben. Schließlich hat sie ein Tranchiermesser gekauft und mehrere Meter Angelschnur. Da fragt man sich doch – was hat die Frau vor?«
»Ich habe keine Ahnung«, sagte Viktor gedankenverloren. Er wusste es wirklich nicht. Was wollte eine psychisch kranke Frau auf dieser friedlichen Insel mit einer Waffe?
»Nun denn.« Halberstaedt zog sich die Kapuze seines schwarzen Parkas über den Kopf. »Ich muss wieder los. Entschuldigen Sie die Störung.«
»Kein Problem.«
Halberstaedt lief die Verandatreppe hinunter und drehte sich vor der kleinen Pforte am Zaun noch mal zu Viktor um.
»Noch was, Doktor. Wollte es Ihnen schon die ganze Zeit sagen. Es tut mir sehr Leid.«
Viktor nickte stumm. Nach vier Jahren musste niemand mehr den Grund seiner Anteilnahme erklären. Es war klar, was er meinte.
»Aber der Aufenthalt sollte Ihnen gut tun, denke ich. Und deshalb bin ich hier.«
»Wie meinen Sie das?«
»Ich hab mich gefreut, als Sie auf die Insel übergesetzt sind. Hab

gesehen, wie Sie an Land gingen. Und hab gehofft, dass Sie auf andere Gedanken kommen. Dass Sie bald besser aussehen würden. Aber ...«
»Aber was?«
»Sie sind noch blasser als vor einer Woche. Gibt es einen Grund dafür?«
Ja. Einen Albtraum. Und er nennt sich ›Mein Leben‹. Und du machst ihn durch deinen Auftritt hier nicht besser, dachte Viktor. Doch anstatt seine Gedanken laut auszusprechen, schüttelte er beschwichtigend den Kopf und provozierte damit eine weitere Gleichgewichtsstörung.
Halberstaedt schloss die Gartenpforte von außen und sah ihn streng an.
»Egal. Kann mich irren. Ist vielleicht alles halb so wild. Aber trotzdem: Denken Sie bei der Frau an meine Worte.«
Viktor nickte nur.
»Ich mein es ernst, Doktor. Passen Sie in nächster Zeit etwas auf sich auf. Ich hab da kein gutes Gefühl.«
»Mach ich. Danke.«
Viktor schloss die Haustür und sah Halberstaedt durch den Spion hinterher, bis er aus seinem eingeschränkten Blickfeld verschwunden war.
Was geht hier vor?, dachte er. *Was hat das alles zu bedeuten?*
Es sollte noch gut vier Tage dauern, bis er die Antwort erfuhr. Leider zu einem Zeitpunkt, an dem für ihn bereits alles zu spät war.

7. Kapitel

Parkum, vier Tage vor der Wahrheit

B: Haben Sie noch Hoffnung?

Die zweite Frage des Interviews war für Viktor die schlimmste. Nach einer unruhigen Nacht und einem lieblos zubereiteten Frühstück saß er seit zehn Uhr früh vor seinem Laptop. Doch heute hatte er eine gute Ausrede, warum sein Bildschirm nach einer halben Stunde immer noch leer war. Es gab jetzt keinen Zweifel mehr, dass sich tatsächlich eine Grippe bei ihm ankündigte. Das Schwindelgefühl von gestern war zwar fast verschwunden, dafür hatte er, seitdem er aufgewacht war, leichte Schluckbeschwerden und Schnupfen. Trotzdem wollte er heute die verlorene Zeit von gestern wieder hereinholen.

Hoffnung?

Am liebsten würde er mit einer Gegenfrage antworten:

Hoffnung worauf? Darauf, dass Josy noch lebt oder dass ihr Leichnam gefunden wird?

Ein starker Windzug ließ das Sprossenfenster erzittern. Viktor erinnerte sich dunkel an die Unwetterwarnung im Wetterbericht. Angeblich sollten die seit gestern angekündigten Ausläufer des Orkans »Anton« die Insel heute Nachmittag erreichen. Schon jetzt war eine graue Regenwand im Begriff, sich bedrohlich über dem Meer aufzubauen, und heftige Windböen peitschten die ersten Regenschauer an die Küste. Die Temperatur war über Nacht merklich gefallen, und das Feuer im Kamin brannte nicht mehr ausschließlich aus optischen Gründen, sondern weil seine Wärme zur Unterstützung der generatorbetriebenen Ölheizung tatsächlich benötigt wurde. Auch die Fischer und Fährmänner hatten die Berichte der Küstenwache offenbar ernst genommen. Viktor blickte durchs Fenster und konnte von seinem Schreibtisch aus kein einziges Schiff mehr auf den sich immer höher auftürmenden Wellen erkennen.

Er wendete sich wieder dem Bildschirm zu.

Hoffnung

Viktor ballte die Hände über der Tastatur zur Faust und streckte dann die Finger wieder aus, ohne die Buchstaben dabei zu berühren. Als er diese Frage zum ersten Mal las, hatte sie einen imaginären Damm in seinem Gehirn gesprengt, und der erste Gedanke, der langsam Gestalt annahm, war der an die letzten Tage seines Vaters. Gustav Larenz war im Alter von vierundsiebzig Jahren an Lymphdrüsenkrebs erkrankt und hatte die dauernden Schmerzen nur mit Hilfe permanenter Morphingabe ertragen können. Doch im späten Stadium der Krankheit vermochten selbst die starken Tabletten die Schmerzen nicht mehr vollständig auszuschalten. »Wie unter einer mit Nebel gefüllten Glocke ...«, beschrieb der Vater seinem Sohn die dumpf hämmernde Migräne, deren Aggressionspotenzial alle zwei Stunden durch die Pillen auf ein gerade noch erträgliches Maß reduziert wurde.

Wie unter einer mit Nebel gefüllten Glocke. Genau darunter habe ich meine Hoffnung begraben. Es ist so, als ob die Symptome meines Vaters auch mich heimgesucht hätten. Wie bei einer ansteckenden Krankheit. Nur dass der Krebs nicht das Lymphdrüsensystem, sondern meinen Verstand befallen hat. Und die Metastasen wuchern durch mein Gemüt.

Viktor atmete tief durch und begann schließlich zu schreiben.

Ja, er hatte Hoffnung. Dass eines Tages seine Haushälterin ihm einen Besucher ankündigen würde, der in der Eingangshalle wartete und es ablehnte, im Wohnzimmer Platz zu nehmen. Er hoffte, der Mann, der seine Dienstmütze in beiden Händen hielt, würde ihm wortlos in die Augen sehen. Und dass er es dann endlich sicher wüsste. Lange bevor die endgültigsten aller Worte aus dem Munde des Beamten kämen: »Es tut mir Leid.«

Das war seine Hoffnung.

Isabell hingegen betete jeden Abend für das Gegenteil. Dessen war er sich sicher. Woher sie die Kraft dazu nahm, war ihm nicht klar. Aber tief in ihrem Innersten versteckt hatte sie eine Vision. Dass sie eines Tages wie gewohnt von einem Ausritt nach Hause käme und das umgekippte Fahrrad von Josy in der Auffahrt sehen würde. Und noch bevor sie es aufrichten konnte, um es zum Gartenhaus zu schieben, würde Josy lachend vom See her kommen. Außer Atem, Hand in Hand mit ihrem Vater. Gesund und überglücklich. »Was gibt es zu Mittag?«, würde Josy von weitem rufen, und alles wäre wie früher. Isabell würde sich nicht wundern. Sie würde

Josy auch nicht fragen, wo sie die letzten Jahre verbracht hatte. Sie würde ihr über das länger gewordene rötlich blonde Haar streichen und es einfach akzeptieren. Dass sie wieder da war. Dass die Familie endlich wieder vereint war. So wie sie die Trennung akzeptiert hatte. Jahrelang. Das war ihre unausgesprochene Hoffnung.

So, ist Ihre Frage damit beantwortet?
Emotionslos nahm Viktor zur Kenntnis, dass er wieder einmal Selbstgespräche führte. Diesmal war Ida von Strachwitz seine imaginäre Zuhörerin. Sie war die verantwortliche Redakteurin bei der *Bunten*, der er schon übermorgen die ersten Antworten per E-Mail schicken sollte.

Viktors Laptop gab ein Geräusch von sich, das ihn an eine alte Kaffeemaschine erinnerte, wenn diese beim Aufbrühen den letzten Rest Wasser in den Filter spuckte. Er entschied sich, die letzten Zeilen wieder zu löschen. Irritiert stellte er dabei fest, dass es nichts zu löschen gab. Alles, was er in der vergangenen halben Stunde geschrieben hatte, war ein einziger Satz. Und selbst dieser schien mit der Frage nicht sehr viel zu tun zu haben:

*»Zwischen Ahnen und Wissen
liegen Leben und Tod.«*

Viktor sollte nicht mehr dazu kommen, diese einzige Zeile zu ergänzen, da plötzlich das Telefon klingelte. Zum ersten Mal, seitdem er auf Parkum angekommen war. Unweigerlich erschreckte ihn der unerwartet laute Ton, der mit einem schrillen Widerhall die Stille des kleinen Hauses zerriss. Er ließ es viermal läuten, bevor er den schweren Hörer des alten Drehscheibentelefons abhob. Wie fast alles im Haus war auch das schwarze Ungetüm ein Erbstück von seinem Vater. Es stand auf einem kleinen Telefontisch neben dem Bücherregal.

»Störe ich Sie?«
Viktor stöhnte innerlich auf. Er hatte fast damit gerechnet, dass das passieren würde. Auf einmal fühlte er wieder das Schwindelgefühl von gestern zusammen mit den bekannten Anzeichen seiner Erkältung.

»Hatten wir nicht eine Verabredung getroffen, Frau Spiegel?«
»Ja«, kam es kleinlaut zurück.
»Sie wollten doch heute Morgen schon abreisen? Wann geht denn die Fähre?«
»Deswegen rufe ich ja an. Ich kann nicht.«
»Hören Sie!« Viktor schaute genervt nach oben zur Decke und entdeckte dabei einige Spinnweben in den Ecken des Zimmers. »Wir haben das doch alles ausführlich besprochen. Sie haben derzeit eine ruhige Phase und können in diesem Zustand völlig problemlos nach Berlin zurückfahren. Sie treffen sich dann sofort, wenn Sie angekommen sind, mit Professor van Druisen, den ich ...«
»Ich kann nicht«, unterbrach ihn Anna, ohne dabei laut zu werden. Und noch bevor sie es aussprach, wusste Viktor, was sie damit meinte.
»Die Fähre. Sie fährt nicht mehr wegen des Unwetters. Ich sitze hier auf der Insel fest.«

8. Kapitel

ER HATTE ES GEWUSST, noch bevor er den Hörer auflegte. Ihre Stimme hatte es ihm verraten. Sie klang so, als habe sie das Unwetter persönlich arrangiert, nur um ihn weiter von der Arbeit und seiner damit verbundenen Vergangenheitsbewältigung abzuhalten. Und sie erweckte den Eindruck, als ob sie ihm etwas zu erzählen hätte. Etwas so Wichtiges, dass sie bereit gewesen war, dafür die Strapazen und Kosten einer Fahrt von Berlin hierher auf sich zu nehmen. Und das sie ihm gestern aus irgendeinem Grund noch nicht anvertraut hatte. Viktor wusste nicht, *was* es war, aber er wusste, dass sie die Insel nicht eher verlassen würde, bevor sie ihre Geschichte losgeworden war. Und deshalb musste sie kommen. Auch aus diesem Grund hatte er sich vorsichtshalber geduscht und umgezogen. Im Bad hatte er ein Aspirin in Wasser aufgelöst und mit drei Schlucken auf nüchternen Magen getrunken. Er spürte einen Druck auf den Augen. Ein untrügliches Zeichen für nahenden Kopfschmerz. Vielleicht sogar Fieber. Normalerweise nahm Viktor bei diesen Warnsignalen seines Körpers lieber gleich zwei Katadolon. Doch die würden ihn schläfrig machen, und irgendetwas in ihm gab ihm den Rat, seinem ungebetenen Gast besser mit klarem Kopf gegenüberzutreten. Daher fühlte er sich zwar grippig, aber wenigstens nicht müde, als Sindbad am frühen Nachmittag mit einem warnenden Knurren Annas Ankunft an der Vordertür ankündigte.

»Ich bin spazieren gegangen und sah Licht bei Ihnen im Wohnzimmer«, lächelte sie ihn an, nachdem er ihr geöffnet hatte.

Viktor runzelte die Stirn. *Spazieren gegangen?* Selbst Hundebesitzer nahmen bei diesem Wetter nur ungern einen längeren Fußweg auf sich. Es goss zwar noch nicht in Strömen, aber der leichte Nieselregen hatte es bereits in sich. Und Anna war in ihrem Kostüm aus feinstem Wollstoff und den hochhakigen Schuhen ganz und gar nicht wetterfest angezogen. Vom Ort bis zum Strandhaus waren es mindestens fünfzehn Minuten, die man auf einem schlecht befestigten Gehweg zurücklegen musste, der bereits voller Pfützen war. Trotzdem hatte sie keinen Dreck an ihren eleganten Sommerpumps. Auch ihre Haare waren trocken, obwohl sie weder Regenschirm noch Kopftuch bei sich trug.

»Komme ich ungelegen?«

Viktor merkte, dass er noch gar nichts gesagt, sondern sie nur entgeistert angestarrt hatte.

»Ja. Das heißt, ich ...« Er stotterte. »Entschuldigen Sie bitte. Ich bin etwas durcheinander. Und ich habe mich wohl erkältet.«

Und was mir Halberstaedt über dich erzählt hat, öffnet dir auch nicht gerade bereitwillig meine Tür.

»Oh.« Das Lächeln war von Annas Gesicht verschwunden. »Das tut mir Leid.«

Ein Blitz über dem Meer erhellte hinter dem Haus für einen Moment die Umgebung. Kurz darauf folgte das obligatorische Donnergrollen. Das Unwetter kam näher. Viktor ärgerte sich. Jetzt konnte er den unliebsamen Gast nicht sofort zurückschicken. Er musste Anna aus Höflichkeit erdulden, zumindest so lange, bis die ersten Regenschauer vorüber waren.

»Nun, wenn Sie sich schon mal die Mühe gemacht haben, hier

heraus zu mir zu kommen, dann können wir ja gemeinsam Tee trinken«, schlug er widerwillig vor. Was Anna, ohne zu zögern, annahm. Ihr Lächeln war zurückgekehrt, und Viktor glaubte sogar, einen leichten Ausdruck von Triumph in ihrer Miene zu erkennen. Etwa wie bei einem kleinen Kind, das seine Mutter nach andauernder Quengelei im Supermarkt dazu gebracht hat, Süßigkeiten zu kaufen.

Sie folgte ihm in das Kaminzimmer, wo beide wieder ihre Plätze vom Vortag einnahmen. Sie mit überschlagenen Beinen auf der Couch. Er mit dem Rücken zum Fenster vor seinem Schreibtisch.

»Bitte bedienen Sie sich.«

Er hob seine eigene Tasse an und deutete mit dem Kopf in Richtung Kaminsims, wo die Teekanne auf dem Stövchen stand.

»Später vielleicht. Danke.«

Viktors Hals schmerzte heftiger als zuvor, und er nahm einen großen Schluck. Der Assam-Tee schmeckte mit jeder Tasse bitterer.

»Geht es Ihnen gut?«

Wieder die gleiche Frage wie gestern. Viktor ärgerte sich, dass sie ihn augenscheinlich so durchschauen konnte. Er war hier der Arzt.

»Danke. Ich fühle mich bestens.«

»Und warum schauen Sie die ganze Zeit so grimmig drein, seitdem ich gekommen bin, Doktor? Sind Sie mir etwa böse? Bitte glauben Sie mir, dass ich heute Früh wirklich die Fähre zum Festland nehmen wollte. Doch leider ist ihr Betrieb bis auf weiteres eingestellt worden.«

»Hat man Ihnen schon gesagt, wann er voraussichtlich wieder aufgenommen wird?«

»Nein. Nur, dass es frühestens in zwei Tagen sein wird. Mit sehr viel Glück in vierundzwanzig Stunden.«

Und mit etwas Pech in einer Woche. So lange hatte Viktor schon einmal mit seinem Vater hier ausharren müssen.

»Vielleicht wollen wir die verbliebene Zeit ja doch für ein weiteres Therapiegespräch nutzen?«, fragte sie unverblümt und lächelte wieder ihr sanftes Lächeln.

Sie will etwas loswerden, dachte Viktor.

»Sie irren sich, wenn Sie denken, dass das gestern ein Therapiegespräch war. Es war nur eine Unterhaltung. Sie sind nicht meine Patientin. Daran ändert auch der Sturm dort draußen nichts.«
»Fein, dann lassen Sie uns doch einfach unsere Unterhaltung von gestern wieder aufnehmen. Sie hat mir gut getan.«
Sie will etwas loswerden. Und sie wird keine Ruhe geben, bevor sie es nicht gesagt hat.
Viktor erwiderte lange ihren Blick und nickte dann schließlich, als er merkte, dass sie den ihren nicht abwenden würde.
»Also, gut ...«
... dann bringen wir das mal zu Ende, was wir gestern angefangen haben, ergänzte er in Gedanken, während Anna sich zufrieden auf der Couch zurücklehnte.

Und dann erzählte sie die schlimmste Geschichte, die Viktor je in seinem Leben zu hören bekommen sollte.

9. Kapitel

AN WELCHEM BUCH schreiben Sie zurzeit?«, fragte er sie als Erstes. Es war die Frage, mit der er heute Morgen aufgewacht war.
Welche Figuren werden als Nächstes in Ihren Albträumen lebendig?
»Ich schreibe nicht mehr. Jedenfalls nicht im herkömmlichen Sinne.«
»Wie meinen Sie das?«
»Ich bin dazu übergegangen, nur noch über mich selbst zu schreiben. Meine Biografie – wenn man so will. Damit schlage ich drei Fliegen mit einer Klappe. Erstens: Ich kann meiner künstlerischen Neigung nachgehen. Zweitens: Ich verarbeite dabei meine Vergangenheit und drittens: Ich verhindere, dass Romanfiguren in mein Leben treten und mich verrückt machen.«
»Verstehe. Dann erzählen Sie mir bitte etwas von Ihrem letzten großen Zusammenbruch. Dem, der schließlich zu Ihrer Aufnahme in der Klinik führte.«

Anna atmete tief aus und faltete ihre Hände wie zu einem Gebet.

»Nun. Die letzte Romanfigur, die sich verselbständigte, war die Heldin aus einem modernen Märchen für Kinder.«

»Worum ging es?«

»Um ein kleines Mädchen. Charlotte. Sie war ein zierlicher blonder Engel, so wie man ihn aus der Werbung für Lebkuchen oder Schokolade kennt.«

»Nicht die schlimmste Figur, die man sich als imaginären Begleiter vorstellen kann.«

»Ja. Das stimmt. Charlotte war ein kleiner Schatz. Jeder, der sie sah, schloss sie sofort ins Herz. Sie lebte als einzige Königstochter in einem kleinen Schloss auf einer Insel.«

»Wovon handelte die Geschichte genau?«

»Von einer Suche. Eines Tages wurde Charlotte nämlich plötzlich krank. Sehr krank.«

Viktor wollte gerade einen weiteren Schluck Tee nehmen, setzte die Tasse aber wieder ab. Anna hatte jetzt seine volle Aufmerksamkeit.

»Sie litt an unerklärlichen Fieberanfällen, wurde immer schwächer und dünner. Alle Mediziner des Landes kamen zusammen und untersuchten sie, aber keiner konnte sagen, was ihr fehlte. Ihre Eltern verzweifelten Tag für Tag mehr. Und Tag für Tag verschlimmerte sich der Zustand der Kleinen.«

Viktor hielt unbewusst den Atem an und konzentrierte sich auf jedes folgende Wort.

»Eines Tages beschloss die kleine Charlotte dann, ihr Schicksal selbst in die Hand zu nehmen, und riss von zu Hause aus.«

Josy.

Viktor hatte versucht, diesen Gedanken zu verdrängen, aber es war ihm nicht gelungen.

»Wie bitte?« Anna sah ihn irritiert an. Viktor hatte gar nicht bemerkt, dass er offenbar etwas gesagt hatte, und fuhr sich nervös durch die Haare.

»Nichts. Ich wollte Sie nicht unterbrechen. Fahren Sie bitte fort.«

»Also, wie gesagt, sie machte sich auf die Suche nach der Ursache ihrer Krankheit. Wenn man so will, ist diese Geschichte eine

Parabel. Ein Kindermärchen von einem kranken Mädchen, das sich nicht aufgibt, sondern handelt, indem es auf eigene Faust in die Welt hinausgeht. *»Das kann nicht sein. Das ist unmöglich.«* Viktor war unfähig, auch nur einen klaren Gedanken zu fassen. Er kannte dieses Gefühl. Zuerst hatte er es in der Praxis von Dr. Grohlke gespürt. Und danach an jedem einzelnen Tag seines Lebens. Bis zu dem Zeitpunkt, an dem er beschlossen hatte, die Suche nach seiner kleinen Tochter endgültig zu beenden.

»Geht es Ihnen wirklich gut, Dr. Larenz?«

»Wie? Oh ...« Viktor sah auf die Finger seiner rechten Hand, die nervös auf der Mahagoniplatte des alten Schreibtisches trommelten.

»Entschuldigen Sie, ich habe wohl etwas zu viel Tee getrunken. Aber erzählen Sie mir mehr von Charlotte. Wie geht die Geschichte aus? Was ist passiert?«

Was ist mit Josy?

»Ich weiß es nicht.«

»Was? Sie wissen nicht, wie Ihr eigenes Buch endet?« Die Frage kam lauter, als Viktor es beabsichtigt hatte, doch Anna schien sich über den Gefühlsausbruch nicht zu wundern.

»Ich sagte doch, ich habe es nie fertig gestellt. Die Geschichte blieb ein Fragment. Gerade deshalb hat Charlotte mich doch nicht mehr losgelassen und in diesen Albtraum gestürzt.«

Albtraum?

»Wie meinen Sie das?«

»Wie ich schon sagte, Charlotte war die letzte Romanfigur, die in mein Leben trat. Was ich mit ihr erlebte, war so schrecklich, dass ich danach den Zusammenbruch hatte.«

»Noch mal. Was genau ist passiert?«

Viktor wusste, dass er sich falsch verhielt. Die Patientin war noch nicht so weit, um über das Trauma zu sprechen. Aber er musste es wissen. Als Anna nur starr nach unten schaute und keine Antwort gab, hakte er etwas vorsichtiger nach.

»Wann hatten Sie die erste Vision von Charlotte?«

»Das war vor etwa vier Jahren in Berlin. Im Winter.«

»Am 26. November«, ergänzte Viktor lautlos.

»Ich wollte gerade einkaufen gehen, als ich auf der Straße hinter mir diesen Krach hörte. Reifenquietschen, dann ein metallisches Scheppern, das Splittern von Glas, die üblichen Geräusche eines Auffahrunfalls. Ich dachte noch: ›Hoffentlich ist niemand zu Schaden gekommen‹, und drehte mich um. Da sah ich das Mädchen. Sie stand wie paralysiert mitten auf der Straße. Offenbar war sie schuld an dem Unfall.«

Viktor verkrampfte in seiner Sitzhaltung.

»Plötzlich, wie auf ein unsichtbares Zeichen hin, drehte sie den Kopf, sah zu mir herüber und lächelte mich an. Und da erkannte ich sie. Charlotte. Mein krankes Mädchen aus dem Roman. Sie rannte zu mir und nahm meine Hand.«

Ihre dünnen Ärmchen. So zerbrechlich.

»Jetzt war ich katatonisch, starr. Einerseits war mir klar, dass es sie nicht gab. Nicht geben konnte. Andererseits war sie so real. Ich konnte nicht anders. Ich musste sie akzeptieren. Also folgte ich ihr.«

»Wohin? Wo genau war das?«

»Was? Wieso ist das so wichtig?«

Anna blinzelte etwas verstört und schien auf einmal doch keine Lust mehr zu haben weiterzureden.

»Ist es nicht. Verzeihen Sie. Fahren Sie fort.«

Anna räusperte sich und stand auf.

»Wenn es Ihnen nichts ausmacht, Dr. Larenz, würde ich gerne eine Pause machen. Ich weiß, ich habe Sie die ganze Zeit zu dem Gespräch gedrängt. Doch jetzt merke ich, dass ich vielleicht doch noch nicht so weit bin. Diese Visionen waren wirklich sehr schrecklich für mich. Jetzt darüber zu reden, fällt mir schwerer, als ich dachte.«

»Natürlich«, sagte Viktor, obwohl in ihm alles nach weiteren Informationen schrie. Er stand ebenfalls auf.

»Ich werde Sie ab sofort nicht mehr belästigen. Vielleicht kann ich ja morgen schon nach Hause.«

Nein!

Viktor suchte fieberhaft nach einem Ausweg. Er konnte es nicht zulassen, dass sie nicht mehr wiederkam, obwohl es genau das war, was er noch vor wenigen Minuten von ihr verlangt hatte.

»Nur noch eine Frage.« Viktor blieb unbeholfen in der Mitte des Zimmers stehen. »Wie hieß das Buch?«

»Es hatte noch keinen richtigen Titel. Nur einen Arbeitstitel: ›Neun.‹«

»Wieso ›Neun‹?«

»Weil Charlotte neun Jahre alt war, als sie fortlief.«

»Oh.«

Zu jung! Erstaunt merkte Viktor, was die wenigen Worte von Anna bei ihm bewirkt hatten. Wie sehr er sich gewünscht hatte, dass die kranken, schizophrenen Visionen dieser Patientin einen realen Bezug hätten.

Während Viktor jetzt langsam auf sie zuging, fühlte er, dass sein Fieber gestiegen war. Auch die Kopfschmerzen hatten trotz der Tablette, die er nach dem Duschen genommen hatte, nicht nachgelassen. Der Schmerz pochte hinter seinen Schläfen, und seine Augen begannen zu tränen. Auf einmal nahm er die Gestalt von Anna nur verschwommen wahr und sah ihre Konturen wie durch ein gefülltes Wasserglas. Viktor blinzelte kurz, und als er wieder klarer sehen konnte, las er etwas in Annas Augen, das er sich zunächst nicht erklären konnte. Und dann wusste er es: Er *kannte* sie. Irgendwann, vor langer Zeit, war er ihr schon einmal begegnet. Aber er konnte ihr Gesicht keiner Person und keinem Namen zuordnen. So wie man manchmal nicht weiß, wie ein bestimmter Schauspieler heißt und in welchem Film man ihn zuvor schon mal gesehen hat.

Er half ihr etwas unbeholfen in den Mantel und begleitete sie zur Tür. Anna war bereits mit einem Bein aus dem Haus getreten, als sie sich noch einmal umdrehte, und in der nächsten Sekunde war ihr Mund plötzlich ganz nahe an Viktors Gesicht.

»Ach, noch was. Nur weil Sie eben gefragt haben.«

»Ja?« Viktor wich etwas zurück und fühlte mit einem Schlag die gleiche Anspannung wie zu Beginn ihrer Unterhaltung.

»Ich weiß nicht, ob es wichtig ist. Aber das Buch hatte auch einen Untertitel. Er ist sehr merkwürdig, weil er eigentlich überhaupt nichts mit der Geschichte zu tun hat. Er fiel mir damals in der Badewanne ein, und ich fand ihn einfach hübsch.«

»Wie lautete er denn?«

Viktor fragte sich für einen kurzen Moment, ob er es überhaupt hören wollte. Doch es war schon zu spät.

»Die blaue Katze«, antwortete Anna. »Fragen Sie mich nicht, wieso. Ich dachte, es wäre hübsch, wenn auf dem Umschlag eine blaue Katze zu sehen sein würde.«

10. Kapitel

NUR UM NOCH MAL SICHERZUGEHEN, dass ich dich richtig verstanden habe ...«

Viktor konnte förmlich sehen, wie der übergewichtige Privatdetektiv am anderen Ende der Leitung fassungslos den Kopf schüttelte, während er seine Fragen an ihn stellte. Er hatte ihn unmittelbar, nachdem Anna aus dem Haus gegangen war, angerufen.

»Du sagst, dass du auf Parkum unangemeldeten Besuch von einer geistesgestörten Frau bekommen hast?«

»Ja.«

»Und diese Frau behauptet, dass sie von Romanfiguren verfolgt wird, die sie sich selbst ausgedacht hat?«

»So in etwa.«

»Und ich soll jetzt für dich überprüfen, ob die Wahnvorstellungen von ... ähh ...?«

»Anna. Tut mir Leid, Kai, aber ihren vollständigen Namen will ich dir erst sagen, wenn es wirklich nötig ist. Auch wenn ich nicht mehr offiziell praktiziere, ist sie, streng genommen, eine Patientin, und da will ich das Arztgeheimnis wahren.«

Jedenfalls so lange, wie es geht.

»Wie du meinst. Aber du glaubst tatsächlich, dass die schizophrenen Attacken von dieser neuen Patientin etwas mit dem Verschwinden deiner Tochter zu tun haben könnten?«

»So ist es.«

»Du weißt schon, wie sich das für mich anhört?«

»Natürlich«, antwortete Viktor. »Du musst glauben, dass ich endgültig den Verstand verliere.«

»Harmlos ausgedrückt.«

»Das verstehe ich nur zu gut, Kai. Aber überleg doch mal. Das, was sie mir erzählt hat, kann einfach kein Zufall sein.«
»Du meinst, es darf kein Zufall sein?«
Viktor überhörte den Einwand.
»Ein kleines Mädchen, das an einer unerklärlichen Krankheit zu Grunde geht und eines Tages verschwindet. In Berlin.«
»Schön«, akzeptierte Kai. »Aber was ist, wenn sie dich angelogen hat? Wenn sie doch von Josy weiß?«
»Du vergisst, dass wir ihre Krankheit nie in der Öffentlichkeit erwähnt haben. Davon kann sie nichts wissen.« Dazu hatte ihnen die Polizei geraten. Die mysteriösen Symptome der unerklärlichen Krankheit von Josy sollten nicht von der Presse dazu missbraucht werden, die Sensationsgier der Massen zu befriedigen.
»Und so haben wir außerdem eine Information, die uns nur der echte Entführer geben kann«, hatte sie der junge Einsatzleiter damals aufgeklärt. »Wir wissen dann, wer Ihre Tochter wirklich in der Gewalt und wer es nur auf Ihr Geld abgesehen hat.«
Und tatsächlich hatten sich auf die Vermisstenaufrufe zahlreiche Trittbrettfahrer gemeldet, die alle auf die Frage »Wie geht es Josephine?« mit »Ausgezeichnet« oder »Den Umständen entsprechend gut« geantwortet hatten. Und das war definitiv die falsche Antwort, wenn man bedachte, dass das kleine Mädchen mindestens einmal am Tag einen Kreislaufzusammenbruch bekam, selbst wenn sie nicht in den Händen von Gewaltverbrechern war.
»Okay, Doktor«, fuhr der Privatdetektiv fort. »Krankes Mädchen reißt von zu Hause aus. In Berlin. Bis dahin stimmen die Fakten meinetwegen noch überein. Aber dann? Was soll das Gerede von einer Königstochter, die in einem Schloss auf einer Insel lebt?«
»Du übersiehst, dass Schwanenwerder tatsächlich eine Insel ist, die nur durch eine Brücke mit Berlin-Zehlendorf verbunden wird. Unsere Schinkel-Villa am Großen Wannsee hast du selbst einmal scherzhaft als ›Schloss‹ bezeichnet. Und was die Königstochter angeht, Isabell nannte ... also sie *nennt* Josy häufig ›Prinzessin‹, auch hier hätten wir eine Parallele.«
»Nimm es mir nicht übel, Viktor. Ich arbeite jetzt seit vier Jahren für dich, und wir sind darüber Freunde geworden. Und als Freund sage ich dir: Das, was die Dame da erzählt hat, erinnert mich an

mein Horoskop im *Kurier*. Es ist so allgemein gehalten, dass sich jeder das Passende herauspicken kann.«

»Trotzdem. Ich könnte es mir nie verzeihen, wenn ich nicht alles Menschenmögliche für Josy getan hätte.«

»Okay. Du bist der Boss. Aber eins will ich dann doch noch mal klarstellen: Die letzte glaubwürdige Zeugenaussage stammt von einem älteren Ehepaar. Sie haben ein kleines Mädchen mit einem Mann aus der Praxis gehen sehen. Sie vermuteten nichts Schlimmes, weil sie annahmen, das Kind würde von seinem Vater begleitet werden. Diese Aussage wurde von dem Kiosk-Besitzer an der Ecke bestätigt. Ein Mann im mittleren Alter hat deine Tochter entführt. Keine Frau. Außerdem war Josy zwölf Jahre alt und nicht neun.«

»Und was ist mit der blauen Katze? Du kennst Josys Lieblingskuscheltier. Die blaue Katze Nepomuk.«

»Schön. Trotzdem macht das alles keinen Sinn. Gesetzt den Fall, da gibt es einen Zusammenhang, was will diese Frau denn von dir? Was steckt dahinter? Wenn sie Josy entführt hat, warum versteckt sie sich dann nicht weiter, sondern läuft dir sogar bis nach Parkum hinterher?«

»Ich sage ja nicht, dass meine Patientin da mit drinhängt. Ich sage nur, dass sie etwas weiß. Etwas, das ich in den kommenden Therapiesitzungen versuche, aus ihr herauszubekommen.«

»Du triffst dich also noch mal mit ihr?«

»Ja, ich hab sie für morgen Früh wieder eingeladen. Ich hoffe, sie kommt, nachdem ich bis heute nicht sehr freundlich zu ihr war.«

»Und wieso fragst du sie morgen nicht einfach direkt?«

»Wie stellst du dir das vor?«

»Zeig ihr ein Foto von Josy. Frage nach, ob sie das Mädchen wiedererkennt. Und wenn ja, dann ruf besser gleich die Polizei.«

»Ich habe hier kein gutes Foto von ihr. Nur eine Zeitungskopie.«

»Das kann ich dir faxen.«

»Meinetwegen. Aber ich kann es trotzdem nicht benutzen. Noch nicht.«

»Wieso?«

»Weil die Frau in einem Punkt die Wahrheit sagt: Sie ist krank. Und wenn sie tatsächlich an Schizophrenie leidet, brauche ich ihr

Vertrauen als Arzt. Sie will eigentlich nicht mehr über das Thema reden, das signalisiert sie mir jetzt schon. Wenn ich ihr morgen indirekt zu verstehen gebe, dass ich sie für die Komplizin bei einem Verbrechen halte, macht sie endgültig dicht. Dann bekomme ich gar keine weiteren Informationen aus ihr heraus. Und dieses Risiko will ich nicht eingehen, solange ich noch ein Fünkchen Hoffnung habe, dass Josy lebt.«

Hoffnung.

»Weißt du was, Viktor? Hoffnung ist wie eine Glasscherbe im Fuß. Solange sie im Fleisch steckt, tut es weh bei jedem Schritt, den man geht. Doch wenn sie herausgezogen wird, blutet es zwar für eine kurze Zeit, und es dauert eine Weile, bis alles verheilt ist, aber schließlich kann man weiterlaufen. Diesen Prozess nennt man auch Trauer. Und ich finde, du solltest endlich mal damit anfangen. Himmel! Fast vier Jahre sind vergangen, und wir hatten schon bessere Hinweise als die von einer Frau, die sich selbst in ein Irrenhaus einweisen ließ.«

Ohne es zu wissen, hatte Kai Strathmann Viktor soeben die Antwort für die zweite Frage im Interview gegeben.

»Gut, Kai. Ich verspreche dir, endgültig mit der Suche nach meiner Tochter aufzuhören, wenn du mir jetzt einen letzten Gefallen erweist.«

»Welchen?«

»Überprüfe bitte, ob es am 26. November in der Nähe von Grohlkes Praxis einen Auffahrunfall gab. Zwischen 15.30 und 16.15 Uhr. Schaffst du das?«

»Ja. Aber du wirst bis dahin die Füße stillhalten und allenfalls an diesem bescheuerten Interview arbeiten, hast du mich verstanden?«

Viktor bedankte sich bei ihm und vermied es dabei, direkt auf seine Frage zu antworten. Er wollte nur lügen, wenn es unbedingt sein musste.

11. Kapitel

Parkum, drei Tage vor der Wahrheit

B: Wer war Ihnen in dieser Zeit neben Ihrer Familie die größte Hilfe?

Viktor lachte. In wenigen Minuten erwartete er Anna zu einer weiteren Sitzung. Er war sich nicht sicher, ob sie kommen würde. Gestern noch hatte sie es offen gelassen, als sie sich verabschiedeten, und jetzt versuchte er, sich mit der Arbeit an dem Interview abzulenken. Um überhaupt einen anderen Gedanken als an Charlotte *(oder Josy?)* fassen zu können, hatte er sich die einfachste aller Fragen rausgesucht.
Die größte Hilfe?
Hier musste er nicht lange nachdenken. Die Antwort bestand aus einem einzigen Wort: Alkohol.

Je länger Josy verschwunden blieb, desto mehr hatte er trinken müssen, um seinen Schmerz in Schach zu halten. War es im ersten Jahr noch ein Schluck, so reichte bis vor kurzem nicht mal mehr ein Glas pro düsteren Gedanken. Und der Alkohol verdrängte nicht nur. Er hatte Antworten. Besser noch, er *war* die Antwort.

Frage: Hätte ich besser aufgepasst, wäre sie dann noch am Leben?
Antwort: Wodka.
Frage: Warum habe ich so lange untätig im Wartezimmer gewartet?
Antwort: Egal welche Marke, Hauptsache viel.

Viktor legte seinen Kopf in den Nacken und sehnte sich nach einer Fortsetzung des Gesprächs von gestern. Kai hatte sich noch nicht wieder gemeldet, um zu berichten, ob er etwas über den Unfall herausgefunden hatte. Doch so lange wollte Viktor nicht warten. Er musste wissen, wie Annas Geschichte weiterging, brauchte neue Hinweise, die er nach einem Zusammenhang überprüfen konnte, selbst wenn es noch so fantastisch war. Und er brauchte einen Schluck.

Viktor lachte erneut kurz auf. Natürlich könnte er sich jetzt einreden, ein Schuss Rum in seinem Tee sei wegen seiner sich immer stärker bemerkbar machenden Erkältung medizinisch indiziert. Und vielleicht hätte es ihm sogar geholfen. Doch zum Glück war er vernünftig gewesen und hatte seinen besten Freund und Helfer auf dem Festland zurückgelassen. Er war ohne einen einzigen Tropfen nach Parkum gekommen. Aus gutem Grund. Mr. Jim Beam und sein Bruder Jack Daniels waren die einzigen Patienten gewesen, mit denen er in den letzten Jahren intensive Gespräche geführt hatte. So intensiv, dass es Tage gab, an denen er nur einen einzigen klaren Gedanken fassen konnte: wann es wieder Zeit wurde für einen weiteren Schluck aus der Flasche.

Zuerst hatte Isabell versucht, ihn vom Alkohol wegzubekommen. Hatte ihm gut zugeredet, ihn bemuttert, bemitleidet und immer öfter angefleht.

Später, nach der Phase des Anbrüllens, hatte sie dann das getan, was Selbsthilfegruppen für Angehörige jedem Betroffenen raten: fallen lassen. Sie war ohne Vorwarnung ins Hotel gezogen und hatte sich nicht mehr bei ihm gemeldet. Ihm war die Leere in der Villa erst aufgefallen, als der Nachschub ausging und er nicht mehr die Kraft hatte, alleine den ganzen Weg über die Insel am Strandbad vorbei bis zur Tankstelle zu laufen.

Und mit der Kraftlosigkeit kamen die Schmerzen. Und mit den Schmerzen kamen die Erinnerungen.

An Josys erste Zähne.
Die Geburtstage.
Die Einschulung.
Das Fahrrad zu Weihnachten.
Die gemeinsamen Fahrten im Auto.
Und Albert.
Albert.

Viktor sah durch die Fensterscheibe aufs dunkle Meer und war so in Gedanken versunken, dass ihm noch nicht einmal die leisen Schritte hinter ihm auffielen.

Albert.

Müsste er einen Grund nennen, so war es ein kleiner, fremder, alter Mann, der ihn dazu bewogen hatte, mit dem Trinken zu pausieren. Früher, als er noch ein Leben hatte, war er jeden Nachmittag gegen 17.00 Uhr über die Stadtautobahn Richtung Spanische Allee von der Arbeit nach Hause gefahren. Kurz hinter dem Dreieck Funkturm, in Höhe der alten, baufälligen Avus-Tribünen, von denen früher die Zuschauer die sommerlichen Autorennen verfolgt hatten, stand regelmäßig ein älterer Herr und beobachtete den fließenden Feierabendverkehr. Er wartete neben einem klapprigen Damenfahrrad, mit dem er gekommen war, an einer Lücke im Zaun zum Messedamm. Es war die einzige Stelle zwischen Wedding und Potsdam, an der man auf Lärmschutzzäune oder Sichtblenden verzichtet hatte. Jedes Mal, wenn Viktor mit einhundert Kilometer pro Stunde an ihm vorbeirauschte, hatte er sich gefragt, was den Mann wohl dazu bewog, den Rücklichtern unzähliger Autos hinterher zu sehen. Viktor fuhr in seinem Volvo immer viel zu schnell vorbei. So schnell, dass es ihm an den Hunderten von Tagen nie gelungen war, den Gesichtsausdruck des Mannes zu studieren. Obwohl er ihn fast täglich gesehen hatte, hätte er ihn bei einer Gegenüberstellung nicht wiedererkennen können.

Auch Josy bemerkte den Mann eines Tages, als sie vom Deutsch-Französischen Volksfest gemeinsam mit Isabell nach Hause fuhren.

»Warum steht der Mann da?«, fragte sie und drehte sich dabei während der Fahrt nach hinten um.

»Er ist etwas verwirrt«, hatte Isabell nüchtern diagnostiziert, aber Josy war gar nicht darauf eingegangen.

»Ich glaube, er heißt Albert«, murmelte sie leise zu sich selbst; Viktor hatte es dennoch gehört.

»Wieso denn *Albert*?«

»Weil er ein alter Mann ist und einsam.«

»Ach, und alte, einsame Männer heißen so?«

»Ja«, war ihre schlichte Antwort, und damit war die Sache erledigt. Fortan besaß der Unbekannte am Straßenrand einen Namen, und Viktor ertappte sich manchmal sogar selbst dabei, wie er ihm zunickte, wenn er werktags an ihm vorbeifuhr.

»Hallo, Albert!«

Erst sehr viel später, als er eines Tages auf dem Marmorboden des Badezimmers aus seinem Rausch aufgewacht war, wurde ihm klar, dass auch Albert etwas suchte. Etwas, das er irgendwo verloren hatte und in den vorbeirasenden Autos wieder zu finden glaubte. Albert musste ein Seelenverwandter sein. Kaum war Viktor dieser Gedanke gekommen, hatte er sich auch schon an das Steuer seines Volvos gesetzt und war zum Messedamm an der Deutschlandhalle gefahren. Doch schon von weitem konnte er sehen, dass Albert an diesem Tag nicht an seinem Platz stand. Und auch an den folgenden Tagen, an denen Viktor nach ihm Ausschau hielt, wollte der einsame Mann sich nicht mehr zeigen.

Viktor hätte ihn gerne gefragt: »Entschuldigen Sie, aber wonach suchen Sie? Haben Sie auch jemanden verloren?«

Aber Albert blieb verschwunden. Er zeigte sich nie wieder.

Wie Josy.

Als Viktor am achtzehnten Tag erfolglos wieder nach Hause fuhr, um eine neue Flasche zu öffnen, erwartete ihn Isabell mit einem Brief in der Haustür. Es war die Anfrage für das Interview mit der *Bunten.*

»Dr. Larenz?«

Die Frage riss Viktor jäh aus seinem Tagtraum. Er stand so ruckartig auf, dass er sich mit seinem rechten Knie am Schreibtisch stieß. Gleichzeitig verschluckte er sich und fing an zu husten.

»Ich muss mich wohl erneut entschuldigen«, sagte Anna, die unvermittelt hinter ihm stand, machte aber keinerlei Anstalten, auf ihn zuzugehen oder ihm zu helfen.

»Ich wollte Sie nicht schon wieder erschrecken, aber ich hatte mehrfach geklopft, und dabei ging die Tür auf.«

Viktor nickte scheinbar verständnisvoll mit dem Kopf, obwohl er sich sicher war, die Haustür abgeschlossen zu haben. Er griff sich an den Kopf und merkte, dass ihm der Schweiß auf der Stirn stand.

»Sie sehen schlechter aus als gestern, Doktor. Ich gehe wohl besser.«

Viktor bemerkte, wie Anna ihn intensiv ansah, und stellte gleichzeitig fest, dass er vor Schreck noch gar nichts gesagt hatte.

»Nein«, sagte er etwas lauter als beabsichtigt.

Anna legte den Kopf schief, als ob sie nicht richtig verstanden hätte, was er gesagt hatte.

»Nein«, wiederholte Viktor, »das ist wirklich nicht nötig. Bitte, setzen Sie sich. Es ist gut, dass Sie da sind. Ich habe mehrere Fragen.«

12. Kapitel

ANNA LEGTE MANTEL UND SCHAL AB und machte es sich wieder auf dem Sofa bequem. Viktor hatte seinen alten Platz am Schreibtisch nicht verlassen. Er tat so, als suche er im Computer eine Datei mit Notizen zu ihrem Fall. Tatsächlich waren alle wesentlichen Fakten in seinem Gedächtnis gespeichert, und er wollte nur etwas Zeit schinden, bis sich seine Nerven wieder so beruhigt hatten, dass er in der Lage war, mit der Befragung zu beginnen.

Als sein Puls wieder eine normale Frequenz erreicht hatte, wurde Viktor bewusst, dass er heute seine ganze Kraft würde aufbringen müssen, um Annas Erzählungen aufmerksam folgen zu können. Er fühlte sich wie nach einer durchfeierten Nacht: schläfrig, ausgelaugt und kraftlos. Zu allem Überfluss breiteten sich vom Nacken her Kopfschmerzen manschettenartig aus und zerrten an seinem Hinterkopf. Er griff sich an die hämmernden Schläfen und sah durch die Fensterscheibe aufs Meer hinaus.

Die sich überschlagenden Wellen erinnerten ihn an königsblaue Tinte. Und je dichter sich die Wolken zusammenzogen, desto dunkler wurde das Wasser. Die Sichtweite lag jetzt bereits bei weniger als zwei Seemeilen, und der Horizont schien mit jeder Minute näher an die Insel zu rücken.

Im Spiegelbild der Fensterscheibe sah Viktor, dass Anna sich Tee eingegossen hatte und jetzt gesprächsbereit war. Er drehte sich mit seinem Schreibtischsessel zu ihr herum und begann.

»Ich würde gerne da ansetzen, wo wir gestern aufgehört haben.«
»Gerne.«
Anna hob die zierliche Tasse zum Mund, und Viktor fragte sich,

ob der dezent aufgetragene hellrote Lippenstift am Meißener Porzellan haften bleiben würde.

»Sie sagten, Charlotte wäre von zu Hause fortgelaufen, ohne ihre Eltern davon zu unterrichten?«

»Ja.«

Josy hätte das nie getan, dachte Viktor. Er hatte über diese Möglichkeit die ganze Nacht gegrübelt und war zu dem Ergebnis gekommen, dass das Verschwinden seiner Tochter nicht diesen banalen Grund gehabt haben konnte. *Sie war keine Ausreißerin.*

»Charlotte verließ das Elternhaus auf eigene Faust, um die Ursache ihrer mysteriösen Krankheit herauszufinden«, sagte Anna. »So weit der Inhalt des Buches von Seite 1 bis 23. Die Krankheit, das Versagen der Schulmedizin und die Flucht. Bis dahin bin ich gekommen, aber dann habe ich keine weitere Zeile mehr geschrieben.«

»Ja, das sagten Sie bereits. Aber gab es dafür eigentlich einen besonderen Grund?«

»Ja. Die Antwort ist ganz banal. Ich wusste einfach nicht, wie die Geschichte weitergehen sollte. Also speicherte ich den Entwurf auf meinem Computer und vergaß die unvollendete Datei.«

»Bis Charlotte sich verselbständigte?«

»Genau. Und das war schrecklich. Wie Sie wissen, hatte ich schon früher zahlreiche schizophrene Schübe. Ich sah irreale Farben, hörte Stimmen und Geräusche, aber Charlotte war schließlich der Höhepunkt. Von allen Figuren aus meinen Büchern wurde sie zu meiner wirklichkeitsgetreuesten Wahnvorstellung.«

Zu wirklich?

Viktor griff nach seiner Tasse Tee und merkte, dass die Erkältung jetzt schon seine Geschmacksnerven angegriffen hatte. Er konnte nicht mehr unterscheiden, ob der Tee wirklich schlecht schmeckte oder ob die Nasentropfen, die er immer wieder anwendete, diesen bitteren Beigeschmack verursachten.

»Sie sagten dann, Charlotte wäre fast von einem Auto angefahren worden.«

»Da habe ich sie das erste Mal bewusst wahrgenommen, ja.«

»Und dann sind Sie mit ihr vom Ort des Unfalls weggegangen?«

»Umgekehrt.« Sie schüttelte den Kopf. »Nicht *ich* bin mit Charlotte fortgegangen, sie bat mich, ihr zu folgen.«

»Warum?«
»Sie wollte, dass ich ihren Roman endlich weiterschreibe. Wörtlich fragte sie mich: ›Warum gibt es nur zwei Kapitel? Wie geht es weiter? Ich will nicht für immer krank sein.‹«
»Also, Ihre eigene Romanfigur forderte von Ihnen, die angefangene Geschichte zu vollenden?«
»Genau. Und als Erstes sagte ich Charlotte die Wahrheit. Dass ich für sie nichts tun könne, da ich selbst nicht wüsste, wie der Roman weitergehen solle.«
»Wie reagierte sie darauf?«
»Sie griff meine Hand und sagte: ›Komm mit, ich helfe dir. Ich zeige dir den Ort, wo alles anfing. Vielleicht fällt dir ja dort ein, wie unsere Geschichte endet.‹«
Unsere Geschichte?
»Welcher Ort war das?«
»Ich weiß es nicht. Außerhalb Berlins. Ich kann mich an die Fahrt dahin nur noch bruchstückhaft erinnern.«
»Erzählen Sie mir bitte trotzdem so genau wie möglich davon«, bat Viktor.
»Ich glaube, wir fuhren mit meinem Auto die Stadtautobahn Richtung Westen. Fragen Sie mich bitte nicht nach der genauen Ausfahrt. Ich erinnere mich jedoch, wie Charlotte sich angeschnallt hat. Können Sie das verstehen? Nichts hat sich so sehr in mein Bewusstsein eingegraben wie die Tatsache, dass sich mein Hirngespinst offenbar vor einem Unfall fürchtete.«
Ja. Verstehe ich. Josy war gut erzogen. Isabell achtete immer darauf.
»Wie lange waren Sie etwa unterwegs?«
»Eine gute Stunde. Die Fahrt führte uns durch einen größeren Ort hindurch, an einer denkmalgeschützten, alten, russischen Siedlung vorbei. Glaub ich jedenfalls.«
Viktor verkrampfte beim Zuhören wie auf dem Stuhl eines Zahnarztes.
»Zumindest stand auf einer Anhöhe im Wald eine russisch-orthodoxe Kirche. Die ließen wir hinter uns, passierten eine Brücke, fuhren auf der Landstraße ein kurzes Stück weiter und bogen dann in einen befestigten Waldweg ein.«
Das ist nicht ...

»Auf diesem fuhren wir vielleicht noch einen Kilometer und hielten dann in einer kleinen Schneise, wo ich den Wagen stehen ließ.«

Das ist nicht möglich ...

Viktor musste den Impuls unterdrücken, sofort aufzuspringen und Anna seine nächsten Fragen brüllend an den Kopf zu werfen. Er kannte den beschriebenen Weg. Er war die Route früher selbst oft gefahren. Beinahe jedes Wochenende.

»Wohin sind Sie gegangen, nachdem Sie ausgestiegen waren?«

»Einen Trampelpfad entlang. Er war so schmal, dass man hintereinander gehen musste. Am Ende erwartete uns ein kleiner Bungalow aus Holz, ähnlich einer Blockhütte, nur moderner. Er war herrlich gelegen.«

Mitten im Wald, dachte Viktor und nahm Anna in Gedanken bereits die nächsten Worte aus dem Mund.

»Es gab keine Nachbarn. Weit und breit sah man nichts als Kiefern, Buchen und Birken. Die Laubbäume hatten alle ihre noch vor wenigen Tagen leuchtend bunt gefärbten Blätter verloren, auf denen wir nun wie auf einem weichen Teppich schritten. Trotz des ungemütlich kalten Novemberwetters hatte der Wald etwas Warmes an sich. Er war wunderschön. So schön, dass ich mir heute nicht mehr sicher bin, ob er wirklich real war oder nur eine Halluzination. Wie Charlotte.«

Viktor wusste in diesem Moment selbst nicht, was ihm lieber gewesen wäre. Dass die schizophrenen Anfälle von Anna etwas mit dem Verschwinden seiner Tochter zu tun haben könnten. Oder dass ihm sein Wunschdenken nur einen bösen Streich spielte. Bisher konnte das alles nur ein makaberer Zufall sein. Im Havelland gibt es unzählige Wochenendhäuser.

Aber es gab nur einen, der ...

»Können Sie sich daran erinnern, ob Sie etwas gehört haben, als Sie vor dem Bungalow standen?«

Anna sah ihn fragend an.

»Ist das für meine Therapie wichtig?«

Nein. Aber für mich.

»Ja«, log er.

»Um ehrlich zu sein, ich hörte nichts. Rein gar nichts. Es war so still wie auf einem einsamen Berg, zweitausend Meter über dem Meeresspiegel.«

Viktor nickte bedächtig, obwohl er am liebsten den Kopf wie bei einem Rock-Konzert geschüttelt hätte. Das war genau die Antwort, die er erwartet hatte. Er wusste, wohin Anna von Charlotte geführt worden war. Die Ruhe im Sacrower Forst zwischen Spandau und Potsdam war so beeindruckend, fast greifbar, dass sie von Stadt-Besuchern normalerweise als Erstes wahrgenommen wurde.

Anna schien die Gedanken von Viktor lesen zu können.

»Ich fragte Charlotte natürlich, wo wir seien, aber sie sah mich nur irritiert an. ›Du kennst doch den Ort‹, antwortete sie perplex. ›Das ist das Wochenendhaus unserer Familie. Ich war mit meinen Eltern jeden Sommer hier. Und hier hatte ich den letzten schönen Tag meines Lebens. Bevor alles anfing.‹«

»Was anfing?«, fragte Viktor.

»Ihre Krankheit, nehme ich an. Aber Genaueres wollte sie mir zu diesem Zeitpunkt nicht verraten. Im Gegenteil. Sie zeigte fast wütend auf den Bungalow und fragte: ›Wer von uns beiden ist denn die Schriftstellerin? Sag du mir, was da drinnen passiert ist!‹«

»Wussten Sie es?«

»Leider nein. Aber Charlotte hatte mir in der Zwischenzeit oft genug gesagt, sie werde so lange in meinem Kopf umherspuken, bis ich das Buch über sie abgeschlossen hätte. Also musste ich mir ein Bild vom Inneren des Hauses verschaffen. Ich schlug eine Scheibe am Hintereingang ein und kletterte wie ein Einbrecher durchs Fenster.«

Das macht keinen Sinn, dachte Viktor. *Josy hätte gewusst, wo der Schlüssel liegt.*

»Ich tat das alles in der Hoffnung, dort irgendeinen Anhaltspunkt für Charlottes Krankheit zu finden.«

»Und? Waren Sie erfolgreich?«

»Wieder nein. Aber ich wusste ja auch nicht genau, wonach ich suchen sollte. Das Einzige, was mir sofort auffiel, war die Größe des Bungalows. Von außen hätte ich das einstöckige Gebäude auf maximal drei Zimmer geschätzt. Aber neben zwei Bädern, einer geräumigen Küche und einem Wohnzimmer mit Kamin gab es dort mindestens noch zwei Schlafzimmer.«

Drei, korrigierte Viktor stumm.

»Ich durchsuchte alle Kommoden, Schränke und Regale, sogar den Spülkasten im Bad. Das ging zum Glück sehr schnell, da das Wochenendhaus äußerst puritanisch ausgestattet war. Schlicht, aber teuer.«

Philippe Starck, etwas Bauhaus. Isabell hat es eingerichtet.

»Was machte Charlotte eigentlich, während Sie das Haus durchsuchten?«, hakte Viktor nach.

»Sie wartete draußen. Nie wieder würde sie einen Fuß dort hineinsetzen, hatte sie mir zuvor erklärt. Zu viel Böses sei an jenem Tage passiert. Sie gab mir allerdings unentwegt Anweisungen, die sie mir von der Vordertür aus zurief.«

Böses?

»Zum Beispiel?«

»Das war alles sehr merkwürdig. Sie sprach in Rätseln. So etwas wie: ›Such nicht nach dem, was es gibt. Halte Ausschau nach dem, was fehlt!‹«

»Haben Sie verstanden, was sie damit sagen wollte?«

»Nein. Aber ich hatte damals leider keine Gelegenheit mehr nachzufragen.«

»Warum?«

»Weil plötzlich etwas passierte, woran ich mich nicht gerne zurückerinnere, Dr. Larenz.«

»Was?«

Viktor erkannte in Annas Augen denselben unwilligen Ausdruck, den er bereits am Vortag an ihr festgestellt hatte, als sie das Gespräch abbrechen wollte.

»Können wir nicht morgen darüber reden? Ich fühle mich nicht mehr so gut.«

»Nein. Es ist besser, dass wir es jetzt hinter uns bringen«, insistierte Viktor. Er war erschrocken, wie problemlos ihm diese Lüge über die Lippen ging. Das, was er hier praktizierte, hatte nichts mit einem regulären Therapiegespräch gemein. Es war ein Verhör.

Anna schaute ihn mehrere Sekunden lang unschlüssig an. Erst dachte Viktor, er habe sie wieder verloren und sie würde aufstehen, um sein Haus zu verlassen. Doch dann faltete sie die Hände in ihrem Schoß, seufzte leise und fuhr mit ihrer Geschichte fort.

13. Kapitel

IM BUNGALOW war es auf einmal schlagartig dunkel geworden. Es muss also gegen 16:30 Uhr gewesen sein. So um den Dreh ging damals, Ende November, die Sonne unter. Ich ging daher zurück ins Kaminzimmer und griff mir ein Feuerzeug, mit dem ich den Flur etwas ausleuchten wollte. Da sah ich in dem schwachen Schein der Flamme, dass ich am hinteren Ende des Gangs noch einen Raum übersehen hatte. Ich glaube, es war eine Abstellkammer.«
Oder Josys Zimmer.
»Ich wollte das noch überprüfen, als ich plötzlich Stimmen hörte.«
»Was für Stimmen?«
»Eigentlich war es nur eine. Und sie sagte auch nichts. Ich hörte, wie ein Mann weinte. Leise. Kein Schluchzen. Mehr ein Wimmern. Und es kam aus dem Zimmer am Ende des Gangs.«
»Woher wussten Sie das?«
»Weil es lauter wurde, je näher ich kam.«
»Hatten Sie gar keine Angst?«
»Doch. Aber richtige Panik bekam ich erst, als Charlotte auf einmal draußen anfing zu schreien.«
»Warum schrie sie?«
Viktor griff sich an den Hals, der mittlerweile beim Sprechen unerträglich schmerzte.
»Sie wollte mich warnen. ›Er kommt‹, brüllte sie. ›Er kommt.‹«
»Wer?«
»Ich weiß es nicht. Aber dann bemerkte ich, dass das Wimmern aufgehört hatte. Stattdessen bewegte sich die Türklinke vor meinen Augen langsam nach unten. Und als die Feuerzeug-Flamme durch den Luftzug der sich öffnenden Tür erlosch, lähmte mich die Erkenntnis.«
»Welche Erkenntnis?«
»Das, wovor mich Charlotte draußen warnen wollte, war bereits bei mir.«

Das Telefon klingelte und machte Viktors Versuch zunichte, eine weitere Frage zu stellen. Er entschied sich, den Anruf am Zweitapparat in der Küche anzunehmen. Isabell hatte darauf bestanden, dass wenigstens ein modernes Tastentelefon im Ferienhaus auf Parkum installiert wurde.

»Larenz.«

»Ich weiß nicht, ob ich eine gute oder eine schlechte Nachricht für dich habe.« Kai meldete sich ohne förmliche Begrüßung und kam gleich zur Sache.

»Sag es mir einfach ohne große Umschweife«, flüsterte Viktor, der nicht wollte, dass Anna etwas von der Unterhaltung mitbekam.

»Ich habe einen meiner besten Mitarbeiter in der Detektei drangesetzt und natürlich auch selbst recherchiert. Und zwei Dinge stehen definitiv fest: Punkt eins: Es gab an diesem Tag einen Auffahrunfall in der Uhlandstraße.«

Viktors Herz setzte für eine Sekunde aus, um dann in eine schnellere Frequenz zu wechseln.

»Punkt zwei: Es ist ausgeschlossen, dass dieser Unfall etwas mit der Entführung zu tun hat.«

»Ich verstehe nicht, wie könnt ihr da so sicher sein?«

»Weil damals ein Besoffener auf die Fahrbahn stolperte und beinahe überfahren wurde. Mehrere Zeugenaussagen bestätigten das. Und ein Kind war definitiv nicht im Spiel.«

»Das heißt, dass ...«

»... dass deine Patientin vielleicht krank ist, aber garantiert nichts mit unserem Fall zu tun hat.«

»Josy ist kein Fall!«

»Entschuldige bitte. Selbstverständlich. Das war dumm von mir.«

»Schon gut, okay. Tut mir auch Leid. Ich wollte dich nicht anschnauzen. Es ist nur so, dass ich dachte, endlich einen Anhaltspunkt gefunden zu haben.«

»Verstehe.«

Nein. Verstehst du nicht, dachte Viktor. *Und das nehme ich dir auch nicht einmal übel. Denn du hast nicht das erlebt, was ich erleben musste. Du warst noch nie so verzweifelt, dass du in jedem Strohhalm einen Baumstamm gesehen hast.*

»Hat man den Mann eigentlich gefunden?«
»Wen?«
»Den Betrunkenen. Wurde er gefasst?«
»Nein. Aber das ändert nichts daran, dass man damals weder eine Frau noch ein Kind gesehen hat. Die Zeugen gaben übereinstimmend zu Protokoll, der Mann sei in das Parkhaus vom Kudamm-Karree getorkelt. Dort hat man ihn dann nicht mehr gefunden. Wahrscheinlich ist er im Besuchergewirr eines Elektronikmarktes entkommen. Was weiß ich ...«
»Gut, Kai. Danke für die Information. Ich muss jetzt auflegen.«
»Ist sie gerade bei dir?«
»Ja. Sie sitzt in diesem Moment im Nebenzimmer und wartet auf mich.«
»Und wie ich dich kenne, hast du schon weiter nachgebohrt.«
»Ja.«
»Okay. Verschone mich mit den Details. Wahrscheinlich hattest du schon wieder einen neuen Auftrag für mich. Eine neue Parallele entdeckt, hab ich Recht?«
»Hmmm.«
»Also, dann hör mir jetzt mal zu. Ich gebe dir einen weisen Rat: Wer immer diese Frau ist, sie tut dir nicht gut. Schick sie weg! Du wolltest auf der Insel alleine sein. Und das solltest du verdammt noch mal auch. Es gibt andere Psychiater, die ihr weiterhelfen können.«
»Ich kann sie nicht einfach wegschicken. Wir sitzen fest. Wegen des Unwetters geht keine Fähre mehr.«
»Dann triff dich wenigstens nicht mehr mit ihr.«
Viktor wusste, dass Kai Recht hatte. Er hatte auf Parkum etwas Abstand gewinnen wollen und stattdessen kreisen seine Gedanken jetzt nur noch um Josy. Auch heute hatte er sich bei der Sitzung wieder nur die Einzelheiten herausgesucht, die ihm gefielen. Und über die Details hinweggesehen, die nicht in das Puzzle passen wollten. Dass Charlotte neun Jahre alt war und nicht zwölf. Dass sie niemals von zu Hause weggelaufen wäre und dass sie gewusst hätte, wo der Schlüssel zum Blockhaus liegt.
»Also?«
Viktor hatte nicht zugehört, was Kai zu ihm gesagt hatte.

»Also was?«
»Du hast mir versprochen, die Suche endgültig einzustellen, wenn ich diesen letzten Job für dich erledigt habe. Sobald ich das mit dem Unfall überprüft hätte, wolltest du nicht länger in den alten Wunden herumstochern.«
»Ja, ich weiß. Aber ...«
»Nein. Es gibt kein Aber.«
»... aber ich muss noch eines klarstellen«, fuhr Viktor unbeirrt fort.
»Was?«
»Es gibt keine *alten* Wunden. Sie sind frisch. Seit vier Jahren.«

14. Kapitel

VIKTOR LEGTE DEN HÖRER sanft auf die Gabel zurück und wankte wie auf einem Schiff bei leichtem Seegang zu Anna zurück ins Kaminzimmer.
»Schlechte Nachrichten?«
Sie stand bereits vor dem Sofa und machte sich zum Gehen fertig.
»Ich weiß es nicht«, antwortete er wahrheitsgemäß. »Sie wollen aufbrechen?«
»Ja. Die Sitzung mit Ihnen war wieder anstrengender als erwartet. Ich denke, ich lege mich im Gasthof jetzt erst einmal eine Stunde ins Bett. Können wir morgen weiterreden?«
»Ja. Vielleicht.«
Viktor war sich nach dem letzten Telefonat nicht mehr sicher, was er eigentlich wollte.
»Rufen Sie am besten vorher an. Ich bin etwas im Rückstand mit meiner Arbeit. Und Sie wissen ja: Eigentlich praktiziere ich nicht mehr.«
»Gut.«
Viktor hatte das Gefühl, dass Anna in seinem Gesicht nach einer Veränderung forschte. Allerdings ließ sie sich ihre Verwunderung über seinen erneuten Stimmungswechsel nicht anmerken.

Als Anna schließlich gegangen war, versuchte Viktor, seine Frau in New York zu erreichen. Doch noch bevor er die Telefonnummer ihres Hotels in seinem Palmtop gefunden hatte, klingelte das Telefon zum zweiten Mal an diesem Tag.

»Eines habe ich noch vergessen, Viktor.«

Kai.

»Es hat nichts mit unserem, ähhh, also mit Josy zu tun. Aber ich denke, ich sag's dir lieber gleich, bevor der Winter noch heftiger und der Schaden größer wird.«

»Was denn?«

»Dein privater Wachschutz hat mich angerufen, weil er weder dich noch Isabell erreichen konnte.«

»Wurde bei uns eingebrochen?«

»Nein. Nicht eingebrochen. Nur Sachbeschädigung. Und keine Sorge, es geht nicht um eure Villa.«

»Sondern?«

»Es ist euer Wochenendhaus. Der Bungalow in Sacrow. Irgendein Penner hat die Scheibe von der hinteren Eingangstür eingeworfen.«

15. Kapitel

ER KONNTE IHN SEHEN. Obwohl er über vierhundertzweiundsechzig Kilometer Luftlinie von ihm entfernt war und knapp fünfzig Seemeilen Wasser zwischen ihnen lagen, konnte er ihn sehen. Ihn und den Bungalow. Mehr als die Geräusche, die aus seinem Telefon kamen, brauchte er nicht, um den Privatdetektiv in dem Wochenendhaus im Sacrower Forst zu visualisieren. Viktor hatte ihn nach dem letzten Telefonat sofort dorthin geschickt, um nach dem Rechten zu sehen. Und um Annas Geschichte zu überprüfen.

»Ich bin jetzt in der Küche.«

Die Gummisohlen von Kais Turnschuhen quietschten, was via Funkwellen bis nach Parkum übertragen wurde.

»Und? Irgendetwas Auffälliges dort?« Viktor klemmte sich den Hörer zwischen Schulter und Kinn und ging mit dem schweren Apparat zum Sofa. Die Leitung war jedoch etwas zu kurz, so dass er sich nicht hinsetzen konnte, sondern mitten im Kaminzimmer stehen blieb.

»Ich sehe nichts Besonderes. Dem Geruch und dem Staub nach habt ihr hier lange keine Party mehr gefeiert.«

»Vier Jahre lang«, kommentierte Viktor knapp und wusste, dass Kai sich jetzt auf die Zunge biss.

»Tut mir Leid.«

Die wenigen Meter vom Auto durch den Wald bis zum Bungalow hatten den Einhundertzwanzig-Kilo-Mann bereits ins Schwitzen gebracht. Er hielt sein Handy seitlich neben den Mund, trotzdem schepperte es in Viktors Telefon, wenn er beim Reden ab und zu in den Hörer keuchte.

»Also, das Einzige, was hier nicht stimmt, ist bisher die eingeschlagene Scheibe an der Hintertür. Doch ich bezweifle, dass die Sachbeschädigung etwas mit Josy zu tun haben kann. Annas Erzählung hin oder her.«

»Wieso?«

»Weil die Spuren zu frisch sind. Das Fenster wurde erst vor wenigen Tagen eingeschlagen und nicht vor Monaten, geschweige denn vor Jahren.«

Während Viktor seine nächste Frage stellte, öffnete Kai alle Schränke und den Kühlschrank.

»Wie kann man an den Scherben erkennen, wann ein Fenster zu Bruch gegangen ist?«

»Nicht an den Scherben. Am Fußboden. Im Bereich der Hintertür liegt Parkett. Wenn die Scheibe bereits vor längerer Zeit eingeschmissen worden wäre, müsste das Holz irgendwelche Witterungseinwirkungen aufweisen. Das Loch ist so groß, dass Regen, Schnee und Schmutz locker hindurchwehen könnten. Der gesamte Eingangsbereich ist aber trocken und genau so verstaubt wie der Rest des Hauses. Außerdem sehe ich kein Ungeziefer, das ...«

»Ist ja gut, ist ja gut. Ich glaub dir.«

Viktor ging wieder zu der Telefonbank am Kamin zurück, weil ihm der Apparat in der Hand langsam zu schwer wurde.

»In Annas Vision wurde sie von Charlotte in den Bungalow geschickt, um nachzusehen, ob etwas fehlt. Kannst du das mal überprüfen?«

»Wie stellst du dir das vor, Viktor? Ich habe keine vollständige Liste mit euren Einrichtungsgegenständen. Vielleicht fehlt ein Milchaufschäumer in der Küche? Oder ein Picasso im Wohnzimmer? Woher soll ich das wissen? Im Kühlschrank ist jedenfalls kein Bier mehr, wenn du das meinst.«

»Fang bitte mit Josys Zimmer an«, überging Viktor den Scherz. »Es liegt am Ende des Flurs, gegenüber vom Bad.«

»Zu Befehl.«

Kais Gummisohlen hörten auf zu quietschen, da sie jetzt nicht mehr auf Laminat, sondern auf Steinfußboden trafen. Viktor schloss die Augen und zählte die fünfzehn Schritte im Geiste mit, die der Privatdetektiv bis zur Kunststofftür brauchte.

»Freunde sind willkommen« stand auf dem Plastikschild, das er jetzt im Schein der Taschenlampe lesen konnte, bevor er die Tür aufmachte. Das Quietschen der Scharniere signalisierte Viktor, dass er richtig vermutete.

»Bin da.«

»Und?«

»Ich steh auf der Schwelle im Türrahmen und schau rein. Alles o.k.«

»Beschreib mir, was du siehst.«

»Ein normales Kinderzimmer. Ein Einzelbett mit einem vergilbten Baldachin, es steht parallel zum Fenster. Vor dem Bett befindet sich ein Flokati. Mittlerweile ein Milbenwohnheim, wenn ich mir die Bemerkung erlauben darf. Schätze, er ist die Quelle des muffigen Geruchs hier.«

»Was siehst du noch?«

»Ein Bild von Ernie und Bert. Riesengroß und hinter Glas, mit schwarzem Rahmen. Es ist so aufgehängt, dass man direkt draufschaut, wenn man auf dem Bett liegt.«

»Das ist …«

Viktor rieb sich mit dem Handrücken eine Träne aus dem rechten Augenwinkel und verschluckte den Rest des Satzes, damit Kai seine brüchige Stimme nicht hören konnte.

... ein Geschenk von mir.
»Das ist die Sesamstraße, ich weiß. Und gleich, wenn man zur Tür reinkommt, steht zur Linken das obligatorische Ikea-Regal mit den Plüschtieren. Ein Steiff-Elefant, irgendwelche Disney-Figuren ...«
»Warte, warte, warte ...«, unterbrach Viktor den Detektiv.
»Was?«
»Noch einmal zurück zum Bett. Leg dich drauf.«
»Warum?«
»Tu mir den Gefallen. Leg dich aufs Bett!«
»Du bist der Boss.«
Drei Schritte. Rascheln. Husten. Dann sprach Kai wieder ins Handy.
»Hoffentlich hält die Liege mich aus. Die Sprungfedern haben sich schon beschwert.«
»Okay. Jetzt noch mal von vorne. Was siehst du?«
»Also, links ist der Wald. Vermute ich jedenfalls wegen der verschmutzten Scheibe. Und wie ich schon sagte: Geradeaus starre ich auf das Bild an der Wand.«
»Sonst nichts?«
»Rechts ist das Regal und ...«
»Nein, nein«, unterbrach ihn Viktor. »Direkt vor dir. Steht da nichts weiter?«
»Nein. Und ich mache dir jetzt einen Vorschlag ...« Ein kurzes atmosphärisches Rauschen verschluckte zwei Wörter von Kai.
»Ich ... jetzt wieder ... Bett auf, okay?«
»Okay.«
»Und jetzt ist Schluss mit den Spielchen. Jetzt sagst du mir, was ich hier in diesem Zimmer erkennen soll.«
»Gut. Gib mir einen Moment.«
Viktor schloss die Augen, um noch stärker zurückzugehen. Zurück nach Sacrow. Im Bruchteil einer Sekunde war er dort: Er schloss die Vordertür auf, zog sich die Schuhe aus und stellte sie in den indischen Schuhschrank in der Diele. Er winkte Isabell zu, die auf der weißen Rolf-Benz-Couch vor dem offenen Kamin lag und die *Gala* las. Er roch den Duft verbrannter Tannenzweige. Er spürte die Wärme, die ein Haus ausstrahlt, wenn zufriedene Be-

wohner in ihm leben. Und er hörte die Musik, die aus dem hinteren Zimmer kam. Langsam legte er den Mantel ab und ging zu Josy. Die Musik wurde lauter. Er drückte die Klinke nach unten, und als er die Tür aufmachte, wurde er kurz von dem Licht geblendet, das durch das Fenster strahlte. Und dann sah er sie. Josy saß an ihrem Kinderschminktisch und probierte den neuen orange-gelben Nagellack aus, den sie sich von ihrer besten Freundin geborgt hatte. Die Musik war so laut, dass sie ihn nicht kommen hörte. Der Sender, der gerade lief, hieß ...
»Was fehlt?«, unterbrach Kai seine Gedanken. Viktor öffnete die Augen.
MTV.
»Ein Fernseher.«
»Ein Fernseher?«
»Ja, von Sony.«
»Nein. Den gibt's hier nicht.«
»Und ein Schminktisch daneben mit einem runden Kristallglasspiegel.«
»Nein. Nicht in diesem Zimmer.«
»Das ist es, was fehlt.«
»Ein Kinder-Schminktisch und ein Fernseher? Nimm's mir nicht übel, Viktor, aber das sieht nicht wie ein herkömmlicher Einbruch aus.«
»Eben. Weil es kein herkömmlicher Einbruch ist.«
Sondern, weil Annas Geschichte mit Josy zu tun hat. Irgendwie. Und ich werde es herausfinden.
»Alles klar. Aber willst du nicht doch die Polizei rufen, Viktor? Immerhin wurde ja etwas gestohlen.«
»Nein. Noch nicht. Aber ich bitte dich jetzt, die anderen Räume zu überprüfen. Es sei denn, es gibt sonst noch etwas, was dir in Josys Zimmer auffällt.«
»Na ja ...« Es raschelte wieder im Hörer, und Viktor vermutete, dass Kai sich am Hinterkopf kratzte. Der einzigen Stelle, wo er noch volles Haar hatte.
»Was?«
»Das hört sich jetzt vielleicht ganz dumm an ...«
»Raus mit der Sprache.«

»Ich denke, in dem Zimmer fehlt mehr als nur ein Möbelstück.«
»Was denn noch?«
»Atmosphäre.« Kai hustete nervös.
»Wie bitte?«
»Ja. Ich hab kein besseres Wort dafür. Aber ich wäre keine gute Spürnase, wenn ich nicht meinem Instinkt folgen würde. Und der sagt mir, dass das nicht das Zimmer einer Zwölfjährigen ist.«
»Erklär das!«, forderte Viktor.
»Ich hab zwar selbst keine Tochter, aber meine Nichte Laura wird nächste Woche dreizehn. Als ich sie das letzte Mal besucht habe, war ihr Zimmer ihr ganz privates Königreich. An der Tür stand nicht ›Freunde willkommen‹, sondern ›No Entry‹.«
»So war Josy nicht. Sie war nicht rebellisch.«
»Ich weiß. Aber bei Laura waren die Wände voll mit Boygroup-Postern. Am Spiegel steckten Karten von Pop-Konzerten, die sie besucht hatte. Neben den Postkarten, die ihr die älteren Jungs aus Mallorca geschickt hatten. Verstehst du, was ich meine?«
Etwas fehlt.
»Nein.«
»Das hier ist nicht das Zimmer eines Teenagers, der aufbricht, um langsam die Welt zu entdecken, Viktor. Hier gibt es keinen Bravo-Starschnitt, sondern hier steht eine Benjamin-Blümchen-Figur im Regal. Und Sesamstraße, Viktor, ich bitte dich. Meine Nichte hat ein Bild von Eminem an der Wand und nicht von Ernie.«
»Wer ist Eminem?«
»Siehst du. Das ist es, was ich meine. Der Typ ist ein Rapper. Du willst nicht wirklich wissen, wovon seine Texte handeln.«
»Ich versteh immer noch nicht, was du mir damit sagen willst.«
»Das hier wirklich etwas fehlt. Hier gibt es keine Wachskerzen in alten Rotweinflaschen. Keine Schatulle für die ersten Liebesbriefe. Und ja, hier fehlt definitiv der Schminktisch.«
»Du sagtest doch am Anfang, es wäre ein ganz normales Kinderzimmer.«
»Ja, aber das einer Achtjährigen. Josy war damals zwölf.«
»Du übersiehst, dass das nur ein Wochenendhaus ist. Sie war dort nicht vollständig eingerichtet.«
»Mag sein.« Kai schnaufte und setzte sich wieder in Bewegung.

»Du hast mich gefragt, was mir auffällt. Ich hab nur darauf geantwortet.«

Viktor hörte, wie die Zimmertür wieder zugezogen wurde. Plötzlich verschwand das Bild vor seinem geistigen Auge. Wie ein alter Film war die atmosphärische Verbindung zu Kai und dem Wochenendhaus abgerissen.

»Wo gehst du jetzt hin?«

»Entschuldige, aber ich muss erst mal dringend pinkeln. Ich ruf gleich wieder an.«

Bevor Viktor protestieren konnte, war auch noch der technische Kontakt zu Kai abgerissen. Er hatte aufgelegt.

Viktor blieb wie angewurzelt neben dem Telefon am Kamin stehen und versuchte, einen Zusammenhang zu erkennen.

Was hatten Kais Informationen zu bedeuten? Die Tür, die erst vor kurzem aufgebrochen worden war. Das Zimmer, das nicht dem eines Teenagers entsprach?

Er kam nicht weiter dazu, über diese Fragen nachzudenken, da Kai sich, wie versprochen, zurückmeldete, wenn auch früher als erwartet.

»Viktor?«

Den veränderten Hintergrundgeräuschen nach zu urteilen hatte er den Bungalow bereits wieder verlassen und stand jetzt vor dem Haus im Wald.

»Was ist los? Warum bist du rausgegangen. Ich war noch nicht ...«

»Viktor!«, wurde er unterbrochen. Diesmal klang die Stimme des Detektivs drängender. Fast unbeherrscht. Und das machte ihm Angst.

»Was hast du?«

»Wir sollten jetzt *doch* besser die Polizei rufen.«

»Wieso? Was ist denn los?«

Josy.

»Hier war jemand bei dir im Badezimmer. Es kann nur wenige Stunden her sein, denn die Spuren sind ganz frisch.«

»Um Himmels willen, Kai. Was für Spuren?«

»Blut. Auf den Kacheln. Im Waschbecken. In der Toilette.«

Kai atmete schwer.

»Das ganze Badezimmer ist voller Blut.«

16. Kapitel

Heute. Zimmer 1245. Wedding.

DER PIEPER VON DR. ROTH meldete sich genau in der ersten längeren Sprechpause, die Larenz nach seiner bislang einstündigen Erzählung eingelegt hatte.

»Vergessen Sie nicht, was Sie sagen wollten, Doktor«, sagte der Oberarzt und schloss die schwere Tür zum Flur auf.

Vergessen?, dachte Larenz, während Dr. Roth zum Stationstelefon nach draußen eilte. *Mein Problem ist doch, dass ich das nicht kann: vergessen. Obwohl ich mir nichts sehnlicher wünsche.*

Dr. Roth war bereits nach zwei Minuten zurück und setzte sich wieder auf den unbequemen weißen Plastikklappstuhl, der normalerweise für Besucher neben sämtlichen Betten der Klinik stand und der auf dieser Station eigentlich gar keinen Sinn machte. Denn Patienten, die hier lagen, wurden von Besuchern meistens gemieden.

»Es gibt eine gute und eine schlechte Nachricht«, sagte er zu Viktor.

»Die schlechte zuerst!«

»Man hat sich schon nach mir erkundigt. Professor Malzius hat gefragt, wo ich stecke.«

»Und die gute?«

»Es hat sich Besuch für Sie angemeldet, er wird allerdings nicht vor achtzehn Uhr hier sein.«

Viktor nickte nur. Er konnte sich denken, wer seine Gäste sein würden, und der Gesichtsausdruck von Dr. Roth bestätigte ihm seinen Verdacht.

»Dann bleiben also noch vierzig Minuten?«

»Vierzig Minuten, um den Rest Ihrer Geschichte zu erzählen.«

Larenz streckte sich auf dem Bett, so gut es eben ging.

»Mit siebenundvierzig Jahren schon ans Bett gefesselt«, witzelte er, doch Dr. Roth ging auf die Anspielung nicht ein. Er wusste, was Larenz von ihm wollte, aber den Gefallen konnte er ihm nicht tun.

»Warum haben Sie nach dieser Entdeckung in Ihrem Ferienhaus

nicht die Polizei geholt?«, nahm er stattdessen die Unterhaltung wieder auf.

»Weil die Polizei mir vier Jahre lang nicht geholfen hatte. Jetzt, wo ich selbst auf die erste Spur gestoßen war, wollte ich mir die Fäden nicht aus der Hand nehmen lassen.«

Dr. Roth nickte verständnisvoll.

»Sie blieben also auf der Insel, und Kai war ihr einziger Kontakt nach draußen.«

»Ja.«

»Und wie lange dauerte es dann noch? Ich meine, bis Sie schließlich herausfanden, wer Anna in Wirklichkeit war und was mit Josy passiert ist?«

»Zwei Tage. Ich verstehe selbst nicht, warum es noch so lange dauerte. Eigentlich war bereits zu diesem Zeitpunkt alles klar. Wäre mein Leben ein Videofilm gewesen und hätte ich die Möglichkeit gehabt, alles zurückzuspulen, dann hätte ich es eher erkennen können. Alle Teile des Puzzles lagen vor mir ausgebreitet, doch ich war blind.«

»Sie sagten, das Badezimmer sei voller Blut gewesen?«

»Ja.«

»Was passierte als Nächstes?«

»An diesem Tag nicht mehr viel. Ich packte meine Sachen, um die Insel zu verlassen. Ich wollte sofort nach Berlin, um mir selbst ein Bild zu machen und um Kai zu treffen. Aber es ging nicht. Der Sturm war noch schlimmer geworden. Genau wie meine Erkältung. Wissen Sie, wie das ist, wenn man sich fühlt, als ob man am ganzen Körper einen starken Sonnenbrand hat?«

Dr. Roth nickte.

»In der Werbung heißt es immer ›Kopf- und Gliederschmerzen‹. Haben Sie mal darüber nachgedacht, was noch übrig bleibt, wenn einem der Kopf und alle Glieder wehtun?«

»Der Verstand?«

»Genau. Um ihn zu betäuben, nahm ich eine Valium und betete, dass am nächsten Tag die Fähre wieder in Betrieb sein würde.«

»Doch das war nicht der Fall?«

»Nein. Der Orkan ›Anton‹ machte mich zu einem Gefangenen in meinem eigenen Haus. Die Küstenwache riet allen Inselbewohnern, die eigenen vier Wände nur im äußersten Notfall zu verlassen. Leider ereignete sich der äußerste Notfall bei mir gleich nach dem Aufstehen am nächsten Morgen.«

»Was war passiert?«

»Schon wieder verschwand jemand direkt vor meinen Augen.«

»Wer?«

Larenz hob den Kopf etwas an und zog die Augenbrauen zusammen.

»Bevor ich weitererzähle, Dr. Roth, möchte ich Ihnen ein Geschäft vorschlagen: Ich erzähle Ihnen meine Geschichte – und Sie ...«

»Was?«

»Sie schenken mir die Freiheit.«

Dr. Roth lachte mit geschlossenem Mund durch die Nase. Darüber hatten sie bereits einmal lange diskutiert.

»Sie wissen, dass das unmöglich ist. Nicht, nach dem, was Sie getan haben. Ich verliere nicht nur meinen Job und meine Zulassung. Ich mache mich auch strafbar.«

»Ja, ja. Das sagten Sie bereits. Ich mache Ihnen trotzdem einen Vorschlag und bin bereit, das Risiko einzugehen.«

»Welches Risiko?«

»Ich erzähle Ihnen die ganze Geschichte. Meine Geschichte. Und wenn ich damit fertig bin, können Sie am Ende selbst entscheiden, ob Sie mich freilassen oder nicht.«

»Ich habe Ihnen mehrfach gesagt, dass ich dazu nicht in der Lage bin. Ich kann zuhören und Ihnen Gesellschaft leisten. Aber ich kann Ihnen nicht zur Freiheit verhelfen, um die Sie mich schon seit Tagen bitten.«

»Nein? Dann passen Sie die nächsten Minuten gut auf. Ich bin mir sicher, dass das, was ich Ihnen gleich erzähle, Ihre Meinung ändern wird.«

»Ich glaube kaum.«

Ohne seine Fesseln hätte Larenz jetzt beschwichtigend die Hände gehoben.

»Ich an Ihrer Stelle wäre mir da nicht so sicher.«

Er schloss wieder die Augen, und Dr. Roth lehnte sich zurück, um den Rest zu hören. Den Rest der Tragödie.

17. Kapitel

Parkum, zwei Tage vor der Wahrheit

DIE WIRKUNG DES MEDIKAMENTS ließ langsam nach, und Viktor wurde aus seinem traumlosen Schlaf gerissen. Er hätte sich gerne noch etwas weiter in dem schmerzfreien Vakuum aufgehalten, das ihm das Valium verschafft hatte. Aber der betäubende Wirkstoff war fast verbraucht und blockierte nicht mehr seine dunklen Gedanken:
Anna
Charlotte
Josy
Das Blut!
Viktor richtete sich langsam in seinem Bett auf und musste dagegen ankämpfen, nicht sofort wieder in die Kissen zurückzufallen. Das Aufstehen erinnerte ihn an einen Tauchausflug, den er vor Jahren mit Isabell auf die Bahamas unternommen hatte. Damals trug er eine Bleiweste, die er im Wasser kaum spürte. Als er dann nach dem Tauchgang an der Trittleiter des kleinen Ausflugsbootes hochklettern wollte, hatte er gemerkt, wie ihn die Sauerstoffflasche und die Gewichte wieder ins Wasser zurückziehen wollten. Eine ähnliche niederdrückende Wirkung hatte jetzt das Betäubungsmittel. Oder ein Virus.

Prima, dachte Viktor, während er alle Kraft zusammennahm und sich hochstemmte.

Nun ist es so weit. Jetzt weißt du nicht, ob dich die Erkältung geschafft hat oder ob dich die Nebenwirkungen der Medikamente zum Wrack machen.

Viktor fror in seinem durchgeschwitzten Pyjama und zog sich einen seidenen Bademantel über, den er von einem stummen Diener nahm. Dann schlurfte er zittrig über den Flur ins Badezimmer. Das befand sich glücklicherweise auf derselben Etage wie sein Schlafzimmer, so dass ihm erspart blieb, die Treppe hinunterzugehen. Vorerst.

Als er sein Gesicht im Spiegel sah, erschrak er. Es gab keinen

Zweifel. Er war krank. Dunkle Augenränder, blasse Haut. Schweißperlen auf der Stirn. Ein glasiger Blick. Und noch etwas. *Etwas ist anders als sonst.*

Viktor starrte sein Spiegelbild an und versuchte, seine eigenen Augen zu fixieren. Aber es gelang ihm nicht. Je stärker er sich konzentrierte, desto unschärfer wurde das Bild.

»Verdammte Tabletten«, murmelte er und griff nach dem Einhebelmischer der Dusche. Er zog ihn nach links oben und ließ den Wasserstrahl eine Weile laufen. Wie immer brauchte der alte Generator längere Zeit, um das Wasser aufzuheizen, doch heute war seine Frau nicht da, um sich über diese Verschwendung aufzuregen.

Viktor starrte in der Zwischenzeit weiter in den großen Wandspiegel über dem Marmorwaschbecken und fühlte eine schwere Müdigkeit. Das beständige Rauschen des Wassers war eine passende Untermalung seiner Gedanken.

Etwas ist anders, aber ich kann es nicht erkennen. Es ist so ... verschwommen.

Er riss seinen Blick wieder los und legte sich ein Badehandtuch zurecht, bevor er die Glastür öffnete und in den Dampf trat. Der herbe Duft von Acqua di Parma tat ihm gut, und nach dem Duschen fühlte er sich deutlich entspannter. Der heiße Wasserstrahl hatte die oberste Schicht der Schmerzen abgespült und im Abfluss verschwinden lassen. Leider hatte er seine Gedanken nicht mitnehmen können.

Etwas ist anders. Etwas hat sich verändert. Was?

Viktor wählte im Ankleidezimmer eine alte 501-Jeans und schlüpfte in seinen blauen Polo-Pullover. Er wusste zwar, dass Anna heute vorbeikommen würde, und hoffte es sogar, um den Fortgang der Geschichte erzählt zu bekommen. Vielleicht sogar das Ende. Aber heute fühlte er sich dermaßen schlecht, dass Anna wohl mit ihm in seiner Freizeitkleidung vorlieb nehmen musste. Wenn sie dafür überhaupt Augen hatte.

Viktor ging die Treppe hinunter und hielt sich vorsichtshalber an dem hölzernen Geländer fest. In der Küche füllte er den Elektrokocher mit Wasser und holte sich Teebeutel aus dem Schrank. Dann griff er nach einer dickbauchigen Tasse, die an einem Holzhaken an der Wand zwischen Spüle und Herd hing. Er versuchte, sich auf sein Frühstück zu konzentrieren, und vermied es dabei, durch die regennasse Fensterscheibe auf den begräbnisschwarzen Himmel von Parkum zu schauen. Doch die routinemäßigen Tätigkeiten in der Küche vermochten nicht, ihn abzulenken.

Was ist hier los? Was stimmt nicht?

Als er sich zum Kühlschrank umdrehte, um die Milch herauszuholen, streifte sein Blick kurz das polierte Cerankochfeld des Herdes. Und wieder sah er sein Spiegelbild. Diesmal war es noch verschwommener. Fast verzerrt. Und auf einmal war es ihm klar:

Wo ist ...?

Sein Blick wanderte über den Herd nach unten und glitt dann über den handverlegten Steinfußboden.

Plötzlich war es wieder da. Das gleiche elende Gefühl wie gestern, als er Kai durch den Bungalow ferngesteuert hatte.

Etwas fehlt.

Viktor ließ die Tasse fallen und rannte in die Diele. Er riss die Tür vom Kaminzimmer auf und sah zu seinem Schreibtisch.

Seine Unterlagen. Das ausgedruckte E-Mail mit den Fragen der *Bunten*. Der aufgeklappte Laptop. Alles in Ordnung.

Nein. Etwas fehlt.

Viktor schloss die Augen, in der Hoffnung, dass alles zurück an seinem Platz sein möge, wenn er sie wieder öffnete. Doch er hatte sich nicht geirrt. Auch als er erneut hinsah, hatte sich nichts verändert.

Unten. Unter dem Schreibtisch. *Nichts.*

Sindbad war verschwunden.

Er rannte zurück in die Küche und sah wieder auf den Fußboden.

Wieder nichts.

Von Sindbad keine Spur. Und außer ihm fehlten sein Fressnapf, die Wasserschüssel, das Hundefutter und auch seine Schlafdecke unter dem Schreibtisch war nicht mehr da. So als ob er niemals bei

83

ihm auf der Insel gewesen wäre. Doch das hatte Viktor in seiner Aufregung alles noch gar nicht bemerkt.

18. Kapitel

ER STAND AM STRAND und ließ sich die Regentropfen ungehindert ins Gesicht wehen und dachte nach. Am meisten wunderte Viktor sich darüber, wie wenig es ihm ausmachte, dass der Hund weggelaufen war. Natürlich war er traurig und entsetzt. Aber das Gefühl war nicht so intensiv, wie er es sich immer in seinen Albträumen ausgemalt hatte. War es doch stets seine größte Angst gewesen, dass genau das passieren könnte. Erst Josy, dann Sindbad. Weg. Verschwunden. Spurlos.

Genau aus diesem Grund hatte er nie einem trauernden Patienten zu einem Haustier geraten. Zu oft hatte er es miterleben müssen, dass der Dackel, der eigentlich über den Tod des Ehepartners hinwegtrösten sollte, nur wenige Tage nach der Beerdigung selbst einem Unfall zum Opfer fiel.

Oder verschwand.

Sindbad war unauffindbar. Doch aus irgendeinem Grund bekam Viktor deshalb keinen Nervenzusammenbruch, rannte nicht aufgewühlt und verzweifelt in den Ort, rief nicht alle Nachbarn an. Er hatte lediglich Halberstaedt auf den Anrufbeantworter gesprochen und ihn informiert. Jetzt suchte er etwa zweihundertfünfzig Meter vom Haus entfernt den von Treibholz übersäten Strandabschnitt ab und hielt nach den breiten Pfotenspuren des Golden Retrievers Ausschau. Vergeblich. Wenn es sie hier einmal gegeben hatte, waren sie jetzt zumindest nicht mehr vorhanden.

»Sindbad!«

Er wusste, dass es unsinnig war, seinen Namen zu rufen. Selbst wenn sich der Hund in der Nähe aufhielt, würde er momentan auf kein Kommando mehr hören. Sindbad war ein Angsthase. Schon das Knacken von Fichtenholz im Kamin ließ ihn erzittern, und zu Silvester musste Isabell ihm Beruhigungsmittel in sein Trockenfutter mischen, damit er nicht bei jedem Böllerschuss hyperventilierte. Einmal waren sie im Grunewald gewesen, und ein einziger Schuss eines Jägers hatte dafür gesorgt, dass Sindbad den ganzen Weg nach Hause gelaufen war, ohne auf ein einziges Kommando seiner Besitzer zu hören.

Das laute Getöse der Wellen musste den Hund in Angst und Schrecken versetzt haben. Das machte es ja so mysteriös, dass er überhaupt ausgerissen war und den Schutz des Hauses aufgegeben hatte. Wie konnte er das überhaupt, da alle Türen geschlossen waren?

Viktor hatte das Strandhaus akribisch vom Keller bis zum Dachboden durchgekämmt. Nichts. Er hatte selbst den alten Generatorschuppen im Garten aufgeschlossen, um dort nach dem Tier zu suchen. Aber allein wegen des verriegelten Schlosses war es unmöglich, dass Sindbad sich dorthin verkrochen haben konnte. *Genau so unmöglich, wie auf einer Insel spurlos zu verschwinden,* dachte Viktor. *Sindbad wäre auch niemals allein nach draußen gegangen, es sei denn ...*

Viktor drehte sich ruckartig um und stand jetzt seitlich zu den Wellen. Für einen kurzen Moment schöpfte er Hoffnung, als er in etwa hundert Meter Entfernung eine Bewegung aus den Augenwinkeln heraus wahrnahm. Ein Tier kam von weitem auf ihn zu, und es war definitiv so groß wie ein Hund. Aber sein Glücksgefühl erstarb so schnell, wie es gekommen war, als er sah, dass das Tier kein helles Fell hatte. Und dass es kein Tier war, sondern ein Mensch, der einen dunklen Mantel trug.

Anna.

»Schön, dass Sie mal ins Freie gehen«, rief sie, als sie bis auf etwa zehn Meter an ihn herangekommen war. Trotz der knappen Entfernung hatte er Mühe, sie zu verstehen, denn der Wind riss einige Silben aufs Meer hinaus.

»Aber für einen Strandspaziergang haben Sie sich nicht das richtige Wetter ausgesucht.«

»Und nicht den richtigen Anlass«, rief er zurück und spürte sofort wieder die Halsschmerzen, die er über Sindbads Verschwinden fast vergessen hatte.

»Wie meinen Sie das?« Sie war bis auf wenige Schritte an ihn herangekommen, und Viktor war zum zweiten Mal erstaunt, wie unbeschadet ihre Lackschuhe den langen Fußweg vom Ort bis hierher überstanden hatten. Weder Schmutz noch Sandklumpen hafteten an ihnen.

»Ich suche meinen Hund. Er ist mir weggelaufen.«

»Sie haben einen Hund?«, fragte Anna und hielt sich mit der rechten Hand ihr Kopftuch fest, damit der Sturm es nicht fortwehte.

»Natürlich. Einen Golden Retriever. Sie haben ihn doch gesehen. Er lag bei unseren letzten Gesprächen immer zu meinen Füßen.«

»Nein.« Anna schüttelte den Kopf. »Ist mir gar nicht aufgefallen.«

Viktor hatte das Gefühl, ihre unerwarteten Worte wirkten mit einer größeren Kraft auf ihn ein als die Orkan-Böen, die unaufhörlich an ihm zerrten. Sein rechtes Ohr begann zu klingen, und seine innere Leere war mit einem Schlag einer tiefen Furcht gewichen.

Die Frau ist nicht koscher.

Regenwasser tropfte Viktor von den Brauen direkt in die Augen, und Annas Gesicht verschwamm. Gleichzeitig wurden Gesprächsfetzen aus ihrer ersten Unterhaltung in seiner Erinnerung laut: »... doch ich hämmerte weiter auf ihn ein, bis das Blut aus seinem Maul kam und er schließlich nur noch ein Klumpen Fleisch war, aus dem ich jegliches Leben geprügelt hatte.«

»Wie bitte?«

Offenbar hatte Anna etwas zu ihm gesagt, aber Viktor hatte nur gesehen, wie sie ihre Lippen bewegte, während er damit beschäftigt war, ihre Aussage und die Erinnerung an ihre Tierquälerei zu verarbeiten.

»Wollen wir nicht reingehen?«, wiederholte sie. »Bei dem Unwetter kommt er sicher von alleine wieder.«

Anna deutete mit dem Kopf in Richtung Strandhaus und griff nach seiner Hand. Viktor zog sie etwas zu hastig zurück und nickte.

»Ja. Vielleicht haben Sie Recht.«

Er setzte sich langsam in Bewegung und ging voran.

Wie konnte es sein, dass sie den großen Hund nicht gesehen hatte? Warum log sie auch in diesem Fall? Hatte sie nicht nur mit Josys, sondern auch mit Sindbads Verschwinden etwas zu tun?

Über all den Fragen, die in seinem Kopf umherschwirrten, hatte Viktor die erste Regel vergessen, die ihn sein Mentor und Freund, Professor van Druisen, gelehrt hatte: »Höre zu. Ziehe keine voreiligen Schlüsse, sondern schenke deinen Patienten die größtmögliche Aufmerksamkeit.«

Stattdessen erschöpfte Larenz wichtige Kraftreserven damit, die quälende Gewissheit zu unterdrücken, die sich ihren Weg aus seinem Unterbewusstsein nach oben kämpfte. Die Wahrheit war bereits deutlich sichtbar. Sie lag verzweifelt vor ihm, wie ein Ertrinkender, den nur eine dünne Eisschicht von den helfenden Händen seiner Retter trennt. Doch Viktor Larenz war nicht bereit, sie zu durchstoßen.

Noch nicht.

19. Kapitel

»WIR FLOHEN.«

Die Unterhaltung war schleppend in Gang gekommen. Viktor musste sich zwingen, seine Gedanken an Sindbad zu verdrängen, und hatte Anna in den ersten Minuten gar nicht zugehört. Zum Glück hatte sie damit begonnen, das letzte Gespräch noch einmal zusammenzufassen: Dass sie mit Charlotte zu dem Haus im Wald gefahren war, dort einbrechen musste, während Charlotte sich weigerte, den Bungalow zu betreten. Und dass sie einen Mann in dem Zimmer am Ende des Gangs gehört hatte.

»Wovor rannten Sie dann weg?«, nahm Viktor den Faden wieder auf.

»Damals wusste ich es noch nicht. Ich spürte nur, dass das, was in dem Zimmer auf mich gewartet hatte, jetzt hinter uns her war. Also rannte ich mit Charlotte an der Hand den verschneiten Waldweg zum Auto zurück. Wir drehten uns nicht um. Aus Angst. Aber auch aus Vorsicht, weil wir auf dem glatten Pfad nicht ausrutschen wollten.«

»Noch einmal: Wer war im Haus? Wer verfolgte Sie?«

»Ich bin mir bis heute nicht sicher. Ich fragte Charlotte, als wir schließlich wieder im Wagen saßen und so schnell wie möglich mit verriegelten Türen den Weg nach Berlin zurückfuhren. Doch die Kleine sprach wieder nur in Rätseln.«

»Was meinen Sie mit Rätseln?«

»Sie sagte Sätze wie: ›Ich kann dir keine Antworten geben, Anna. Ich kann dich nur zu den Zeichen führen. Du musst ihre Bedeutung selbst herausfinden. Du schreibst die Geschichte. Nicht ich!‹«

Viktor musste sich eingestehen, dass die Erzählungen von Anna immer irrealer wurden, was angesichts ihrer Krankheit nur allzu verständlich war. Allerdings hoffte er, dass ihre Fantasien wenigstens einen kleinen Bezug zur Wirklichkeit hatten. Er wollte gar nicht darüber nachdenken, wie pathologisch dabei sein eigenes Verhalten war.

»Wo fuhren Sie dann hin?«

»Zu dem nächsten Zeichen, das mir Charlotte zum Deuten gab. Sie sagte: ›Eben habe ich dir gezeigt, wo alles anfing.‹«

»Das Haus im Wald?«, fragte Larenz.

»Ja.«

»Und dann?«

»Dann sagte Charlotte etwas, was ich in meinem Leben nie vergessen werde.«

Anna presste die Lippen zusammen und imitierte die flüsternde Stimme eines kleinen Mädchens: »›Ich werde dir jetzt zeigen, wo meine Krankheit wohnt.‹«

»Wo die Krankheit *wohnt*?«, fragte Larenz.

»So hat sie sich ausgedrückt.«

Larenz fröstelte. Eigentlich hatte er gefroren, seitdem sie ins Haus zurückgekehrt waren. Doch es war noch schlimmer geworden, als Anna plötzlich ihre Stimme verstellt hatte.

»Und wo war das?«, hakte er nach. »Wo hat die Krankheit *gewohnt*?«

»Charlotte leitete mich über die Glienicker Brücke den Weg nach Berlin zurück. Ehrlich gesagt weiß ich nicht genau, wie wir zu diesem riesigen Grundstück gefahren sind. So gut kenne ich mich in jener Berliner Gegend nicht aus. Außerdem wurde ich während der Fahrt abgelenkt, weil es Charlotte auf einmal so schlecht ging.«

Viktors Magen krampfte sich zusammen.

»Was hatte sie?«

»Sie bekam erst Nasenbluten, also hielt ich am Wegrand an, ich glaube, es war in Höhe eines Biergartens am Strandbad Wannsee. Sie legte sich auf die Rückbank, und kaum war das Nasenbluten weg ...«

... setzte der Schüttelfrost ein ...

»... fing sie heftig an zu zittern. Sie hatte Schüttelfrost, aber von einer so unglaublichen Intensität, dass ich eigentlich mit ihr ins Krankenhaus fahren wollte.«

Anna lachte künstlich.

»Bis mir einfiel, dass ich schlecht mit einem Geist in die Notaufnahme spazieren konnte.«

»Also haben Sie ihr nicht geholfen?«

»Doch. Erst wollte ich wirklich nicht. Ich hatte den starken Wunsch, gegen das Trugbild anzukämpfen. Aber dann wurden Charlottes Beschwerden immer heftiger. Sie zitterte und flehte mich weinend an, ihr in der Apotheke ein Medikament zu besorgen ...«

... Penicillin ...

»... Sie wollte ein Antibiotikum. Als ich ihr sagte, dass ich das ohne Rezept nicht bekommen würde, bekam sie ihren ersten Tobsuchtsanfall. Sie schrie mich an.«

»Sie schrie?«

»Ja, so laut es mit ihrer schwächlichen Stimme nur ging. Es war entsetzlich. Eine Mischung aus Heulen, Schluchzen und Brüllen.«

»Was sagte sie?«

»›Du hast mich erfunden. Du hast mich krank gemacht. Jetzt mach mich auch wieder gesund!‹ Und obwohl ich wusste, dass ich halluzinierte, obwohl ich ganz genau wusste, dass es Charlotte nicht gab, fuhr ich zu einer Apotheke und kaufte eine Packung

Paracetamol gegen ihre Kopfschmerzen. Und ich überredete den Apotheker mit meinem ganzen Charme, mir das Penicillin ohne Rezept zu überlassen. ›Für mein krankes Kind‹, sagte ich ihm und versprach, die Verschreibung am nächsten Tag nachzureichen. In Wahrheit tat ich es natürlich für mich, da ich wusste, dass die Stimmen und Bilder in meinem Kopf erst dann verschwinden würden, wenn ich Charlottes Befehlen gefolgt wäre.«

»Was passierte dann?«

»Tatsächlich wurde es nach meinem Besuch in der Apotheke besser. Nicht für Charlotte, wohl aber für mich.« Viktor wartete ab, bis sie von alleine weiterredete.

»Sie nahm zwei Tabletten, aber die hatten keine Wirkung. Im Gegenteil, ich würde fast sagen, Charlottes Zustand verschlechterte sich. Sie wirkte noch blasser, noch apathischer. Aber wenigstens machte sie mir keine Vorwürfe mehr und blieb still. Ich war allerdings immer noch so geschockt über ihren Anfall, dass ich nicht mehr weiß, wie wir zu diesem großen Haus am Wasser gekommen sind.«

»Bitte beschreiben Sie es mir.«

»Es war das schönste Anwesen, das ich in Berlin je gesehen habe. Ich wusste gar nicht, dass es so etwas in einer Großstadt überhaupt geben kann. Das Grundstück besaß eine Ausdehnung von einigen tausend Quadratmetern, an einem Hang gelegen, mit eigenem Strand und Bootsanlegesteg. Das Haus selbst war größer als eine Villa, im klassizistischen Grundstil gebaut, aber mit Elementen der italienischen Renaissance aufgelockert. Es gab viele Erker, Türmchen und zahlreiche Verzierungen. Kein Wunder, dass Charlotte es ›das Schloss‹ nannte.«

Schwanenwerder.

Viktor war sich jetzt sicher. Die Fülle der stimmigen Einzelheiten in ihren Erzählungen konnte kein Zufall mehr sein.

»Aber weder die Lage noch der Stil war das Auffälligste an dem Anwesen«, fuhr sie fort. »Wirklich merkwürdig war, wie viele Menschen überall herumliefen. Wir hatten das Auto vor einer kleinen Brücke stehen lassen müssen, weil uns zahlreiche parkende Lieferwagen den Weg versperrten.

»Lieferwagen?«

»Ja, größere und kleinere Transporter. Sie alle wollten ...«
... auf die Insel ...
»... in dieselbe Richtung wie wir und verstopften die schmale Straße. Zahlreiche Menschen liefen geschäftig hin und her. Die meisten von ihnen warteten vor der großen Zufahrt des Hauses auf dem Bürgersteig. Keiner nahm von uns Notiz, als wir näher kamen. Alle beobachteten konzentriert die schwere Eingangstür des Schlosses. Manche hatten Ferngläser, einige sogar Kameras dabei. Überall klingelten Handys, und Fotos wurden gemacht. Und zwei Männer waren sogar auf einen Alleebaum geklettert, um eine bessere Sicht auf das Anwesen zu haben. Die Krönung war ein Hubschrauber, der dröhnend über unsere Köpfe hinweg flog.«

Viktor wusste genau, wo sie gewesen sein mussten. Er wusste auch, welches Szenario Anna gerade beschrieb. Der gewaltige Pressezirkus vor seinem Haus in den ersten Tagen nach Josys Verschwinden hatte die Familie unerträglich belastet.

»Plötzlich ging ein Ruck durch die Menge, weil sich die Tür öffnete und jemand heraustrat.«

»Wer?«

»Keine Ahnung. Ich konnte es nicht erkennen, da das Grundstück so groß war und die Tür der Villa bestimmt achthundert Meter von meinem Standpunkt aus entfernt lag. Aber ich fragte Charlotte, wo wir hier seien. Und sie sagte: ›Wir sind bei mir zu Hause. Ich habe dich zu meinem Elternhaus gebracht.‹ Dann fragte ich sie, warum wir hier wären. Und sie sagte: ›Das weißt du doch. Hier wohne ich. Aber nicht allein. Hier wohnt auch das Böse.‹«

»Die Krankheit?«

»Ja. Offensichtlich wollte sie mir zu verstehen geben, die Ursache ihrer mysteriösen Krankheit sei bei ihr zu Hause zu finden. Und dass sie deshalb dieses Schloss verlassen hatte. Nicht nur, um die Ursache zu finden, sondern um zu fliehen.«

Josys Krankheit hat ihre Ursache in Schwanenwerder gehabt?

»Plötzlich zog Charlotte heftig an meiner Hand und wollte den Weg zurücklaufen. Erst wollte ich nicht sofort mit ihr kommen. Wollte abwarten und sehen, wer aus der Tür getreten war und

durch den Garten auf die wartende Menge zuschritt. Die Person war noch zu weit weg, und ich konnte nicht erkennen, ob sie ein Mann oder eine Frau war. Doch etwas an der Art, wie sie sich bewegte, kam mir bekannt vor. Und dann sagte Charlotte etwas zu mir, das mich davon überzeugte, ihr sofort zu folgen.«
»Was sagte sie?«
»Besser wir gehen. Das Böse von vorhin aus dem Zimmer. Es hat uns wieder eingeholt. Und es kommt direkt auf uns zu.‹«

20. Kapitel

»DÜRFTE ICH IHR BAD AUFSUCHEN?«

Anna war unvermittelt aufgestanden und hatte augenscheinlich den Entschluss gefasst, ihre Geschichte an dieser Stelle zu unterbrechen.

»Gerne.« Viktor fiel nicht zum ersten Mal ihre gewählte Ausdrucksweise auf.

Es war fast so, als ob sie damit einen Gegensatz zu ihren schrecklichen Erlebnissen schaffen wollte. Er versuchte gleichfalls aufzustehen, fühlte aber ein bleiernes Gewicht auf seinen Schultern, das ihn wieder in den Sessel drückte.

»Das Badezimmer ist …«

»… oben neben dem Schlafzimmer, ich weiß.«

Sie sagte es beim Hinausgehen und sah deshalb nicht, wie Viktor ihr ungläubig hinterherstarrte.

Woher?

Er nahm jetzt doch alle Kraft zusammen und stand langsam von seinem Schreibtischstuhl auf, um ihr zu folgen. Als er bereits an der Zimmertür war, fiel sein Blick auf den schwarzen Cashmere-Mantel, den sie sorgsam über einen Stuhl neben der Couch gelegt hatte. Er war noch feucht von dem anhaltenden Regen, und unter dem Stuhl hatte sich eine kleine Pfütze auf dem Parkett gebildet. Viktor hob ihn an, um ihn an der Garderobe im Flur aufzuhängen. Er war schwer. Zu schwer, als dass es allein von der Nässe kommen konnte, die nur den äußeren Stoff durchdrungen, das innere Seidenfutter jedoch verschont hatte.

Viktor hörte, wie im ersten Stock eine Tür verriegelt wurde. Anna hatte das Bad erreicht.

Er schüttelte den Mantel, und etwas klirrte in der rechten Manteltasche. Ohne lange zu überlegen, gab er seinem ersten Impuls nach und griff hinein. Sie war erstaunlich tief. Viktor wollte seine Hand schon zurückziehen, als seine Fingerspitzen erst ein Taschentuch und dann eine mittelgroße Lederbrieftasche berührten. Mit einer schnellen Bewegung zog er sie heraus. Sie war schwer und stammte aus einer Männerkollektion von Aigner. Sie passte definitiv nicht zu Annas geschmackvoller, farblich aufeinander abgestimmter, femininer Garderobe.

Wer ist sie?

Oben ging die Spülung. Das Badezimmer befand sich zu einem Teil direkt über dem Wohnzimmer, und Viktor konnte hören, wie die hochhackigen Schuhe Annas auf dem Marmorfußboden klapperten. Wahrscheinlich ging sie gerade zum Waschbecken, um sich frisch zu machen. Wie zur Bestätigung hörte Viktor, dass der Wasserhahn aufgedreht wurde und das Wasser durch die alten Kupferrohre nach unten abfloss.

Viktor musste sich beeilen. Er klappte das Portemonnaie in der Mitte auseinander und starrte auf das leere Ausweisfach. Für einen kurzen Moment setzte sein Puls aus. Er hatte gehofft, endlich den Schlüssel zu Annas Identität in Händen zu halten. Jetzt sah er lediglich leere Kreditkartenfächer und selbst Geld war nicht vorhanden. Jedenfalls keine Scheine.

Plötzlich wurde Viktor unruhig, und seine Hände begannen leicht, aber unkontrolliert zu zittern. So wie vor wenigen Monaten, als sein Blutalkoholpegel absank und sein Nervensystem ihn um Nachschub anbettelte. Doch in diesem Moment war es nicht der Mangel an Alkohol, der ihn zittern ließ. Sondern die Stille. Das Wasser oben lief nicht mehr.

Viktor klappte das Portemonnaie zusammen und wollte es schnell wieder in die Manteltasche stecken, als das Telefon klingelte. Vor Schreck zuckte er zusammen und ließ dabei fallen, was er unerlaubterweise in den Händen gehalten hatte. Mit einem lauten Rums knallte es genau in der Pause zwischen zwei Klingeltönen auf das Parkett. Und entsetzt musste Viktor feststellen, warum das Portemonnaie so schwer gewesen war, denn wie von Geisterhand befreit, verteilten sich unzählige Geldmünzen über den Fußboden.

Verdammt.

Oben wurde die Badezimmertür geöffnet. Es konnte sich nur noch um wenige Sekunden handeln, bis Anna zurück war und sehen würde, wie der Inhalt ihres Geldbeutels auf seinem Fußboden verstreut herumlag.

Auf Knien rutschte Viktor auf dem Parkett umher und versuchte, mit zittrigen Händen das Geld wieder einzusammeln, während das Telefon keine Ruhe gab. Wegen seiner kurz geschnittenen Fingernägel und der zittrigen Hände gelang es ihm kaum, die Münzen umzudrehen, um sie besser aufheben zu können.

Er begann zu schwitzen, und eine alte Erinnerung gesellte sich zu dem Gefühl der Panik. Vor langer Zeit hatte ihm sein Vater exakt auf diesem Fußboden gezeigt, wie man Münzgeld am besten mit einem Magneten aufheben kann. Wie sehr hätte er sich jetzt das rotschwarze Hufeisen gewünscht, um sich schneller aus seiner peinlichen Lage befreien zu können.

»Sie können ruhig abnehmen, Dr. Larenz«, rief Anna von oben aus dem ersten Stock. Offenbar stand sie am Treppenabsatz und war im Begriff, nach unten zu kommen. Wegen des lauten Klingelns konnte er ihre Schritte nicht mehr genau orten.

»Ja«, rief er und war sich bewusst, dass dies eine ziemlich unsinnige Antwort war. Noch mindestens zehn Münzen lagen vor und unter dem Sofa. Eine war bis vor den Kamin gerollt und erst vom Funkengitter aufgehalten worden.

»Gehen Sie ruhig dran. Ich habe kein Problem damit, wenn wir die Sitzung noch weiter unterbrechen.«

Annas Stimme klang jetzt ganz nah. Und noch während er sich wunderte, warum sie nicht schon längst wieder im Zimmer stand, sah er verblüfft auf seine Hand. Die Münzen. Es war kein Geld, was er da fieberhaft einsammeln wollte. Zumindest kein gültiges. Es waren alte Mark-Stücke, die seit der Euroeinführung ihre Zahlungsfunktion verloren hatten. Isabell besaß auch noch eine alte D-Mark, die sie für den Einkaufswagen im Supermarkt benutzte. Aber Anna hatte in ihrem Portemonnaie mindestens vier Dutzend Exemplare der früheren Währung.

Warum?

Wer war sie? Was wollte sie mit all diesen alten Münzen? Wieso hatte sie keine persönlichen Papiere oder Scheckkarten bei sich? Was hatte sie mit Josy zu tun? Und wieso kam sie nicht zurück ins Wohnzimmer?

Viktor handelte jetzt blitzschnell und ohne zu überlegen. Er steckte das halbleere Portemonnaie wieder zurück in die Manteltasche und schob die restlichen Münzen mit beiden Händen tief unter das Sofa. Er konnte nur beten, dass sie ihr Geld nicht gezählt hatte und keinen Blick unter die Ledercouch warf.

Als er sich hektisch umsah, um festzustellen, ob er noch eine Münze übersehen hatte, bemerkte er einen kleinen gefalteten Zettel. Er war offenbar mit dem Geld zu Boden gefallen und in der Wasserlache unter dem Stuhl gelandet, auf dem ihr schwarzer Cashmere-Mantel gelegen hatte. Wie in Trance steckte Viktor ihn in die Hosentasche seiner Jeans und wollte aufstehen.

»Was ist los?«

Viktor fuhr herum und starrte in Annas Gesicht. Sie musste die letzten Meter lautlos ins Zimmer geschlichen sein, und er hatte auch nicht gehört, wie die Tür geöffnet wurde, obwohl diese sonst immer penetrant knarrte.

»Ich ... ich ... habe nur ...«

Mit einem Schlag wurde ihm klar, wie bizarr die Situation auf Anna wirken musste. Er hockte völlig verschwitzt auf Knien vor dem Sofa, während sie nur für drei Minuten aufs Klo gegangen war. Was gab es da für eine plausible Erklärung?

»Ich bin ...«

»Ich meine am Telefon? Ich hoffe, es war nichts Schlimmes?«

»Am Telefon?«

Und dann wusste er, warum sie nicht hereingekommen war. In der Hektik hatte er gar nicht bemerkt, dass es aufgehört hatte zu klingeln. Anna glaubte offenbar, er wäre drangegangen, und sie hatte daraufhin höflich im Flur gewartet.

»Ach, das Telefon?«, wiederholte Viktor und kam sich selbst ziemlich dümmlich dabei vor.
»Ja.«
»Nur verwählt«, sagte er und stand zittrig auf, um sofort wieder zusammenzuzucken, als es erneut klingelte.
»Na, da ist aber jemand hartnäckig«, lächelte Anna und setzte sich wieder auf das Sofa. »Wollen Sie nicht abnehmen?«
»Ich? Ja. Ich werde ...«, stotterte Viktor und nahm sich endlich zusammen. »Ich nehme das Gespräch in der Küche an. Entschuldigen Sie mich bitte so lange.«
Anna lächelte ihn weiter unbekümmert an, und Viktor verließ das Zimmer.

Als er in der Küche den Hörer abhob, wusste er, dass er etwas vergessen hatte. Etwas Wichtiges. Etwas, das ihn Annas Vertrauen kosten konnte.
Die Münze. Vor dem Kamin.
Doch er hatte nicht lange Zeit, darüber nachzudenken, was passieren würde, wenn Anna ihr Geldstück entdeckte. Hatte er noch bis vor wenigen Sekunden gedacht, der Stress könne heute nicht mehr schlimmer werden, so sollte ihn der Anrufer gleich mit seinem ersten Satz eines Besseren belehren.

21. Kapitel

»ES IST EINDEUTIG DAS BLUT EINER WEIBLICHEN PERSON, VIKTOR.«
»Wie alt?«
»Das ist nicht so einfach zu sagen«, antwortete Kai und seine Stimme klang merkwürdig verhallt.
»Wieso?«
»Weil ich Schnüffler und kein Gentechniker bin!«
Viktor griff sich in den Nacken, konnte dadurch den Kopfschmerz aber nicht lindern.
»Wo bist du gerade?«, fragte er den Privatdetektiv.

»Ich stehe im Westend-Krankenhaus auf dem Flur vor dem Labor eines guten Kumpels. Eigentlich darf ich hier gar nicht mit dem Handy telefonieren, weil sonst die elektronischen Geräte verrückt spielen könnten.«
»Ja, ja, ich weiß. Dann beeil dich mit den Informationen.«
»Schön. Mein Freund ist hier Biochemiker. Er hat in seiner Mittagspause die Blutprobe für mich analysiert. Die aus dem Badezimmer deines Bungalows. Bei der Sauerei war es nicht schwer eine Probe zu nehmen.«
»Ja, ja. Und? Was hat er herausgefunden?«
»Nun, wie ich schon sagte: feststeht, das Blut stammt von einer Frau. Älter als neun und jünger als fünfzig. Eher deutlich jünger.«
»Josy war zwölf, als sie verschwand.«
»Ich weiß. Aber es ist definitiv nicht das Blut deiner Tochter, Viktor.«
»Wie kannst du das wissen?«
»Weil es zu frisch war. Die Spuren sind gerade mal zwei Tage alt, höchstens drei. Deine Tochter ist vor vier Jahren verschwunden.«

»Daran brauchst du mich nicht zu erinnern«, zischte Viktor und öffnete die Küchentür einen Spalt. Die Wohnzimmertür war geschlossen, trotzdem konnte er nicht ausschließen, dass Anna ihm gerade zuhörte. Er sprach noch leiser.

»Gut. Es ist nicht das Blut von Josephine. Aber dann sag du mir, was ich von Anna und ihren Erzählungen halten soll. Sie hat mir bis jetzt perfekte Beschreibungen von meiner Tochter, unserem Wochenendhaus in Sacrow und gerade eben von der Villa auf Schwanenwerder geliefert. Es passt alles zusammen, Kai. Sie war da. Bei mir zu Hause. Sie hat sogar die Reporter beschrieben, die am Tag der Entführung vor der Villa kampierten.«

»Du willst wissen, wie das zusammenpasst?«, fragte Kai.

»Ja.«

»Dann sag mir endlich Annas vollständigen Namen!« Viktor wollte tief durchatmen, wurde jedoch vom Husten geschüttelt.

»Sie heißt ...« Er musste kurz den Hörer vom Mund weghalten, bevor er weiterreden konnte.

»Tut mir Leid, ich hab mich erkältet. Also, pass auf, ich geb dir jetzt ihre Daten. Sie heißt Anna Spiegel, ist Kinderbuchautorin, angeblich sehr erfolgreich, besonders in Japan. Ihr Vater arbeitete beim AFN und ist früh an einer Thrombose gestorben, Folge eines Behandlungsfehlers. Sie lebte in ihrer Kindheit in Steglitz und war die letzten vier Jahre in der Parkklinik in Dahlem.«

Der Privatdetektiv wiederholte die letzten Worte langsam und machte sich dabei handschriftlich Notizen.

»Gut. Ich lass das überprüfen.«

»Aber zuvor musst du etwas anderes tun.«

Ein Seufzen am anderen Ende der Leitung.

»Was?«

»Hast du immer noch den Schlüssel für Schwanenwerder?«

»Du meinst die digitale Key-Card, mit der man auf das Anwesen kommt?«

»Genau.«

»Ja, hab ich.«

»Gut. Du musst in mein Arbeitszimmer gehen. Öffne den Tresor, der Code ist Josys Geburtstag in umgekehrter Reihenfolge, und nimm bitte alle CD-ROMs heraus. Du kannst den Stapel gar nicht übersehen.«

»Was ist auf ihnen drauf?«

»Die Polizei hat uns damals gebeten, alle Aufnahmen der Außenkameras in dem ersten Monat nach der Entführung aufzuheben.«

»Ich kann mich erinnern. Sie hatte gehofft, der Entführer würde sich unter die Schaulustigen mischen.«

»Richtig. Nimm dir die Aufnahmen von der ersten Woche nach der Entführung, und schau sie dir an.«

»Das wurde doch alles bereits von mehreren Experten untersucht. Ohne Ergebnis.«

»Weil man einen Mann gesucht hat.«

»Und nach wem soll ich Ausschau halten?«

»Nach Anna. Such nach einer zierlichen, blonden Frau, die vor dem Grundstück zusammen mit den Presseleuten wartet. Du hast jetzt ihre Personendaten, bestimmt findest du ein Foto von ihr im Internet.«

Viktor hörte, wie sich die Telefonqualität verbesserte, während

Kai weitersprach. Wahrscheinlich hatte er den Krankenhausflur verlassen und war wieder zurück ins Labor gegangen.

»Also gut. Weil du es bist. Ich überprüfe Anna und check die Bänder. Aber ich will dir keine große Hoffnung machen. Die Geschichten, die sie erzählt, klingen zwar interessant, aber sie haben zu große Brüche. Vergiss nicht – der Einbruch in deinem Bungalow war erst letzte Woche.«

»Schön. Ich weiß, was du denkst. Aber dann erklär du mir, wenn das hier alles nichts mit Josy zu tun hat, was ist dann dort passiert? Du hast gesagt, das Badezimmer schwamm im Blut. Willst du etwa behaupten, dass in meinem Wochenendhaus nicht Josy, sondern ein anderes Mädchen abgeschlachtet wurde?«

»Erstens: Es ist nicht raus, ob es sich um das Blut eines Mädchens handelt. Und zweitens: Nein.«

»Wie ›nein‹?«

»Niemand wurde in deinem Badezimmer abgeschlachtet, weil das Blut definitiv nicht aus einer Wunde stammt, Viktor.«

»Wie kann man das ganze Badezimmer mit Blut voll schmieren, wenn man nicht verletzt ist?« Viktor schrie seine Worte ins Telefon. Er war so erschöpft und gleichzeitig so erregt, dass er keinen Gedanken mehr daran verschwendete, ob Anna im Kaminzimmer lauschte oder nicht.

»Das versuche ich dir doch die ganze Zeit zu sagen. Es wurden Schleimhautzellen im Blut nachgewiesen.«

»Was soll das denn jetzt heißen?«, fragte Viktor und gab sich im gleichen Atemzug die Antwort: »Du meinst, jemand hatte …«

»Ja. Beruhige dich bitte. Der Laborbericht ist eindeutig. Es ist Menstruationsblut.«

22. Kapitel

Heute. Zimmer 1245. Klinik Wedding.

DRAUSSEN WAR ES DUNKEL GEWORDEN. Auf den Gängen der Klinik hatte sich die automatische Beleuchtung eingeschaltet, und im weißgelben Licht der Deckenfluter sah Dr. Roth noch blasser aus als sonst. Zum ersten Mal fiel Viktor Larenz auf, dass der Oberarzt ungewöhnlich große Geheimratsecken hatte. Bislang hatte er sie geschickt durch seine kurzen, nach vorne gekämmten Haare kaschieren können. Aber in der letzten Stunde war sich Dr. Roth während Viktors Erzählung immer häufiger mit den Fingern durch die Haare gefahren und hatte dadurch die Sicht auf seine kahle Kopfhaut freigegeben.

»Sind Sie nervös, Dr. Roth?«

»Nein. Nur neugierig. Ich bin gespannt, wie die Geschichte weitergeht.«

Viktor bat den Arzt um ein Glas Wasser, und Dr. Roth reichte es ihm mit einem Strohhalm, damit er trinken konnte, ohne seine gefesselten Hände benutzen zu müssen.

»Aber ich habe auch mehrere Fragen«, fuhr Dr. Roth fort, während Viktor den ersten Schluck nahm.

»Zum Beispiel?«

»Warum haben Sie Sindbad nicht überall gesucht? Wenn mein Hund fortlaufen würde, könnte ich keine ruhige Minute zu Hause verbringen.«

»Da haben Sie Recht. Ich habe mich selbst über mein nahezu gleichgültiges Verhalten gewundert. Aber ich glaube, ich hatte schon alle Kraft und Emotionen bei der Suche nach meiner Tochter verbraucht. Ich fühlte mich wie ein Kriegsveteran, der so viele Granateneinschläge erlebt hat, dass er beim Pfeifen der Geschosse noch nicht einmal mehr zusammenzuckt und ganz ruhig im Schützengraben sitzen bleibt. Können Sie das nachvollziehen?«

»Ja. Aber warum haben Sie nicht wenigstens Ihre Frau über die Ereignisse auf Parkum informiert? Spätestens als der Hund weggelaufen war, hätten Sie doch zum Hörer greifen müssen.«

»Hab ich doch. Ich hab beinahe täglich versucht, sie zu erreichen. Zugegeben – anfangs war ich mir nicht sicher, ob ich ihr von Anna erzählen sollte. Sie war ja selbst gegen das Interview gewesen, an dem ich nun gar nicht mehr arbeitete. Wenn sie damals erfahren hätte, dass ich stattdessen wieder Therapiesitzungen abhielt, wäre sie noch am selben Tag von New York aus zurückgeflogen. Aber ich wurde erst gar nicht zu ihr aufs Hotelzimmer durchgestellt. Alles, was ich tun konnte, war, zahlreiche Nachrichten für sie beim Portier zu hinterlassen.«

»Und sie rief nie zurück?«

»Doch. Einmal.«

»Und?«

Viktor nickte mit dem Kopf in Richtung Beistelltisch, und Dr. Roth hielt ihm wieder das Wasserglas hin.

»Wie viel Zeit ...?«

Viktor unterbrach den Satz für einen langen Schluck.

»Wie viel bleibt uns eigentlich noch?«

»Zwanzig Minuten, denke ich. Ihre Anwälte sind schon im Haus und beraten sich in diesem Moment mit Professor Malzius.«

Anwälte.

Viktor dachte darüber nach, wann er das letzte Mal einen Rechtsbeistand gebraucht hatte. In den nächsten Wochen würde der schlaksige juristische Verkehrsexperte nicht ausreichen, der ihm im Jahr 1997 seinen Führerschein gerettet hatte. Diesmal brauchte er wirkliche Profis. Dieses Mal ging es nicht nur um einen Blechschaden.

Es ging um sein Leben.

»Und sie sind wirklich gut?«

»Die Anwälte? Ja. Soviel ich weiß, sind es die besten Strafrechtler, die man für Geld in Deutschland bekommen kann.«

»Und die wollen heute von mir wissen, was mit Anna geschehen ist?«

»Unter anderem. Das müssen sie ja auch, wenn sie Sie verteidigen sollen. Schließlich geht es um Mord.«

Mord.

Zum ersten Mal war es ausgesprochen. Bisher hatten sie um den heißen Brei herumgeredet. Obwohl sie es beide wussten: Auf

Dr. Viktor Larenz wartete das Gefängnis. Es sei denn, das Ende der Geschichte würde den Richter davon überzeugen, er habe gar keine andere Wahl gehabt, als zu töten.

»Mord hin oder her. Ich denke nicht, dass ich heute noch einmal die Kraft habe, alles zu wiederholen. Außerdem hoffe ich ja immer noch, mich in zwanzig Minuten nicht mehr länger hier aufhalten zu müssen.«

»Vergessen Sie es.« Dr. Roth nahm ihm das Glas wieder weg und strich sich durch seine Haare. »Erzählen Sie mir lieber, wie es weiterging. Was hatte es mit dem Menstruationsblut auf sich? Und was hat Ihnen Anna noch erzählt, als Sie wieder zu ihr zurück ins Wohnzimmer kamen?«

»Nichts.«

Dr. Roth sah ihn zweifelnd an.

»Sie hatte bereits während meines Telefongesprächs mit dem Detektiv, von mir unbemerkt, das Haus verlassen. ›Will nicht stören. Sie haben viel zu tun. Wir reden morgen weiter‹, hatte sie mir auf einen Zettel geschrieben und diesen auf den Schreibtisch gelegt. Ich war ziemlich runter mit den Nerven. Jetzt, wo sie weg war, musste ich wieder eine Nacht ausharren, bevor ich weitere Informationen von ihr bekam.«

Über Charlotte.

Über Josy.

»Also gingen Sie schlafen?«

»Nein. Noch nicht. Vorher bekam ich noch einen weiteren, völlig unerwarteten Besuch.«

23. Kapitel

ZEHN MINUTEN, nachdem er das Gespräch mit Kai beendet hatte, klopfte es an der Tür. Für einen Moment hoffte Viktor, Anna wäre wieder zurückgekehrt. Diese Hoffnung fiel jedoch jäh in sich zusammen, als er feststellte, dass es nur Halberstaedt war, der sich erneut durch den Sturm bis zu seinem Haus durchgekämpft hatte und nun mit ernster Miene an der Haustür stand. Auch diesmal wollte der Bürgermeister nicht eintreten und übergab Viktor stattdessen wortlos ein kleines Päckchen.

»Was ist das?«

»Eine Pistole.«

Viktor wich einen Schritt zurück, als ginge von Halberstaedt eine ansteckende Krankheit aus.

»Was um Himmels willen soll ich denn damit?«

»Es ist besser so. Zu Ihrem eigenen Schutz.«

»Schutz wovor?«

»Vor ihr.« Halberstaedt deutete mit dem Daumen seiner rechten Hand nach hinten über die Schulter. »Ich hab gesehen, dass sie wieder bei Ihnen war.«

Viktor schüttelte ungläubig den Kopf.

»Hören Sie mal. Sie wissen, ich kann Sie gut leiden.« Er fingerte ein Taschentuch aus seiner Hosentasche und tupfte sich seine laufende Nase ab, ohne zu schnäuzen.

»Aber ich bin Psychiater. Ich kann es nicht dulden, dass Sie mir und meinen Patienten hinterherspionieren.«

»Und ich bin hier der Bürgermeister und mache mir Sorgen um Sie.«

»Ja. Danke. Das weiß ich sehr zu schätzen. Wirklich. Aber solange es dafür keinen triftigen Grund gibt, werde ich dieses Ding da nicht anfassen.« Viktor wollte ihm das Päckchen wieder zurückgeben, doch Halberstaedt nahm die Hände nicht aus den Taschen seiner verschlissenen Cordhose.

»Es gibt einen Grund«, murmelte er grimmig.

»Was?«

»Es gibt einen Grund, warum Sie eine Waffe im Haus haben sollten. Ich hab mich über die Frau erkundigt. Hab mit allen geredet, die sie auf der Insel gesehen haben.«

»Und?« Viktor hatte auf einmal einen metallischen Geschmack im Mund. Zumindest war Kai Strathman also nicht der Einzige, der Anna jetzt hinterherspionierte.

»Die Frau hat Burg ganz schön erschreckt.«

»Michael Burg? Den Fährmann? Was kann den denn schon verängstigen?«

»Sie hat ihm gesagt, sie habe eine offene Rechnung mit Ihnen zu begleichen, Doktor.«
»Wie bitte?«
»Ja. Und dass Sie dafür bluten sollen.«
»Das glaub ich nicht.«
Alles voller Blut.
Halberstaedt zuckte mit den Achseln.
»Ist mir egal. Glauben Sie, was Sie wollen. Ich schlaf jedenfalls besser, wenn ich weiß, dass Sie bewaffnet sind. Sie ist es ja auch.«
Viktor hatte keine Ahnung, was er darauf erwidern sollte. Dann fiel ihm etwas anderes, ebenso Wichtiges ein, und er hielt Halberstaedt, der sich zum Gehen umgewandt hatte, am Arm zurück.
»Mal was ganz anderes. Haben Sie vielleicht meinen Hund gesehen?«
»Ist Sindbad tot?«
Die brutale Frage traf ihn völlig unvorbereitet, wie die Ausläufer einer seismografischen Schockwelle. Viktor fühlte sich dem Epizentrum der Erschütterung dabei sehr nahe.
»Wie kommen Sie darauf? Ich meine ... Nein. Ich hoffe doch nicht. Er ist nur weggelaufen. Ich hatte es Ihnen auch auf den Anrufbeantworter gesprochen.«
»Hmm, verstehe«, sagte Halberstaedt leise und dabei nickte er leicht mit seinem Kopf. »Ich hab Ihnen gleich gesagt, mit der Frau stimmt etwas nicht.«
Viktor wollte erwidern, es gebe keinen Beweis dafür, dass Anna mit Sindbads Verschwinden zu tun haben könnte, behielt den Einwand jedoch für sich.
»Ich werde die Augen und Ohren offen halten«, versprach Halberstaedt, aber es klang nicht so, als ob er es ernst meinte.
»Danke.«
»Und Sie sollten dasselbe tun. Nicht nur wegen des Hundes. Die Frau ist gefährlich.« Der Bürgermeister ging grußlos.

Nachdem Viktor ihm eine Minute lang hinterhergesehen hatte, begann er so stark zu frieren, dass er wie ein kleiner Junge, der zu lange im Schwimmbad gewesen ist, mit den Zähnen klappern musste. Er schloss schnell die Tür, bevor der Wind weitere Kälte und Nässe ins Haus treiben konnte. Noch in der Diele überlegte er, ob er die Pistole gleich in die Mülltonne vorm Haus werfen sollte. Waffen waren ihm unheimlich, und er wollte schon aus Prinzip keine in seiner Reichweite haben. Schließlich legte er das ungeöffnete Päckchen in die unterste Schublade der Mahagoni-Kommode im Flur und beschloss, es Halberstaedt gleich morgen wieder zurückzugeben.

Die nachfolgenden Minuten starrte er gedankenverloren auf die langsam erlöschende Glut im Kamin und fragte sich, was er von den Ereignissen der letzten Stunden halten sollte.

Sindbad war verschwunden.

Jemand, eine junge Frau, vielleicht ein Mädchen, war in seinen Wochenendbungalow eingebrochen und hatte dort ihre Menstruation bekommen.

Und der Bürgermeister der Insel brachte ihm eine Schusswaffe vorbei.

Viktor zog die Schuhe aus und legte sich auf die Couch. Er griff in seine Hosentasche und schluckte seine letzte Valium-Tablette, die er sich eigentlich für heute Nacht aufgehoben hatte. Dann wartete er auf die entspannende Wirkung, die hoffentlich auch seine Grippesymptome mildern würde. Er schloss die Augen und versuchte, den Druck loszuwerden, der sich wie ein Stirnband um seinen gesamten Kopf gelegt hatte. Für einen kurzen Moment gelang es ihm sogar, und eines seiner Nasenlöcher war zum ersten Mal seit langer Zeit nicht mehr vollständig verstopft. Dadurch konnte er den schweren Parfumgeruch wieder riechen, den Anna hinterlassen hatte, als sie noch vor einer halben Stunde genau an dieser Stelle saß.

Viktor dachte nach. Er wusste nicht, was ihm im Moment größere Sorge bereitete: das unheimliche Verhalten von Anna oder die geheimnisvollen Orakel des Bürgermeisters.

Er hatte sich noch nicht entschieden, als ein Albtraum von ihm Besitz ergriff.

24. Kapitel

DER TRAUM kehrte seit Josys Verschwinden in unregelmäßigen Abständen immer wieder. Aber egal, ob ihn der Albtraum mehrmals in der Woche oder nur einmal im Monat heimsuchte – seine Struktur änderte sich nie.

Immer war es mitten in der Nacht, Viktor saß am Steuer seines Volvos, Josy neben ihm auf dem Beifahrersitz. Viktor hatte von einem neuen Spezialisten im Norden gehört, der seinem Kind eventuell helfen konnte. Und jetzt waren sie schon seit Stunden unterwegs zu dessen Praxis am Meer. Der Wagen fuhr viel zu schnell, aber Viktor schaffte es nicht, einen niedrigeren Gang einzulegen. Obwohl Josy ihn bat, das Tempo zu drosseln, gelang es ihm nicht. Zum Glück führte die Straße zum Meer immer geradeaus. Ohne Kurven, ohne Abzweigungen. Nirgendwo waren Verkehrsampeln zu erkennen oder Straßenkreuzungen. Hin und wieder kam ihnen ein anderes Fahrzeug entgegen, aber die Straße war breit genug, und sie waren trotz ihrer überhöhten Geschwindigkeit nie in einer gefährlichen Situation. Nach einiger Zeit fragte Viktor, ob sie nicht schon längst am Meer sein müssten. Josy zuckte nur mit den Achseln. Auch sie schien sich über die Länge der Fahrt zu wundern. Bei der hohen Geschwindigkeit hätten sie die Strandpromenade doch schon längst erreichen müssen. Weit und breit war kein anderes Fahrzeug zu sehen. Und noch etwas war seltsam: Es wurde immer dunkler. Je weiter sie fuhren, desto weniger Laternen standen am Wegrand. Stattdessen wurden die Alleebäume dichter. Schließlich gab es keine einzige Straßenbeleuchtung mehr, und zu beiden Seiten der immer schmaler gewordenen Straße erstreckte sich ein dichter, undurchsichtiger Wald.

Viktor spürte an dieser Stelle des Traums immer wieder den ersten Anflug von Entsetzen. Nicht Angst, nicht Furcht, sondern ein undefinierbares Grauen, das ihn lähmte und noch stärker wurde, als er feststellte, dass er nicht langsamer werden konnte. Er trat auf die Bremse, aber das blieb ohne Wirkung. Der Wagen erhöhte stattdessen das Tempo und wurde immer schneller auf der schnurgeraden Straße. Viktor schaltete die Innenbeleuchtung des Volvos an, und Josy suchte den Weg auf einer Karte. Aber sie konnte die Straße nicht finden, auf der sie sich befanden.

Schließlich lachte sie erleichtert auf und deutete nach vorn. »Da, da ist ein Licht. Da vorn muss etwas sein.«

Auch Viktor konnte in weiter Entfernung vor ihnen einen schwachen Schein ausmachen, der heller wurde, je näher sie ihm kamen. »Das muss eine Kreuzung sein oder ein Ort. Vielleicht der Strand. Wir müssen einfach nur weiter geradeaus fahren.«

Viktor nickte, und sein Puls beruhigte sich wieder etwas.

Dort vorn waren sie in Sicherheit. Jetzt erhöhte er sogar mit Absicht die Geschwindigkeit des Wagens und fuhr noch schneller als bisher. Er wollte raus aus dem Wald. Raus aus der Dunkelheit.

Doch dann war es mit einem Schlag wieder da.

Das Grauen. Das Entsetzen.

Denn auf einmal erkannte er alles um sich herum ganz deutlich. Er wusste plötzlich, was das für ein Licht war, das dort auf sie wartete. Er erkannte den Irrtum von Josy und seinen eigenen Fehler, der mit dieser Fahrt mitten in der Nacht begonnen hatte. Auch Josephine wurde jetzt ängstlich, als sie zum Seitenfester hinausblickte.

Es waren keine Bäume, die am Straßenrand in der Dunkelheit standen. Dort stand überhaupt nichts. Da gab es nur Wasser. Schwarzes, kaltes, dunkles und unendlich tiefes Wasser.

Doch es war zu spät. Viktor wusste, dass ihm diese Erkenntnis nichts mehr nützte.

Sie waren die ganze Zeit auf einem Pier über dem Wasser gefahren. Fast eine Stunde hatten sie den Weg zum Meer gesucht und sich dabei die ganze Zeit direkt über ihm befunden. Sie hatten von der Küste aus mehrere Kilometer zurückgelegt und rasten jetzt auf die Schlusslichter am Steg zu, ohne dass es ihnen möglich gewesen wäre anzuhalten.

Viktor versuchte, das Lenkrad einzuschlagen, aber auch das funktionierte nicht. Denn nicht er fuhr den Wagen, sondern das Auto fuhr von ganz allein.

Der Volvo schoss mit Brachialgeschwindigkeit auf das Ende der Fahrbahn zu, hob ab und flog mehrere Meter über die Wellen der Nordsee, bis er sich schließlich nach unten neigte. Viktor starrte durch die Windschutzscheibe, versuchte im schwachen Licht der Scheinwerfer etwas zu erkennen. Aber vor ihm war nichts anderes zu sehen als der unendlich große Ozean, der sie gleich verschlucken würde. Josy, das Auto und ihn.

Viktor erwachte immer in jener Sekunde, kurz bevor der Wagen auf der Wasseroberfläche aufschlug. Das war für ihn der schlimmste Moment des Traums. Nicht, weil er wusste, dass er jetzt bald mit seiner einzigen Tochter ertrinken würde, sondern weil er den Fehler gemacht hatte, kurz vor dem Aufprall in den Fluten noch einmal in den Rückspiegel zu schauen. Das, was er dort sah, ließ ihn jedes Mal aufschreien, und der Schrei weckte regelmäßig ihn und alle, die sich in seiner Nähe befanden. Es war seine schlimmste Horrorvision. Er sah gar nichts. Der Rückspiegel war leer.

Der Steg, auf dem er so lange aufs Meer hinaus gefahren war, hatte sich in Luft aufgelöst und war verschwunden.

25. Kapitel

VIKTOR SETZTE SICH RUCKARTIG IM BETT AUF und merkte, dass sein Pyjama völlig verschwitzt war. Das Laken war teilweise durchnässt, und seine Halsschmerzen waren während des Albtraums noch schlimmer geworden.

Was ist nur los mit mir?, dachte er, während er darauf wartete, dass sein Herzschlag ruhiger würde. Er konnte sich noch nicht einmal daran erinnern, wie er gestern Abend von der Couch aufgestanden und nach oben ins Schlafzimmer gegangen war. Geschweige denn, dass er sich ausgezogen hatte. Und es gab noch etwas, was er sich nicht erklären konnte: die Temperatur im Schlafzimmer. Viktor griff im Dunkeln nach rechts auf seinen Nachttisch und aktivierte die LED-Anzeige seines batteriebetriebenen Reiseweckers. Es war gerade erst halb vier in der Nacht, und das elektronische Thermometer an der Uhr zeigte nur acht Grad Celsius an. Der Stromgenerator war offensichtlich ausgefallen, und wie zur Bestätigung tat sich nichts, als Viktor die Nachttischlampe anknipsen wollte. Es blieb dunkel im Raum.

Verdammter Mist! Erst Sindbad, dann Anna, die Erkältung, der Traum und jetzt das. Viktor schlug die Decke zurück, griff nach der Stabtaschenlampe, die er für derartige Notfälle neben sein Bett gelegt hatte, und ging fröstelnd die knarrende Holztreppe nach unten. Obwohl er sonst kein ängstlicher Mensch war, überfiel ihn ein mulmiges Gefühl, als er mit dem Lichtkegel der Taschenlampe die Fotografien streifte, die an der Wand des Treppenhauses hingen. Seine Mutter lachend am Strand mit den Hunden. Sein Vater mit der Pfeife vor dem Kamin. Die gesamte Familie, die den Fischfang des Vaters bewunderte.

Wie bei einem Menschen, der in einer Narkose versinkt, blitzten Erinnerungen für den Bruchteil einer Sekunde auf, um nach einem lichten Moment wieder in der Dunkelheit zu verschwinden.

Als Viktor die Haustür öffnete, schlug ihm ein heftiger Wind ins Gesicht, der nicht nur Nässe, sondern auch die letzten Reste des Herbstlaubs ins Haus trug. *Na, prima,* dachte er. *Jetzt mache ich aus meiner Grippe eine Lungenentzündung.*

Er zog sich seine Sportschuhe an und eine blaue Regenjacke mit Kapuze über seinen Seidenpyjama. In diesem Aufzug rannte er auf die Hütte mit dem Generator zu, die ungefähr zwanzig Meter von der Terrasse entfernt hinter dem Haus stand. Der Regen hatte den Sandweg völlig aufgeweicht, und hier und da bildeten sich schon größere Pfützen und Wasserlöcher, die Viktor im spärlichen Schein der Lampe aber nicht sehen konnte. Folglich waren seine Schuhe und seine Hosenbeine bereits nach zwei Dritteln des Weges durchnässt. Viktor zwang sich, trotz der Regenschauer, die ihm ins Gesicht peitschten, seine Schritte zu verlangsamen, um nicht in der Dunkelheit auszurutschen und zu stürzen. In seiner Reiseapotheke befand sich gerade mal das Nötigste gegen seine Erkältung, aber nichts zur Versorgung größerer Verletzungen. Ein offener Bruch am Bein war daher garantiert das Letzte, was er mitten in der Nacht auf einer abgeschiedenen und vom Unwetter heimgesuchten Insel brauchen konnte.

Die metalle Hütte, in der sich der Generator befand, stand direkt an der Grundstücksgrenze zum öffentlichen Strand und war davon durch einen verfallenen weißen Jägerzaun abgegrenzt. Viktor konnte sich noch gut an die Strapazen erinnern, wenn die Familie den Zaun mal wieder »wetterfest« machen musste. Erst wurde das damals schon morsche Holz angeschmirgelt, dann mit konservierendem Lack versiegelt und schließlich mit extrem scheußlich riechender weißer Farbe angestrichen. Und bei jedem Arbeitsgang hatte er seinem Vater assistieren müssen. Heute jedoch war der Zaun wegen seiner Vernachlässigung in den letzten Jahrzehnten genauso heruntergekommen wie der Generator, den Viktor jetzt wieder in Gang zu setzen hoffte.

Er rieb sich mit dem Handrücken die Regentropfen von der Stirn und aus den Augen und hielt inne. So ein Mist! Er hatte es schon gewusst, bevor er die leicht angebrochene Plastikklinke herunterdrückte. Die Schlüssel. Sie hingen am Schlüsselbrett neben dem Sicherungskasten im Keller und er hatte sie vergessen.

Verdammt!

Viktor trat wütend gegen die verschlossene Metalltür und erschrak über das scheppernde Geräusch, das er dadurch verursachte.

»Egal, wenn schon. Hier draußen hört mich keiner. Schon gar nicht bei diesem Wetter.«

Er führte wieder Selbstgespräche und war trotz der kühlen Außentemperatur ins Schwitzen gekommen. Viktor zog sich die Kapuze vom Kopf. Und dann verlangsamte sich auf einmal alles um ihn herum. Ihn überkam ein irrationales Gefühl, so als ob jemand seine innere Uhr angehalten hätte und die Zeit stehen geblieben wäre. Es dauerte in Wirklichkeit nur den Bruchteil einer Sekunde. Aber plötzlich registrierte Viktor die Geschehnisse um sich herum nur noch in Zeitlupe.

Es waren drei Dinge, die sich den Weg in sein Bewusstsein suchten. Das erste war ein Geräusch, das er erst hören konnte, als seine Ohren nicht mehr von seiner Kapuze verdeckt waren – der Generator, er brummte.

Wie kann er brummen, wenn er ausgefallen ist?

Das zweite war das Licht. Viktor drehte sich um und sah, dass sein Schlafzimmer erleuchtet war. Die Nachttischlampe, die er vor wenigen Minuten vergeblich hatte anschalten wollen, erhellte sanft das Schlafzimmer.

Und das dritte war ein Mensch. Er stand in seinem Schlafzimmer und sah aus dem Fenster. Direkt zu ihm hinab.

Anna?

Viktor schmiss die Taschenlampe weg und begann zu rennen. Doch das war ein Fehler. Er hatte gerade die halbe Strecke zur Veranda zurückgelegt, als das Licht im Schlafzimmer wieder ausging und das Haus samt Umgebung erneut in völlige Finsternis getaucht war. Viktor musste erst wieder die Stelle suchen, an der er die Lampe weggeworfen hatte, bevor er zurück zum Haus und die Vordertreppe hinauf in den Hausflur eilen konnte. Noch immer in gespenstischer Dunkelheit, die nur von dem immer schwächer werdenden Strahl der Taschenlampe durchbrochen wurde, hechtete er die Treppe zum ersten Stock hinauf in das Schlafzimmer. Nichts.

Viktor leuchtete keuchend jeden Winkel des Zimmers aus. Nichts außer der Teakholz-Sitzgarnitur neben dem Fenster, der antiken Kommode nebst Frisiertisch von Isabell, auf dem zurzeit seine CDs lagen, und dem Ehrfurcht einflößenden Ehebett seiner Eltern. Niemand war zu sehen, auch nicht, nachdem Viktor die Deckenbeleuchtung angeschaltet hatte. Offenbar funktionierte der Generator wieder.

War er überhaupt je ausgefallen?

Viktor setzte sich auf die Bettkante und versuchte, sowohl seinen Atem wie seine Gedanken zu beruhigen. Was war nur los mit ihm? War das alles zu viel für ihn? Anna, Josy, Sindbad? Erst schlich er sich im kranken Zustand während eines Sturms aus dem Haus. Schlich sich zu einem vermeintlich defekten Generator, der plötzlich wieder funktionierte, und rannte dann wie von allen guten Geistern verlassen einem Gespenst hinterher.

Viktor stand auf, ging um das Bett herum und starrte fassungslos auf seinen Reisewecker: 20,5 Grad Celsius. Alles war völlig in Ordnung.

Mit Ausnahme meines Verhaltens, dachte er und schüttelte den Kopf. *Was ist nur mit mir los?*

Er ging wieder nach unten, um die Haustür abzuschließen. Wahrscheinlich war es der Albtraum, die Sache mit Sindbad oder meine Erkältung, beruhigte er sich und verriegelte die Tür, nur um sie kurz darauf wieder zu öffnen. Viktor bückte sich und nahm den Ersatzschlüssel unter dem Blumentopf an sich. *Sicher ist sicher,* dachte er und fühlte sich gleich viel besser, als er auch noch die Fensterläden im Erdgeschoss kontrolliert hatte.

Wieder zurück im Bett, nahm er einen kräftigen Schluck Erkältungssaft und fiel für wenige Stunden in einen unruhigen Schlaf.

Der Wind hielt sich in dieser Nacht weiterhin an die Unwetterwarnungen vom Wetter-Kanal und peitschte immer heftigere Sturmböen von der Nordsee her über die kleine Insel. Er trieb die Wellen zu meterhohen Bergen hoch, schob sie mit Urgewalt bis an die Küste und fegte dann, ohne sich abzuschwächen, die Dünen hinauf. Die Orkanausläufer brachen die Zweige der Bäume, rüttelten an den Fensterrahmen der Häuser und verwehten alle Spuren im Sand. Auch die kleinen Fußabdrücke einer Frau, die von Dr. Larenz' Haus in die Dunkelheit führten.

26. Kapitel

Parkum, einen Tag vor der Wahrheit

UM KURZ NACH ACHT wurde Viktor vom Klingeln seines Telefons geweckt. Mühsam schleppte er sich nach unten und nahm den Hörer in der Hoffnung ab, dass Isabell endlich zurückrief. Aber er hatte sich geirrt.

»Haben Sie meine Nachricht gelesen?«

Anna.

»Ja.« Viktor räusperte sich und musste wieder husten. Es dauerte mehrere Sekunden, bis er fähig war, das Gespräch mit ihr fortzusetzen.

»Ich wollte Sie gestern nicht weiter stören, aber ich habe am Abend und in der Nacht noch viel nachgedacht.«
Und bist spazieren gegangen? Vielleicht in meinem Schlafzimmer?
»Und ich habe jetzt endlich die Kraft, über das Ende zu sprechen.«
Das Ende von Josy.
»Das ist gut«, krächzte Viktor und wunderte sich, dass Anna diesmal noch keine Kommentare über seinen verschlechterten Gesundheitszustand abgegeben hatte.

Wahrscheinlich, weil sie selbst sich heute Morgen nicht so gut anhörte, aber das konnte auch an der schlechten Verbindung liegen. Das Telefon rauschte wie bei einem Übersee-Ferngespräch in den siebziger Jahren.

»Wenn es Ihnen nichts ausmacht, würde ich gerne jetzt mit Ihnen darüber am Telefon reden. Ich fühl mich heute nicht gut genug, als dass ich Sie besuchen könnte. Aber ich will es mir trotzdem von der Seele reden.«

»Selbstverständlich.«

Viktor sah auf seine nackten Füße und ärgerte sich, nicht wenigstens einen Bademantel und seine Hausschuhe angezogen zu haben.

»Ich sagte Ihnen doch, dass wir von Charlottes Zuhause, dem Schloss auf der Insel, fliehen mussten?«

»Vor dem Bösen, wie Sie sich ausdrückten. Ja.«

Viktor hatte sich mit einem Fuß einen kleinen Perserläufer herangezogen, der normalerweise unter dem Couchtisch lag. So musste er wenigstens nicht mehr barfuß auf dem Parkett stehen.

»Wir rannten also zurück zum Wagen und brachen auf nach Hamburg. Charlotte sagte mir nicht, warum wir dorthin fahren sollten. Sie gab mir lediglich Fahranweisungen, und ich führte sie aus.«

»Was geschah in Hamburg?«

»Wir checkten im ›Hyatt‹ an der Mönckebergstraße ein. Das Hotel durfte ich mir aussuchen. Und ich entschied mich für diese Luxus-Herberge, denn hier hatte ich in meinen besseren Tagen im Foyer die erfolgreichen Verhandlungsgespräche mit meinem Agenten geführt. Ich hoffte, dass der edel-würzige Duft, den man im ganzen Atrium verspürte, alte und bessere Erinnerungen in mir wachrufen würde.«

Viktor nickte. Er war oft selbst in dem Fünf-Sterne-Hotel abgestiegen. Vorzugsweise in der De-luxe-Suite.

»Leider war das Gegenteil der Fall. Ich wurde immer depressiver und gereizter. Konnte kaum einen klaren Gedanken fassen. Außerdem wurde Charlotte immer mehr zu einer Belastung für mich. Es ging ihr gar nicht gut. Sie machte mir ständig Vorwürfe. Also gab ich ihr wieder die Medikamente, und als sie auf dem Bett eingeschlafen war, begann ich zu arbeiten.«

»An der Fortsetzung des Buches?«

»Ja. Ich musste es zu Ende schreiben, wenn ich nicht ewig in diesem Albtraum weiterleben wollte. So dachte ich wenigstens. Und nach langem Grübeln fand ich endlich etwas wie einen roten Faden für die nächsten Kapitel.«

»Und der war?«

»Ich musste über die Ursache von Charlottes Krankheit schreiben und dabei die Zeichen berücksichtigen, die sie mir bisher gezeigt hatte. Sie hatte davon gesprochen, alles habe im Bungalow angefangen. Zuerst dachte ich deshalb, ich müsste die Geschichte so erzählen, dass bei Charlotte die ersten Krankheitssymptome im Waldhaus auftreten.«

Nein, dachte Viktor. *Alles begann mit dem Notarzt am zweiten Weihnachtsfeiertag. Nicht in Sacrow. Sondern auf Schwanenwerder.*

»Doch dann wusste ich, dass Charlotte mit ›Anfang‹ etwas anderes gemeint haben musste. Sie hatte mich ins Wochenendhaus geschickt, um nachzuschauen, ob etwas fehlt.«

Der Schminktisch? Der Fernseher? Das Boygroup-Poster?

»Ich sollte nach einer Veränderung Ausschau halten. Außerdem musste etwas Böses dort drinnen passiert sein. So böse, dass Charlotte selbst das Haus nicht zu betreten wagte. Und es musste mit der Person zu tun haben, die in dem Zimmer gewesen war, als ich reingehen wollte.«

Viktor wartete ab, bis er sich sicher war, dass Anna nicht von alleine weiterreden würde.

»Und?«

»Was und?«

Fast hätte er sie angefahren, sie solle sich nicht alles aus der Nase ziehen lassen. Doch Viktor blieb ruhig, damit sie nicht wieder wie in den letzten Tagen das Gespräch an einer entscheidenden Stelle abbrach.
»Was haben Sie schließlich geschrieben?«
»Da fragen Sie noch? Die Geschichte liegt doch jetzt auf der Hand.«
»Inwiefern?«
»Das wissen Sie nicht? Sie sind doch Analytiker. Kombinieren Sie doch einfach mal.«
»Ich bin kein Schriftsteller.«
»Fangen Sie nicht an zu argumentieren wie Charlotte«, versuchte Anna zu scherzen, doch Viktor ging nicht darauf ein. Stattdessen wartete er auf die Antwort.
Das war der Zustand, in dem er sich in den letzten vier Jahren befunden hatte: wartend. Voller Angst. Nach Antworten suchend. Hunderttausend verschiedene Varianten war er seither im Geiste durchgegangen. Hunderttausend verschiedene Tode hatte er seine Tochter sterben lassen und war sie am Ende selbst gestorben. Das hatte ihn zu der Überzeugung gebracht, auf jeden Schmerz vorbereitet zu sein. Doch als er die Worte Annas schließlich hörte, wusste er, er hatte sich geirrt.
»Charlotte wurde natürlich vergiftet!«, sagte sie.

Auf diesen Satz gab es keine Vorbereitung. Viktor atmete flach und war fast dankbar, dass die Kälte, die seinen Körper während des Telefonats immer mehr in Beschlag genommen hatte, das dominierende Gefühl, das Entsetzen betäubte. Am liebsten hätte er aufgelegt und wäre nach oben zur Toilette gerannt, um sich zu übergeben. Aber dafür fehlte ihm die Kraft.
»Dr. Larenz?«
Er wusste, dass er etwas sagen musste. Irgendetwas, um den Schein zu wahren, er wäre weiterhin der neutrale Analytiker und nicht der Vater ihrer Visionen. Charlotte war eine Halluzination. Eine chemische Fehlsteuerung in Annas Gehirn.
Er entschied sich für die Standardfloskel aller Psychologen, um sich etwas Zeit zu verschaffen.

»Erzählen Sie weiter.«
Doch das war ein Fehler. Denn Annas nächste Worte waren noch viel unerträglicher.

27. Kapitel

»VERGIFTET?« Die Stimme des Privatdetektivs hatte selbst für Kais schweren Bass eine unnatürliche Lautstärke angenommen. Viktor hatte ihn im Auto erreicht, während er gerade von Schwanenwerder zurück zu seiner Detektei in Berlin-Mitte fuhr.
»Wie kommt diese Spiegel denn darauf?«
»Ich kapier es auch nicht. Sie hat sich aus den Fakten eine mögliche Geschichte zurechtgebogen.«
»Fakten? Du meinst aus ihren Halluzinationen.«
Viktor hörte eine hektische Autohupe und vermutete, dass Kai mal wieder ohne Freisprechanlage über die Stadtautobahn fuhr.
»Ja. Sie sagte, in dem Bungalow müsse irgendetwas vorgefallen sein. Irgendetwas sei passiert, das eine gravierende Veränderung bei Josy hervorgerufen habe ...«
»Charlotte«, korrigierte Kai.
»Ja, mein ich ja. Aber tun wir doch mal für einen Moment so, als wäre tatsächlich die Rede von meiner Tochter. Dann hätte Josephine in dem Wochenendhaus etwas erlebt, das sie schockiert hat. Es war etwas Böses. Das war der Auslöser.«
»Wofür? Dass jemand gekommen ist und sie vergiftet hat?«
»Ja.«
»Und wer, bitteschön?«
»Josy.«
»Wiederhol das!«
Das Rauschen in Viktors Telefon wurde leiser. Offenbar war Kai rechts an den Straßenrand gefahren.
»Josy selbst. Sie selbst hat sich vergiftet. Das ist die Pointe in Annas Geschichte. Das Erlebnis muss so schrecklich gewesen sein, dass sie beschloss, ihrem Leben mit Gift ein Ende zu setzen.

Schleichend und in kleinen Dosen. Über Monate hinweg, damit die Ärzte nichts merkten.«
»Moment mal. Was sagst du mir da? *Warum* denn, um Himmels willen?«
»Du bist zwar kein Psychiater, aber kennst du vielleicht das Münchhausen-Syndrom?«
»Sind das pathologische Lügner?«
»Fast. Ein Münchhausen-Patient ist ein Mensch, der sich selbst Schaden zufügt, damit andere sich mehr um ihn kümmern. Ein Mensch, der gelernt hat, dass er mehr Aufmerksamkeit bekommt, wenn er krank ist.«
»Und der sich deshalb selbst vergiftet? Damit Besuch ans Bett kommt?«
»Der Geschenke und gutes Essen vorbeibringt und den scheinbar Kranken mal wieder so richtig bemitleidet und bemuttert. Genau das.«
»Das ist ja krank.«
»Solche Menschen sind sogar sehr krank. Es ist unglaublich schwierig, sie zu behandeln, weil Münchhausen-Patienten sehr talentierte Schauspieler sind. Sie können glaubhaft die schlimmsten Krankheiten simulieren, und selbst die besten Ärzte und Psychologen fallen darauf herein. Statt die wahre Krankheit, also die psychische Störung zu therapieren, werden solche Patienten meistens auf ihre Scheinsymptome hin behandelt. Oder auf reale Symptome, wenn sie zum Beispiel Unkrautvernichter getrunken haben, um die Geschichte vom chronischen Magengeschwür etwas glaubhafter zu gestalten.«
»Warte mal, du ... du glaubst doch selber nicht, dass deine eigene Tochter ... Himmel, sie war erst elf, als es mit der Krankheit bei ihr losging!«
»Oder mit der Vergiftung. Ich weiß doch selbst nicht mehr, was ich glauben soll. Ich klammere mich gerade sogar an die Aussagen einer fantasierenden Geistesgestörten. Wie du siehst, ist mir mittlerweile jede Erklärung recht, solange sie etwas Licht in das dunkelste Kapitel meines Lebens bringt. Und ja – es wäre eine mögliche Antwort. Die erste Antwort überhaupt, so grausam sie auch ist.«

»Gut. Vergessen wir mal kurz, dass das alles Wahnsinn ist, was wir hier tun.«

Kai hatte sich von der Standspur wieder in den Verkehr eingefädelt.

»Gesetzt den Fall, diese Anna redet tatsächlich von Josy. Und gesetzt den Fall, sie hat Recht, und deine Tochter hat sich selbst vergiftet. Dann möchte ich jetzt nur noch wissen: *Womit?* Und jetzt sag mir nicht, eine Zwölfjährige wüsste, welches Mittel man nehmen muss, um sich so zu töten, dass es fast ein Jahr dauert und kein Arzt dahinter kommt.«

»Ich weiß es doch auch nicht. Aber jetzt hör mal. Mir ist es egal, ob Annas Geschichte Wort für Wort stimmt oder überhaupt einen Sinn macht. Ich will nur wissen, ob sie irgendetwas mit dem Verschwinden meiner Tochter zu tun hat. Und ich bitte dich weiterhin, das herauszufinden.«

»Schön. Ich will dir ja helfen, zumal sich auch bei mir eben etwas Wichtiges ergeben hat.«

»Die Videos?«

Viktor fühlte, wie ihm der Schweiß den Rücken runterlief, und er wusste nicht, ob aus Angst oder wegen seiner Krankheit.

»Ja. Ich hab deinen letzten Auftrag ausgeführt und mir die Außenaufnahmen deiner Villa aus dem Tresor geholt. Und jetzt halt dich fest.«

»Sie sind verschwunden?«

»Nein. Aber die CD-ROMs der ersten Wochen sind gelöscht worden.«

»Aber das ist unmöglich. Sie waren schreibgeschützt. Man kann sie nicht löschen. Nur zerstören.«

»Trotzdem. Ich habe sie gestern noch aus dem Familien-Tresor geholt und mir heute Morgen persönlich angesehen. Es ist nichts drauf.«

»Auf allen?«

»Nein. Das ist ja das Komische. Nur bei denen von der ersten Woche. Ich war eben noch mal bei dir, um nachzusehen, ob ich irgendeine Kopie übersehen hatte.«

Viktor hielt sich am Kaminsims fest, weil er Angst hatte umzukippen.

»Also? Was sagt dir das?«, fragte er den Detektiv. »Glaubst du immer noch, dass hier kein Zusammenhang besteht? Dass das alles Zufall ist?«
»Nein, aber ...«
»Kein Aber. Das ist die erste Spur seit vier Jahren. Die lasse ich mir nicht ausreden.«
»Das will ich doch gar nicht. Aber es gibt ein Aber, von dem du wissen solltest.«
»Und das wäre?«
»Das Aber heißt *Anna Spiegel*.«
»Was ist mir ihr?«
»Mit ihr stimmt etwas nicht.«
»Ach was.«
»Du verstehst nicht. Ich habe meine Hausaufgaben gemacht. Wir haben sie komplett durchgecheckt.«
»Und?«
»Nichts.«
»Wie meinst du das?«
»Es gibt nichts über diese Frau. Nichts.«
»Ist das nicht gut?«
»Nein. Das ist ganz und gar nicht gut. Denn es bedeutet, dass es diese Frau nicht gibt.«
»Wie meinst du das?«
»So wie ich es sage: Es gibt keine Schriftstellerin mit diesem Namen. Schon gar keine erfolgreiche. Auch nicht in Japan. Sie hat nicht in Berlin gewohnt, es gibt keinen Vater, der früher mal AFN-Moderator war. Sie wohnte nicht in Steglitz.«
»Verdammt. Hast du ihren Klinikaufenthalt überprüft?«
»Die mauern noch. Ich hatte bisher nicht genügend Zeit, jemanden zu finden, der in diesem Luxuskrankenhaus seine Schweigepflicht für etwas Taschengeld vergisst. Aber ich bin dran. Als Nächstes wollte ich erst mal deinen Nachfolger van Druisen anrufen.«
»Nein.«
»Was meinst du mit ›Nein‹?«
»Lass *mich* der Sache nachgehen. Ich bin Arzt. Ich komm sowohl bei van Druisen wie im Krankenhaus ausnahmsweise schneller an

Informationen als dein Team. Bleib du bitte weiter am Ball und überprüfe nochmals Josys Zimmer. Du weißt, wir haben es, seitdem sie verschwunden ist, nie mehr betreten. Vielleicht findest du dort Hinweise.«

Gift? Pillen?

Viktor musste nicht aussprechen, wonach Kai suchen sollte.

»Okay.«

»Check auch mal durch, ob man sich im ›Hyatt‹-Hotel in Hamburg an eine blonde Frau mit einem kranken Kind erinnern kann, die dort im Winter vor vier Jahren einige Zeit gewohnt haben.«

»Wieso das?«

»Tu es einfach.«

»Aber vor vier Jahren? Würde mich wundern, wenn ich überhaupt jemanden finde, der schon damals dort gearbeitet hat.«

»Tu es.«

»Gut. Aber dann bitte ich dich auch um einen Gefallen.«

»Der wäre?«

»Pass auf dich auf. Triff dich nicht mehr mit ihr. Lass diese Anna Spiegel nicht in dein Haus. So lange nicht, bis wir wissen, wer sie wirklich ist. Sie ist vielleicht gefährlich.«

»Mal sehen.«

»Hey. Ich meine es ernst. Das ist der Deal – ich erledige deine Aufträge, aber du hältst dich mit weiteren persönlichen Kontakten zu dieser Person zurück.«

»Ja, ja. Ich versuch's.«

Während Viktor den Hörer auflegte, ging ihm nur ein Gedanke durch den Kopf:

Pass auf dich auf. Die Frau ist gefährlich.

Dieselben Worte hatte er innerhalb von vierundzwanzig Stunden von zwei verschiedenen Personen gehört. Und langsam glaubte er selbst daran.

28. Kapitel

PARKKLINIK DAHLEM, mein Name ist Karin Vogt, was kann ich für Sie tun?«
»Hallo, ich heiße Viktor Larenz, Dr. Viktor Larenz. Ich bin zurzeit der behandelnde Arzt einer ehemaligen Patientin von Ihnen. Ich würde gerne mit dem Kollegen sprechen, der sie vor mir betreut hat.«
»Wie ist der Name des Kollegen?«, flötete Karin zurück.
»Hier gibt es ein kleines Problem. Den kenne ich nicht. Ich kann Ihnen nur den Namen der Patientin sagen.«
»In diesem Falle tut es mir Leid, mein Herr. Patientendaten sind, wie Sie selbst wissen, streng vertraulich und unterliegen der ärztlichen Schweigepflicht. Das umfasst auch den Namen des behandelnden Arztes. Aber wenn es Ihre Patientin ist, wieso fragen Sie die Dame nicht einfach selbst?«
Weil ich nicht weiß, wo sie gerade steckt. Weil ich nicht will, dass sie von meinen Nachforschungen erfährt. Weil sie vielleicht meine tote Tochter entführt hat.
Viktor entschied sich für eine unverdächtigere Antwort: »Weil sie wegen ihrer Krankheit nicht ansprechbar ist.«
»Dann schauen Sie in die Überweisungsunterlagen, Dr. Larenz.«
Ihr Flöten hatte bereits etwas nachgelassen.
»Es gibt keine Überweisungsunterlagen, sie ist von sich aus auf mich zugekommen. Hören Sie, ich weiß es wirklich zu schätzen, dass Sie die Privatsphäre Ihrer Patienten schützen wollen. Und ich möchte Sie auch wirklich nicht von Ihrer Arbeit abhalten. Ich bitte Sie deshalb nur um einen kleinen Gefallen. Können Sie nicht einfach in Ihrem Computer nachsehen, ob Sie den Namen finden, den ich Ihnen nenne? Und wenn ja, dann verbinden Sie mich einfach mit der Abteilung, auf der sie gelegen hat. So verletzen Sie nicht Ihre Schweigepflicht, aber Sie helfen mir und der Patientin.«
Viktor sah es beinahe bildlich vor sich, wie die Empfangssekretärin in der Privatklinik am anderen Ende der Telefonleitung unschlüssig ihren gut frisierten Kopf hin und her bewegte.
»Bitte.« Er lächelte jetzt beim Sprechen. Offenbar hatte seine

freundliche Ansprechhaltung den gewünschten Erfolg. Viktor hörte, wie die Frau auf ihre Computertastatur hämmerte.

»Wie heißt sie?«

»Spiegel«, antwortete er wie aus der Pistole geschossen.

»Anna Spiegel.«

Ihr Tippen hörte ruckartig auf, und das Flöten war jetzt völlig verstummt.

»Das ist ein schlechter Scherz – oder?«

»Warum?«

»Und wen soll ich als Nächstes nachschlagen? Elvis Presley?«

»Ich fürchte, ich verstehe Sie nicht ...«

»Hören Sie ...«, die Frau am anderen Ende seufzte wütend ins Telefon. »Wenn das ein Scherz sein soll, dann ist er sehr geschmacklos. Und ich darf Sie darauf hinweisen, dass es gesetzlich verboten ist, Anrufe ohne Einwilligung aufzunehmen.«

Viktor war von der plötzlichen Wendung des Gesprächs völlig überrascht und beschloss, zum Gegenangriff überzugehen. »Jetzt passen Sie mal gut auf. Mein Name ist Dr. Viktor Larenz, und ich pflege keine Scherze am Telefon zu machen. Sollte ich nicht sofort eine vernünftige Auskunft von Ihnen bekommen, dann werde ich mich persönlich bei Professor Malzius über Ihr Verhalten beschweren, wenn ich das nächste Mal mit ihm Golf spiele.«

Das war zwar gelogen, denn Viktor verabscheute sowohl den Klinikleiter wie auch den Golfsport, aber die Lüge verfehlte wenigstens nicht ihre Wirkung.

»Okay, es tut mir Leid, wenn ich mich im Ton vergriffen habe, Dr. Larenz, aber Ihre Frage ist makaber. Jedenfalls für mich.«

»Makaber? Was ist denn daran makaber, dass ich mich nach Frau Spiegel erkundige?«

»Weil ich es war, die sie gefunden hat. Lesen Sie denn keine Zeitung?«

Gefunden?

»Wo war sie?«

»Sie lag auf dem Fußboden. Es war grauenvoll. Bitte, ich muss jetzt wirklich aufhören. Es sind noch drei weitere Anrufer in der Leitung.«

»Was meinen Sie mit: Es war grauenvoll?« Viktor versuchte

krampfhaft, das Gehörte in einen sinnvollen Zusammenhang zu bringen, was ihm momentan noch nicht gelang.

»Na, ja, wie würden Sie es beschreiben, wenn eine Frau an ihrem eigenen Blut erstickt?«

Tot? Anna war tot? Aber wie konnte das sein?

»Das ist unmöglich. Anna war doch gestern noch hier. Bei mir.«

»Gestern? Völlig ausgeschlossen. Ich fand Anna vor einem Jahr, als ich sie ablösen sollte, im Schwesternzimmer. Da kam bereits jede Hilfe zu spät.«

Vor einem Jahr? Ablösen? Im Schwesternzimmer?

»Was macht denn eine Patientin im Schwesternzimmer?«

Von all den Fragen, die Viktor gleichzeitig beantwortet wissen wollte, kam ihm diese als erste über die Lippen.

»Okay, auch auf die Gefahr hin, dass Sie mich veräppeln wollen: Anna war nie eine Patientin. Sie war eine Austauschstudentin, die hier bei uns hospitierte. Und jetzt ist sie tot. Und ich lebe noch, also muss ich jetzt weiterarbeiten. Alles klar?«

»Ja.«

Nein, ganz und gar nicht.

»Nur noch eine Frage, bitte. Was war die Ursache? Wie ist sie gestorben?«

»Vergiftet. Anna Spiegel wurde vergiftet.«

Viktor ließ den Hörer fallen und sah aus dem Fenster auf die See. Alles wurde von Minute zu Minute verworrener und verdunkelte sich immer mehr.

So wie der regenverhangene Himmel über Parkum.

29. Kapitel

ALS ÜBELKEIT, Durchfall und später noch Sehstörungen hinzukamen, hätte Viktor erkennen müssen, dass es sich hier nicht um eine normale Grippe handelte. Weder Aspirin plus C noch Kamillosan-Halsspray zeigten ihre sonst so wohltuende Wirkung. Und auch der AssamTee, der früher immer seine Kehle besänftigt hatte, schien jetzt genau das Gegenteil zu bewirken. Mit jeder Tasse schmeckte er etwas bitterer, so als ob Viktor die Teeblätter viel zu spät der Teekanne entnommen hätte.

Der Anfang vom Ende begann mit dem vorletzten Besuch von Anna in seinem Haus. Sie kam unangemeldet und hatte ihn aus einem fiebrigen Mittagsschlaf gerissen.

»Geht es Ihnen immer noch nicht besser?«, war die erste Frage, die sie ihm stellte, als er sich im Bademantel zur Tür schleppte. Er wusste nicht, wie lange sie schon geklopft hatte. Irgendwann hatte er gemerkt, dass der Presslufthammer in seinem Traum in Wirklichkeit das laute Hämmern an der Tür des Strandhauses war.

»Es geht schon. Hatten wir uns nicht für heute Abend telefonisch verabredet?«

»Ja, es tut mir Leid. Und ich will auch gar nicht reinkommen, sondern Ihnen nur das hier geben.«

Viktor sah, dass sie etwas in den Händen hielt, und öffnete die Tür einen weiteren Spaltbreit. Ihr Anblick erschreckte ihn etwas. Sie hatte sich stark verändert und sah lange nicht mehr so blendend aus wie bei den vorangegangenen Treffen. Ihr Haar war nicht mehr ordentlich gekämmt, ihre Bluse wirkte leicht zerknittert. Und die Augen blickten fahrig umher, während ihre langen, schlanken Finger nervös auf einem braunen Papierumschlag trommelten, den sie mit beiden Händen festhielt.

»Was ist das?«

»Das Ende der Geschichte. Die letzten zehn Kapitel, so wie ich sie mit Charlotte erlebt habe. Ich habe sie heute Morgen für Sie aus dem Gedächtnis niedergeschrieben, als ich nicht zur Ruhe kommen konnte.«

Wann? Bevor wir gesprochen haben? Nachdem du bei mir eingebrochen hast?

Sie strich mit ihren Fingern den Umschlag glatt, so als ob es sich um ein eingewickeltes Geschenk handelte.

Viktor zögerte. Die Stimme der Vernunft riet ihm, Anna nicht ins Haus zu lassen.

Die Frau ist gefährlich.
Alle Informationen deuteten darauf hin, dass diese Frau nicht die war, für die sie sich ausgab. Immerhin hatte sie sich den Namen einer ermordeten Austauschstudentin zugelegt. Auf der anderen Seite hielt er jetzt den Schlüssel zu Josys Schicksal in seinen Händen. Er könnte sie hereinbitten und ihr endlich all die Fragen stellen, die ihm nahezu den Verstand raubten.
Wie sie wirklich hieß. Was es für eine offene Rechnung zwischen ihnen gab.
Und das ohne Gefahr zu laufen, das Ende ihrer Geschichte von Charlotte nicht mehr erfahren zu können.
»Moment!«
Viktor hatte eine Entscheidung gefällt und öffnete die Tür.
»Kommen Sie wenigstens kurz rein, um sich aufzuwärmen.«
»Danke!« Anna schüttelte sich die Nässe aus ihren blonden Haaren und trat zögernd ins Warme.
Auf dem Weg ins Wohnzimmer ließ er sie vorgehen und blieb an der Kommode stehen. Er öffnete die Schublade mit dem Päckchen von Halberstaedt, fuhr mit seinen Fingern über das zerknitterte Papier und löste den hellbraunen, dicken Bindfaden vom Karton.
»Könnte ich einen Tee bekommen?«
Viktor zuckte zusammen und ließ sofort das Päckchen wieder los, als er Anna in der Tür stehen sah. Sie hatte ihren Mantel bereits abgelegt und trug einen schwarzen Hosenrock zu einer durchsichtigen, graublauen Bluse, bei der sie sich verknöpft hatte.
»Ja, sicher.« Er nahm ein Taschentuch aus der Schublade und schloss die Kommode. Wenn sie das Päckchen gesehen hatte, so ließ sie sich jedenfalls nichts anmerken.
Viktor bat sie wieder ins Wohnzimmer und folgte ihr nur wenige Minuten später mit einer halb gefüllten Teekanne. Er war körperlich so erschöpft, dass es ihn vor eine unüberwindbare Hürde gestellt hätte, eine volle Kanne über den Flur ins Wohnzimmer zu tragen.
»Danke.«
Anna nahm von Viktor keine Notiz und wunderte sich auch nicht über die Schweißtropfen, die er mit seinem Taschentuch von

der Stirn tupfen musste, bevor er sich langsam zu seinem Schreibtisch schleppte.
»Ich werde wohl wieder gehen«, sagte sie, kaum dass er sich gesetzt hatte.
»Aber Sie haben doch noch gar nicht Ihren Tee getrunken.« Er zog die erste Seite aus dem Umschlag, um die Überschrift zu lesen: *Die Überfahrt.*
Ihm fiel sofort auf, dass es sich um einen mit einem Laserdrucker erstellten Ausdruck handelte. Offensichtlich hatte sie einen Laptop dabei, und Trudi, die Gastwirtin, hatte ihr erlaubt, den Drucker im Büro des »Ankerhofs« zu benutzen.
»Wirklich, ich muss jetzt los. Bitte.«
»Okay. Ich lese es später.« Viktor schob mit fahrigen Händen das Blatt wieder zurück in den Umschlag. »Und bevor Sie jetzt aufstehen, muss ich mit Ihnen über gestern ...« Er hielt mitten im Satz inne, als er Anna ansah.
Sie blickte nervös an die Zimmerdecke und hatte beide Hände zu Fäusten geballt. Sie hatte sich definitiv verändert. Irgendetwas schien in ihrem Inneren zu wüten und wollte an die Oberfläche. Alles in ihm drängte ihn, sie nach der letzten Nacht zu fragen. Ob sie ihn besucht hatte. Und warum sie in Bezug auf ihren Namen log. Aber jetzt scheute er sich, sie in ihrem derzeitigen Zustand noch mehr aufzuregen. So drängend diese Fragen auch waren, Anna war immer noch seine Patientin. Er wollte jetzt keinen schizophrenen Schub bei ihr auslösen. Und der Arzt in ihm gebot, sich endlich damit auseinander zu setzen, weswegen sie eigentlich zu ihm gekommen war: ihrer Schizophrenie.
»Wie lange wird es noch dauern?«, fragte er sie sanft.
»Bis zu meinem Anfall?«
»Ja.«
»Einen Tag? Zwölf Stunden? Ich weiß es nicht. Die ersten Anzeichen sind schon da«, antwortete sie mit schwacher Stimme.
»Die Farben?«
»Ja. Alles erscheint mir auf einmal bunter auf dieser Insel. Die Bäume sind wie mit Lack angemalt, das Meer ist tiefdunkel glänzend. Die Farben sind trotz des Regens so intensiv und leuchtend, dass ich die Augen nie mehr schließen will. Und noch etwas ist

anders. Der Geruch. Ich nehme den salzigen Duft der Gischt viel deutlicher wahr. Über der Insel liegt ein herrliches Parfum, und nur ich bin imstande, es zu riechen.«

Viktor hatte es geahnt, war aber alles andere als erfreut. Anna war vielleicht gefährlich. Aber sie war unübersehbar krank. Bald würde er mit einer schizophrenen Patientin auskommen müssen, die kurz vor einem halluzinogenen Schub stand. Abgeschottet und allein auf dieser einsamen Insel.

»Hören Sie schon Stimmen?«

Anna nickte. »Noch nicht. Aber das ist nur eine Frage der Zeit. Bei mir ist alles wie im Lehrbuch. Erst kommen die Farben, dann die Stimmen und schließlich die Visionen. Wenigstens muss ich mir bei dem kommenden Schub keine Sorgen machen, dass Charlotte mich wieder quält.«

»Wieso nicht?«

»Weil Charlotte nicht mehr wiederkommt. Sie wird nie mehr wiederkommen.«

»Was macht Sie da so sicher?«

»Lesen Sie, was ich geschrieben habe, dann ...«

Viktor hörte ihre letzten Worte nicht mehr, da sie vom Telefonklingeln übertönt wurden und Anna mitten im Satz innehielt.

»Was ist mit Charlotte?«, fragte er unbeirrt.

»Gehen Sie ran, Dr. Larenz. Ich hab mich schon daran gewöhnt, dass man Sie immer dann anruft, wenn ich bei Ihnen bin. Außerdem will ich jetzt sofort nach Hause.«

»Nein. Noch nicht. Ich kann Sie so nicht gehen lassen. Sie stehen kurz vor einem Zusammenbruch. Sie brauchen Hilfe.«

Und ich brauche Informationen. Was ist mit Charlotte?

»Warten Sie wenigstens, bis ich das Gespräch beendet habe«, forderte Viktor sie auf. Anna starrte auf den Fußboden und rieb sich nervös mit dem Zeigefinger über den Nagel ihres rechten Daumens. Viktor sah, dass das Nagelbett bereits ganz wund war von der nervösen Überreaktion.

»Gut. Ich bleibe«, willigte sie schließlich ein. »Aber sorgen Sie bitte dafür, dass dieses schreckliche Klingeln endlich aufhört.«

30. Kapitel

ER NAHM DEN TELEFONHÖRER IN DER KÜCHE AB.
»Na, endlich. Hör mir zu, es ist etwas Unglaubliches passiert!«, begann Kai ungeduldig das Gespräch.
»Gleich«, flüsterte Viktor und legte den Hörer auf die Arbeitsplatte neben dem Spülbecken. Dann zog er sich seine Hausschuhe aus und schlich barfuß zurück durch die Diele, während er so tat, als telefoniere er gerade.
»Ja, ja ... hm. Ist gut ... Mach ich.«
Zufrieden sah er durch den Türspalt, dass Anna sich nicht vom Fleck bewegt hatte.
»Okay, was gibt's?«, fragte er, als er wieder zurück in der Küche war.
»Ist *sie* wieder bei dir?«
»Ja.«
»Hatten wir nicht eine Verabredung?«
»Sie ist unangemeldet gekommen. Ich konnte sie schlecht rausschmeißen, bei dem Orkan, der hier tobt. Also? Weswegen rufst du an?«
»Ich habe heute ein Fax in die Detektei bekommen.«
»Von wem?«
»Ich bin mir nicht sicher. Ich denke, du solltest es dir selbst ansehen.«
»Was soll das heißen? Was steht denn drauf?«
»Nichts.«
»Du hast ein leeres Fax bekommen? Ist es das, was du mir sagen willst?«
»Wohl kaum. Ich sagte nicht, dass es leer ist. Es ist ein Bild.«
»Ein Bild? Und wieso sollte ich es mir ansehen?«
»Weil ich glaube, dass es von deiner Tochter stammt. Ich glaube, Josy hat es gemalt.«
Viktor lehnte sich zitternd mit den Rücken an den Kühlschrank und schloss die Augen.
»Wann?«
»Das Fax?«

»Ja. Wann hast du es bekommen?«
»Vor einer Stunde. Und es kam auf meinem privaten Anschluss an. Diese Nummer kennen außer dir nur eine Hand voll Menschen.«
Viktor atmete tief ein und begann darüber wieder zu husten.
»Ich weiß nicht, was ich dazu sagen soll, Kai.«
»Hast du ein Faxgerät auf Parkum?«
»Ja. Es steht bei mir im Wohnzimmer.«
»Gut. Ich schick es dir in zehn Minuten. Sieh zu, dass du Anna bis dahin rausgeschmissen hast. Ich melde mich dann später wieder, und du sagst mir, was du davon hältst.«
Viktor gab Kai seine Parkumer Faxnummer durch und legte auf.

Als er aus der Küche in den Flur trat, war die Wohnzimmertür geschlossen. Mist. Er fluchte lautlos und rechnete mit dem Schlimmsten. Hatte sie sich wieder auf und davon gemacht? Schnell öffnete er die Tür und war erleichtert, weil er sich geirrt hatte. Anna. Sie stand vor seinem Schreibtisch und drehte ihm nach wie vor den Rücken zu.
»Hallo«, sagte er, bekam aber vor Schmerzen keinen Ton aus seiner Kehle.
Und dann schlug die Erleichterung in Entsetzen um. Denn Anna hatte seine Rückkehr nicht bemerkt und machte keine Anstalten, sich nach ihm umzudrehen. Stattdessen rührte sie verstohlen eine weiße Substanz in seinen Tee.

31. Kapitel

»VERLASSEN SIE SOFORT MEIN HAUS!«
Anna drehte sich langsam um und sah Viktor verständnislos an.
»Himmel, jetzt haben Sie mich aber zu Tode erschreckt, Herr Doktor. Was ist denn auf einmal in Sie gefahren?«

»Die Frage müsste ich Ihnen stellen. Seit Tagen wundere ich mich, weshalb mein Tee so komisch schmeckt. Und seitdem Sie hier auf der Insel sind, werde ich von Stunde zu Stunde kränker. Und jetzt weiß ich auch, warum.«
»Meine Güte, Dr. Larenz, setzen Sie sich doch erst einmal zu mir. Sie sind ja ganz außer sich.«
»Dazu habe ich ja wohl auch allen Grund. Was ist das, was Sie mir in den Tee gemixt haben?«
»Wie bitte?«
»Was?«, brüllte Larenz. Seine Stimme überschlug sich, und jedes Wort tat seiner entzündeten Kehle weh.
»Machen Sie sich nicht lächerlich«, antwortete sie ihm ruhig.
»WAS IST DAS?«, schrie er.
»Paracetamol.«
»Para...?«
»Ja. Das Mittel gegen Erkältungskrankheiten. Hier. Sie wissen doch. Seit der Sache mit Charlotte habe ich immer welches dabei.« Sie öffnete ihre grauschwarze Designerhandtasche.
»Sie sahen so krank aus, dass ich Ihnen etwas Gutes tun wollte. Selbstverständlich hätte ich es Ihnen gesagt, bevor Sie den ersten Schluck nehmen. Meine Güte, dachten Sie etwa, dass ich Sie vergiften will?«
Viktor hatte keine Vorstellung mehr davon, was er dachte und was nicht.
Sindbad war verschwunden. Er litt an Fieber, Durchfall und Schüttelfrost. Alles Symptome einer Erkältung. *Oder einer Vergiftung.* Seine Medikamente halfen ihm nicht.
Und zwei Menschen hatten ihn mehrfach vor Anna gewarnt.
Pass auf dich auf. Sie ist gefährlich.
»Denken Sie etwa, dass ich mich gleich selbst mit umbringen will?«, wollte Anna wissen. »Hier. Ich hab mir auch etwas in den Tee getan, weil es mir heute ebenfalls nicht so gut geht. Und ich habe bereits einen großen Schluck davon getrunken.«
Viktor sah Anna weiterhin völlig entgeistert an und fand in seiner Erregung nicht die richtigen Worte.
»Ich weiß nicht, was ich denken soll«, brüllte er. »Ich weiß ja auch nicht, ob Sie gestern Nacht bei mir eingebrochen haben. Ich

habe keine Ahnung, warum Sie im Kramladen auf der Insel nach einer Waffe gefragt und dann ein Tranchiermesser und eine Angelschnur gekauft haben. Und ich weiß nicht, welche offene Rechnung wir beide miteinander hätten.«

Viktor merkte selbst, wie wirr sich seine Worte für einen Außenstehenden anhören mussten, obwohl er nur berechtigte Fragen stellte. »Um Gottes willen, ich weiß ja noch nicht einmal, wer Sie sind!«

»Und ich weiß nicht, was Sie gerade von mir wollen, Dr. Larenz. Wovon reden Sie? Was für eine Rechnung sollte das sein?«

»Keine Ahnung. Die, für die ich angeblich bluten soll und von der Sie Michael Burg erzählt haben.«

»Haben Sie Fieber?«

Ja, hab ich, dachte er. *Und ich finde gerade die Ursache dafür heraus.*

»Ich habe mit Burg kein einziges Wort gewechselt, als er mich von Sylt übergesetzt hat.« Jetzt war auch sie laut geworden. »Ich weiß wirklich nicht, wovon Sie reden.« Anna stand auf und strich sich ihren Hosenrock glatt.

Schon wieder eine Lüge. Entweder von Anna oder von Halberstaedt.

»Aber wenn Sie so von mir denken, dann glaube ich kaum, dass unsere Therapie noch Sinn macht.«

Zum ersten Mal erlebte Viktor seine Patientin völlig verärgert. Sie griff nach Mantel und Handtasche und stürmte an ihm vorbei. Kaum im Flur angelangt, kam sie jedoch wieder zurück. Und bevor Viktor etwas dagegen unternehmen konnte, tat sie das Schlimmste, was sie ihm antun konnte.

Sie nahm den braunen Umschlag vom Schreibtisch und schleuderte ihn in den Kamin, wo er sofort Feuer fing.

»Nein.«

Viktor wollte hinterherhasten, aber ihm fehlte jetzt sogar die Kraft, um auch nur einen einzigen Schritt gehen zu können.

»Da unsere Gespräche beendet sind, hat das wohl auch keinen Wert mehr für Sie.«

»Warten Sie!«, rief er ihr hinterher, doch Anna drehte sich nicht um und warf lautstark die Haustür hinter sich ins Schloss.

Sie war fort. Und mit ihr verschwand auch seine Hoffnung, jemals die Wahrheit über Josy zu erfahren. Sie hatte sich in den Flammen zu Rauch verwandelt und entwich langsam durch den Abzug des Kamins.

32. Kapitel

STÖHNEND LIESS SICH VIKTOR ZURÜCK AUF DIE COUCH SINKEN. *Was war nur los? Was geschah hier auf der Insel?* Er schlug die Arme um sich und zog die Knie hoch bis ans Kinn. Himmel. Zu den Schweißausbrüchen hatte sich soeben wieder sein guter Freund, der Schüttelfrost, gesellt. *Was ist nur los mit mir? Jetzt erfahre ich nie wieder etwas über Josy.* Sie wollte dich vergiften, sagte eine innere Stimme in ihm. Paracetamol, antwortete das schlechte Gewissen.

Es dauerte eine Weile, bis sich der Schüttelfrost wieder so weit gelegt hatte, dass er ohne größere Probleme aufstehen konnte.

Als Viktor schließlich das Porzellan mit dem mittlerweile kalten Tee auf ein Tablett stellte und zurück in die Küche trug, sah er perplex auf die beiden Tassen. Er war so abgelenkt, dass er über die Schwelle stolperte und das Tablett samt Inhalt auf den Fußboden fallen ließ. Jetzt hatte er keine Möglichkeit mehr, seinen Verdacht zu überprüfen. Aber er war sich sicher, was er gesehen hatte, bevor sich der gesamte Tee über die Dielen ergoss.

Die Tassen. Sie waren beide randvoll gewesen. Er hätte schwören können, dass Anna ihren eigenen Tee gar nicht angerührt hatte.

Noch bevor er in die Küche gehen konnte, um ein Wischtuch zu holen, hörte er das charakteristische Surren und Knarren des altmodischen Faxgeräts.

Er ließ das Tablett und die Scherben auf dem Boden liegen und ging zurück ins Wohnzimmer. Schon von weitem konnte er erkennen, dass etwas nicht stimmte. Er nahm langsam die einzelne Seite, die das Gerät ausgeworfen hatte, und hielt sie unter die

Schreibtischlampe. Aber er konnte sie drehen und wenden, wie er wollte. Selbst ein Mikroskop hätte ihm keinen tiefer gehenden Aufschluss gebracht. Auf dem Fax war nichts zu sehen. Kein Bild. Kein Hinweis auf eine Zeichnung seiner Tochter. Nur ein einziger, länglicher, schwarzer Balken.

33. Kapitel

ALS HALBERSTAEDT die grauenhafte Nachricht überbrachte, war Viktor bereits so fertig, dass er noch nicht einmal mehr seine eigene Telefonnummer wusste. Geschweige die von Kai. Der Detektiv hatte sich nicht an die getroffene Absprache gehalten. Als er sich auch nach zwanzig Minuten nicht, wie versprochen, meldete, wollte Viktor es selbst versuchen. Aber anscheinend hatte das gestiegene Fieber mittlerweile sein Erinnerungsvermögen angegriffen. Es war, als hätte jemand alle in seinem Gehirn gespeicherten Adressdaten zu einer Buchstaben- und Zahlensuppe zusammengerührt, die jetzt bei jedem Schritt in seinem Kopf hin- und herschwappte. Deswegen hatte er Kai nicht darüber informieren können, dass das Fax nicht richtig durchgekommen war.

Aber im Moment sollte das definitiv seine kleinste Sorge sein. Er hatte panische Angst vor dem Gift. Sein Rücken schmerzte wie nach einem Sonnenbrand, und die Migräne hatte sich vom Nacken über den Schädel bis zur Stirn ausgebreitet. Auf der Insel gab es außer ihm keinen Arzt. Bei der Windstärke, die jetzt über das Meer fegte, würde selbst ein Helikopter der Bundeswehr nur im äußersten Notfall kommen. Und Viktor wusste nicht einmal, ob er tatsächlich ein Notfall war. Hatte Anna die Wahrheit gesagt? Oder hatte sie gelogen und ihn die letzten Tage schleichend vergiftet?

So wie Charlotte? Oder Josy?

Hätte sie dazu überhaupt die Gelegenheit gehabt? Viktor beschloss, die nächsten Stunden abzuwarten. Auf gar keinen Fall wollte er das Leben der Notärzte bei diesem Jahrhundertsturm riskieren. Vermutlich fanden die später heraus, dass sie nur wegen einer simplen Erkältung durch einen Orkan geflogen waren. Und zum Glück hatte er genug Kohle- und andere Entgiftungstabletten dabei, die er zusammen mit starken Antibiotika vorsorglich einnahm.

Später dachte Viktor, dass sein körperlicher Ausnahmezustand vielleicht genau die richtige Verfassung gewesen war, um die schreckliche Nachricht von Halberstaedt entgegenzunehmen. Die Krankheit und die Nebenwirkungen der Medikamente hatten seinen Verstand so sehr vernebelt, dass er gar nicht in der Lage gewesen war, angemessen auf das Bild des Todes zu reagieren, das er auf seiner Veranda zu sehen bekam.

»Tut mir Leid, Doktor«, sagte der Bürgermeister. Er hielt eine schwarze Schiebermütze mit beiden Händen fest und ließ sie im Kreis herum durch seine Finger wandern.

Viktor stolperte leicht, als er sich nach unten zu seinem toten Hund beugte.

»Ich hab Sindbad hinter dem ›Ankerhof‹ neben einer Mülltonne gefunden.«

Die Worte hörte Viktor gedämpft wie durch einen schweren Theatervorhang. Er bückte sich, streichelte sanft die Überreste seines Golden Retrievers. Auch für einen Laien war sofort zu erkennen, dass jemand das Tier zu Tode gequält hatte. Zwei Läufe, der Kiefer und wahrscheinlich auch das Rückgrat waren gebrochen.

»Sie wissen, wer dort wohnt?«

»Was?« Viktor wischte sich die Tränen aus den Augen, während er zum Bürgermeister hochblickte. Sindbad war außerdem stranguliert worden. Eine Angelschnur hatte sich tief durch sein Fell in Hals und Nacken gegraben.

»Sie. Die Frau. Sie wohnt im ›Ankerhof‹. Und wenn Sie mich fragen, hat sie das auch getan.«

Im ersten Impuls wollte Viktor ihm zustimmen. Ihn bitten zu warten, damit er die Waffe holen konnte, um sie zu erschießen. Doch sofort zwang er sich wieder zur Vernunft.

»Hören Sie, ich kann jetzt nicht reden. Schon gar nicht über das Verhalten meiner Patientin.«

Die ist nicht koscher. Angelschnur.

»Ist sie denn noch Ihre Patientin? Wie ich gesehen habe, lief sie völlig aufgebracht und weinend aus Ihrem Haus zum Ort zurück.«
»Auch das geht Sie gar nichts an«, regte sich Viktor mit immer brüchiger werdender Stimme auf.
Halberstaedt hob die Hände. »Alles klar, Doktor. Immer mit der Ruhe. Übrigens, Sie sehen gar nicht gut aus.«
»Ach? Wundert Sie das?«
»Ich mein ja nur. Selbst für einen, dessen Hund ermordet wurde. Kann ich Ihnen irgendwie helfen?«
»Nein.« Viktor wandte sich wieder dem geschundenen Tier zu. Erst jetzt sah er die Einstiche in der Bauchdecke. Sie waren tief. *Wie mit einem Tranchiermesser.*
»Das heißt, ja. Sie können doch etwas tun.« Viktor stand auf.
»Könnten Sie Sindbad begraben? Ich schaff das nicht.« Weder psychisch noch physisch.
»Kein Problem.« Halberstaedt setzte sich seine Schiebermütze auf und tippte mit seinem Zeigefinger an die Krempe. »Ich weiß ja, wo die Schaufel steht, Doktor.« Er sah nach hinten zum Geräteschuppen.

»Aber bevor ich das tue, gibt es noch etwas, das ich Ihnen zeigen muss. Vielleicht begreifen Sie ja dann den Ernst der Lage.«

»Was denn?«

»Hier.« Halberstaedt gab Viktor einen blutverschmierten grünlichen Zettel. »Das steckte in Sindbads Maul, als ich ihn fand.«

Viktor strich das Papier glatt.

»Ist das etwa ein ...?«

»Ja. Ein Kontoauszug. Wenn ich mich nicht irre, gehört der Ihnen.«

Viktor rieb in der rechten oberen Ecke etwas Blut weg und sah tatsächlich den Namen seiner Hausbank. Das hier war ein Auszug seines Festgeldkontos, auf dem er mit Isabell die Familienersparnisse deponierte.

»Werfen Sie mal einen Blick darauf«, riet ihm Halberstaedt.

Links oben standen das Datum und die Nummer des Auszugs.

»Das ist ja *heute*!«

»So ist es.«

»Wie kann das sein«?, fragte sich Viktor. Von dieser Bank gab es auf der Insel keinen Kontoauszugsdrucker. Aber wirkliche Panik packte ihn erst, als er sich den Kontostand ansah. Noch vorgestern hatte er sich auf 450 322 Euro belaufen. Doch gestern hatte jemand den gesamten Betrag auf einmal abgehoben.

34. Kapitel

Heute. Zimmer 1245. Klinik Wedding

UND DAS WAR DAS ERSTE MAL, dass Sie über Isabell nachdachten?« Dr. Roth hatte sich entgegen der Vorschriften im Krankenzimmer eine Zigarette angezündet und ließ Larenz zwischen den Sätzen immer wieder daran ziehen.

»Ja. Die Vorstellung, sie könne etwas damit zu tun haben, war so erschreckend, dass ich den Gedanken sofort wieder verdrängte.«

»Aber war sie die Einzige, die eine Kontovollmacht besaß?«

»Ja. Sie hatte Zugang zu all meinen Konten. Wenn kein Fehler der Bank vorlag, hatte sie die Abhebung getätigt. So dachte ich zumindest.«

Der Pieper von Dr. Roth meldete sich erneut, doch diesmal unterdrückte er nur das Signal, ohne das Zimmer zu verlassen.

»Wollen Sie nicht rangehen?«

»Nicht wichtig.«

»Ihre Frau?«, flachste Larenz, doch Roth ging nicht auf seinen Scherz ein.

»Bleiben wir lieber bei Ihrer Gattin, Doktor. Warum haben Sie nicht Kai beauftragt, Isabell einmal näher unter die Lupe zu nehmen?«

»Können Sie sich an die Hitlertagebücher erinnern?«, stellte Larenz die Gegenfrage. »Die Fälschungen, auf die der *Stern* reingefallen ist?«

»Natürlich.«

»Ich hatte vor langer Zeit einmal ein Gespräch mit einem Journalisten, der damals bei der Zeitschrift beschäftigt und direkt in den Skandal verwickelt war.«

»Ich bin gespannt.«

»Nun, ich habe den Mann hinter den Kulissen bei einer Talkshow kennen gelernt, in der ich als Gast auftreten sollte. Er wollte erst gar nicht gern über die Vorfälle reden, aber nach der Aufzeichnung der Show lockerten zwei, drei Bier in der Senderkantine seine Zunge. Und dann gestand er mir etwas, was ich nie vergessen werde.«

»Und das wäre?«

»Er sagte: ›Wir hatten uns mit den Tagebüchern so weit aus dem Fenster gelehnt, dass sie einfach echt sein mussten. Nach dem Motto: Das, was nicht wahr sein darf, ist auch nicht wahr. Und deshalb suchten wir nie nach Anzeichen, ob wir einem Fälscher aufgesessen sein könnten. Wir suchten nur nach Indizien, mit denen bewiesen werden konnte, dass die Bücher echt waren.‹«

»Was wollen Sie damit sagen?«

»Was Isabell betraf, galt für mich dasselbe wie mit den Hitlertagebüchern: Was nicht sein soll, das ist auch nicht so.«

»Und deshalb stellten Sie keine Nachforschungen an?«

»Doch. Aber nicht sofort. Erst einmal hatte ich ganz andere Dinge zu tun.«

Viktor zog noch einmal an der Zigarette, die ihm Dr. Roth hinhielt.

»Ich musste zusehen, dass ich von der Insel lebend wieder runterkam.«

35. Kapitel

»HILF MIR!«

Zwei Wörter. Und das Erste, was Viktor durch den Kopf schoss, war die triviale Feststellung, dass Anna ihn zum ersten Mal geduzt hatte.

Der Horizont war bedrohlich nah an das Haus herangerückt. Ein dichtes, dunkelgraues Wolkenmassiv hing zum Greifen nah über der Insel und rückte wie eine Betonwand unablässig in Richtung seines Hauses. Der Sturm zog jetzt vollends auf. Als Viktor sein Krankenbett verlassen hatte, um zu sehen, wer lautstark an die Haustür trommelte, meldete der Seewetterdienst bereits Windstärke 10 bis 11. Doch von diesen Naturgewalten bekam Viktor nichts mit. Er hatte kurz vorher eine starke Schlaftablette genommen, um sowohl seiner Krankheit wie auch seinem Kummer für einige Stunden zu entfliehen. Und alle Sinne, die noch nicht von dem Barbiturat benebelt waren, wurden in dem Moment, als er die Tür öffnete, von einer anderen Katastrophe in Beschlag genommen: Anna war wider Erwarten zurückgekommen, und Viktor hätte nie gedacht, dass jemand in einer solch kurzen Zeit eine derartige Verschlechterung seines Gesundheitszustands durchleiden kann. Es war erst anderthalb Stunden her, seit sie ihn wutentbrannt verlassen hatte. Jetzt war ihr jegliche Farbe aus dem Gesicht gewichen, das Haar hing stumpf in Strähnen herab, und die Pupillen ihrer Augen waren angstvoll geweitet. Ihr Mitleid erregender Zustand wurde zusätzlich durch die völlig durchnässten und verdreckten Kleider unterstrichen, die sie am Leib trug.

»Hilf mir!«

Diese beiden Worte waren zugleich ihre letzten für diesen Tag. Anna brach vor Viktors Augen zusammen und krallte sich im Fallen noch an seinem blauen Baumwollpullover fest. Zuerst dachte er, sie hätte einen epileptischen Anfall. Nicht selten war Epilepsie Ursache für schizophrene Attacken. Dann aber sah er, dass sie weder spastisch zitterte noch sonstige hektische Bewegungen machte. Auch gab es keine anderen typischen Anzeichen, etwa Schaum vor dem Mund oder eine spontane Blasenentleerung, wie Viktor nüchtern diagnostizierte. Sie war auch nicht völlig bewusstlos, jedoch stark benommen und nicht ansprechbar, so wie unter dem Einfluss von schweren Drogen.

Viktor entschied sich rasch, Anna ins Haus zu tragen. Als er sie vom Holzfußboden der Veranda hochhob, war er erstaunt darüber, wie schwer sie war. Ihr Gewicht wollte so gar nicht zu ihrer fragilen Gestalt passen.

Ich bin wirklich nicht mehr in Form, dachte er und schleppte Anna schwer atmend nach oben ins Gästezimmer.

Mit jedem Schritt, den er die Treppe hochging, nahm das Dröhnen in seinem Kopf zu. Außerdem fühlte er, dass sein Körper wie ein Schwamm die künstlich erzeugte Müdigkeit aufsog und von Sekunde zu Sekunde immer schwerer wurde.

Das Gästezimmer befand sich in der ersten Etage, Viktors Schlafzimmer gegenüber am anderen Ende des Flurs. Glücklicherweise hatte er vor seiner Ankunft alle Zimmer herrichten lassen, so dass auch in diesem Raum das Bett bezogen war.

Als er Anna auf das weiße Leinenlaken gelegt hatte, zog er ihr den verschmutzten Cashmere-Blazer aus und löste das Seidentuch von ihrem Hals, damit er besser ihren Puls messen konnte.

Alles in Ordnung.

Einem schnellen Impuls folgend, öffnete er nacheinander ihre Lider und testete mit einer kleinen Taschenlampe die Pupillen. Kein Zweifel. Anna ging es tatsächlich nicht gut. Beide Pupillen reagierten erst mit starker Zeitverzögerung. Das war nicht bedrohlich und konnte an der Einnahme bestimmter Medikamente liegen. Es zeigte ihm jedoch eindeutig, dass Anna nicht simulierte. Sie war krank oder zumindest stark erschöpft. So wie er. Aber wovon?

Bevor er weiter darüber nachdachte, beschloss Viktor, ihr die nassen Sachen auszuziehen. Und obwohl er Arzt war und seine Handlungen medizinisch geboten waren, kam er sich unanständig vor, als er ihr die Hose öffnete, die Bluse aufknöpfte und schließlich die elegante Seidenunterwäsche auszog. Sie hatte einen makellosen Körper. Schnell wickelte er sie in einen dicken, schneeweißen Frotteebademantel, den er aus dem angrenzenden Badezimmer geholt hatte, und deckte sie dann mit einer leichten Daunendecke zu. Anna war offenbar so erschöpft, dass sie bereits eingeschlafen war, noch bevor die Decke ihren Körper umhüllte.

Viktor beobachtete sie noch eine Weile, achtete auf ihren schweren, gleichmäßigen Atem und stellte schließlich fest, dass Anna lediglich einen Kreislaufzusammenbruch erlitten haben musste und keine weitere Gefahr für sie im Verzug war.

Trotzdem gefiel ihm die Situation ganz und gar nicht. Er selbst war krank und völlig erschöpft. In seinem Gästezimmer befand sich nun eine schizophrene Patientin, bei der er sich nicht sicher war, ob sie ihn umbringen wollte. Und die er dringend wegen Josy, Sindbad und wegen des Kontoauszuges zur Rede stellen musste, sobald sie aufgewacht war.

Wenn das Schlafmittel und die Antibiotika ihn nicht schon so entkräftet hätten, wäre er kein Risiko eingegangen und hätte Anna sofort und eigenhändig zurück in den Ort getragen.

Viktor überlegte kurz, traf dann eine Entscheidung und ging nach unten zum Telefon, um Hilfe zu rufen.

In dem Moment, als er den Hörer abnahm, wurde der gesamte Strand von einem Blitz erleuchtet. Viktor legte sofort wieder auf, zählte langsam von eins aufwärts und kam nur bis vier, als der gewaltige Donner ihn und das Haus erschütterte. Das Gewitter war keine zwei Kilometer mehr entfernt. Er machte schnell eine Runde durch alle Räume und zog die Stecker der elektrischen Geräte aus den Steckdosen, damit sie durch die gewaltigen Energieentladungen nicht beschädigt werden konnten. Als er bei Anna den kleinen Fernsehapparat gesichert hatte, sah er, wie sie sich von einer Seite auf die andere wälzte und seufzend weiterschlief. Offenbar ging es ihr von Minute zu Minute besser. In ein bis zwei Stunden würde sie wieder auf dem Damm sein.

Verdammt. Wahrscheinlich wacht sie auf, wenn ich eingeschlafen bin.

Er musste alles dransetzen, dass das nicht der Fall war. Auf keinen Fall wollte er ihr in seinem eigenen Haus hilflos ausgeliefert sein. Er ging wieder nach unten zum Haustelefon, wobei er sich auf halber Strecke auf die Treppe setzen musste, um nicht umzukippen.

Wieder am Telefon angelangt, war Viktor so erschöpft, dass er das fehlende Freizeichen erst nach einigen Sekunden bemerkte. Tot. Er klopfte mehrfach auf die Gabel des altertümlichen Apparats, aber er bekam keine Leitung nach draußen.

»Verdammter Sturm. Verdammte Insel.«

Das Unwetter hatte offenbar die Verbindungen gekappt.

Viktor setzte sich auf die Couch und dachte verzweifelt nach.

Eine gefährliche Patientin lag in seinem Gästebett. Ihm fehlte die Kraft, um in den Ort zu laufen. Das Telefon funktionierte nicht mehr. Und betäubende Medikamente bahnten sich gerade ihren Weg durch seine Adern. Was sollte er tun?

In dem Moment, in dem ihm die Lösung einfiel, schlief er ein.

36. Kapitel

DIESES MAL WAR ES ANDERS. Der Albtraum verlief nicht wie bisher, sondern hatte sich etwas verändert. Der Hauptunterschied war wohl, dass er nicht mit Josy gemeinsam auf das tosende Meer zufuhr. Zuerst erkannte Viktor die Beifahrerin neben sich gar nicht. Er dachte im Traum unablässig über die Frage nach, wer die junge Frau nur sein könnte, die neben ihm im Fond des Wagens saß und mit den Fingern auf das Armaturenbrett trommelte. Bis er sie schließlich erkannte und laut ihren Namen rufen wollte.

Anna.

Doch er bekam das Wort nicht heraus, denn eine Hand hatte sich auf seinen Mund gelegt und hinderte ihn am Sprechen.

Was ...?

Zu Tode erschrocken merkte Viktor, dass der grauenhafte Albtraum von einer noch schrecklicheren Realität abgelöst worden war. Er lag auf der Couch. Aber er schlief nicht mehr. Er war aufgewacht, und die Hand auf seinem Mund war echt.

Ich bekomme keine Luft, dachte Viktor und wollte mit seinen Armen den Angreifer abwehren. Doch das Schlafmittel und die Krankheit waren stille Komplizen des Überfalls. Wie von einem unsichtbaren Gewicht nach unten gezogen, schaffte Viktor es kaum, die Hände zu bewegen.

Ich ersticke. Jetzt ist es so weit. Halberstaedt hat Recht gehabt.

Mit einer entsetzlichen Anstrengung riss Viktor seinen gesamten Körper zur Seite und trat unkontrolliert mit einem Fuß um sich. Zuerst wurde das Gewicht auf seinem Oberkörper nur noch schwerer. Doch dann traf sein Fuß auf etwas Weiches, und schließlich hörte er ein unnatürliches Knacken und einen dumpfen Schrei.

Plötzlich war die Hand nicht mehr auf seinem Mund, und Viktor hustete aus befreiten Lungen. Auch das Gewicht war verschwunden.

»Anna?« Viktor rief laut ihren Namen und wedelte wie ein Ertrinkender mit den Armen, während er versuchte, von der Couch zu robben.

»Anna?«, brüllte er.

Keine Antwort.

Träume ich. Oder ist das Wirklichkeit?

Unter dem Schlafmittelnebel und hinter der Fieberwand kroch jetzt die nackte Panik hervor.

Hilfe! Licht! Ich brauche Licht!

»Aaannaaaaa!!«

Viktor hörte sich selbst schreien und fühlte sich dabei wie ein Taucher, der langsam an die Oberfläche zurückkommt.

Wo ist der verdammte Lichtschalter?

Viktor war mittlerweile unsicher auf die Füße gekommen und suchte hektisch die Wand ab. Endlich hatte er den Schalter gefunden, und vier Deckenstrahler tauchten das Wohnzimmer in ein unnatürlich grelles Licht. Als sich seine Augen daran gewöhnt hatten, sah er sich um.

Nichts. Ich bin allein. Keiner da.

Er ging langsam auf das Fenster zu, das aber geschlossen war. Kaum hatte er den Schreibtisch erreicht, fiel hinter ihm eine Tür mit einem lauten Rums ins Schloss. Er fuhr herum. Von draußen hörte er, wie jemand mit nackten Füßen die Treppe hochrannte.

»Hilf mir!«

Die zwei Wörter, die sein Überraschungsgast erst vor wenigen Stunden zu ihm gesagt hatte, kamen jetzt aus seinem eigenen Mund. Das nackte Entsetzen war wieder zurück, das ihn zuvor bereits so heimtückisch überfallen hatte. Nach einer kurzen Schrecksekunde stolperte er zur Tür.

Was ist hier los? War sie das wirklich gewesen? Oder habe ich nur geträumt?

Viktor riss im Flur die untere Kommoden-Schublade auf und suchte die Pistole. *Weg!*
Oben polterten schwere Fußtritte über den Gang.
Panisch wühlte er noch einmal in der Schublade und fand das halb geöffnete Päckchen endlich in der hintersten Ecke, wo es unter seinen Leinentaschentüchern verborgen gelegen hatte. Mit zittrigen Händen riss er das Packpapier ab und lud die handliche Waffe mit zwei Patronen. Dann rannte er, vom Adrenalin aufgepeitscht, die Treppe hoch.
Er hatte die oberste Stufe erreicht, als am Ende des Ganges die Tür zum Gästezimmer zuschlug. Hastig lief er den Flur entlang.
»Anna, was soll ...«
Viktors Atem stockte, als er die Tür zum Gästezimmer aufriss und die entsicherte Pistole auf das Bett richtete. Um ein Haar hätte er geschossen. Doch der unerwartete Anblick raubte seinem ausgezehrten Körper jegliche Kraft.
Er ließ die Waffe sinken.
Das darf nicht wahr sein, dachte er nur und schloss, völlig außer Atem, die Zimmertür von außen hinter sich.
Das ist unmöglich! Völlig unmöglich!
Etwas stimmte hier ganz und gar nicht. Und er wusste nicht, was es war. Er wusste nur eins: Das Zimmer, in dem Anna noch vor wenigen Stunden friedlich geschlafen hatte und in das er sie jetzt hatte rennen hören, war leer. Und sie war auch sonst nirgends mehr im Haus zu finden.

Als Viktor eine halbe Stunde später alle Türen und Fenster noch einmal kontrolliert hatte, war seine Müdigkeit verflogen. Der Schüttelfrost und das Fieber hatten den Wirkstoff des Schlafmittels ausgeschwemmt. Und Anna hatte genug getan, dass er nicht wieder einschlafen konnte. Sie hatte ihn überfallen und war dann mitten im Sturm und Gewitter aus dem Haus geflohen. Und zwar nackt! Denn alle ihre Kleidungsstücke und sogar ihr Bademantel lagen noch verstreut auf dem Fußboden im Gästezimmer. Sie hatte nichts mitgenommen.

Während sich Viktor einen starken Kaffee aufbrühte, wechselten sich in seinem Kopf immer wieder dieselben Fragen ab, wie bei einem Staffellauf die Läufer:
Was wollte Anna von ihm?
Hatte er den Überfall doch nur geträumt?
Aber weshalb war sie dann verschwunden?
Wer war sie überhaupt?

Es war morgens halb fünf, als er sich mit zwei Tylenol und einem Aktren stärkte. Und da hatte der Tag für ihn gerade erst begonnen.

37. Kapitel

Parkum, Tag der Wahrheit

SELBST DIE INTELLIGENTESTEN MENSCHEN legen mitunter sehr skurrile und lächerlich unlogische Verhaltensweisen an den Tag. Nahezu jeder Besitzer einer Fernbedienung hat zum Beispiel die unverbesserliche Angewohnheit, fester auf die Tasten zu drücken, sobald die Batterien schwächer werden. Als ob man die Energie aus dem Akku pressen könnte wie den Saft aus einer Zitrone.

Für Viktor war das menschliche Gehirn wie eine solche Fernbedienung. Sobald die Batterie wegen Erschöpfung, Krankheit oder anderer Gründe die Gehirnströme verlangsamte, nutzte es gar nichts, sich den Kopf zu zermartern. Bestimmte Gedanken waren einfach nicht herauszuquetschen, selbst wenn man sich noch so sehr darum bemühte.

Zu diesem Schluss kam Viktor bezüglich der Ereignisse der letzten Nacht. Die Vorkommnisse waren ihm unerklärlich. Und egal, wie er seinen Kopf auch anstrengte, er fand durch Grübeln und Nachdenken keine befriedigende Erklärung und erst recht keine Ruhe.

Charlotte, Sindbad, Josy, Gift.

Alles stand und fiel mit einer einzigen Frage: *Wer war Anna*

Spiegel? Das musste er herausfinden, bevor es zu spät war. Zuerst spielte er natürlich mit dem Gedanken, die Polizei einzuschalten. Aber was sollte er der erzählen? Sein Hund war tot, er fühlte sich krank, jemand hatte versucht, ihn zu töten, und sein Konto war leer geräumt. Doch es fehlten ihm schlüssige Beweise, die Anna mit irgendetwas davon eindeutig in Verbindung brachten.

Da heute Sonntag war, würde er erst morgen den Kundenbetreuer seiner Bank telefonisch erreichen, um die letzte Buchung rückgängig machen zu lassen. So lange konnte und wollte er nicht warten. Er musste heute handeln, und zwar allein. Zum Glück ging es ihm trotz der nächtlichen Attacke jetzt etwas besser. Doch das beunruhigte ihn nur noch mehr. Es konnte nämlich auch daran liegen, dass er seit gestern keinen Tee mehr getrunken hatte und die Entgiftungstabletten langsam ihre Wirkung zeigten.

Er war im Badezimmer, als ihn wieder ein ungewohntes Geräusch zusammenfahren ließ. Unten. Jemand war an der Tür. Aber es klang anders als die Gummistiefel von Halberstaedt oder die hohen Absätze von Anna. Von einer plötzlichen, fast irrationalen Furcht gepackt, griff er wieder zu der Pistole, die er jetzt ständig bei sich trug, schlich zur Haustür und sah durch den Spion. Wer konnte so früh etwas von ihm wollen?

Nichts.

Viktor stellte sich auf die Zehenspitzen, ging in die Knie – aber egal, aus welchem Winkel er nach draußen sah, er konnte keine Menschenseele erkennen. Als er gerade die schwere Messingklinke der Haustür nach unten drücken wollte, um die Tür einen Spalt zu öffnen, knisterte es an seinem rechten Fuß. Er sah nach unten, bückte sich und hob einen Umschlag auf, der offenbar unter der Tür durchgeschoben worden war.

Es war ein Telegramm. Früher, vor der Erfindung von Fax und E-Mail, hatte Viktor häufiger Informationen auf diesem Wege erhalten. Doch heute, da jedermann an jedem Ort über Handy erreicht werden konnte, hatte er diese Form der Kommunikation eigentlich für ausgestorben gehalten. Er selbst befand sich zwar hier auf der Insel außerhalb eines GSM-Netzes und konnte daher über Mobilfunk nicht erreicht werden, aber sein Telefon funktionierte normalerweise, und wichtige Nachrichten waren ihm über das Internet zugänglich. Wer also sollte ihm ein Telegramm hierher schicken?

Viktor steckte die Pistole in die Tasche des Bademantels und öffnete die Tür, um zu sehen, ob der Bote noch in Sichtweite war. Aber außer einer streunenden schwarzen Katze, die völlig durchnässt in Richtung Ortschaft lief, konnte er kein Lebewesen entdecken. Wenn sich jemand vor wenigen Augenblicken noch vor seiner Veranda aufgehalten haben sollte, dann müsste er in Windeseile in das angrenzende Kiefern- und Fichtenwäldchen geflüchtet sein, dessen regenschwere Zweige alles Licht zu verschlucken schienen.

Zitternd verschloss Viktor die Tür wieder, wobei er sich nicht sicher war, ob er vor Kälte, Schreck oder wegen seiner Krankheit bibberte. Er zog den durchgeschwitzten Frotteemantel aus und ließ ihn achtlos auf den Boden fallen. Nachdem er ihn gegen eine dicke Strickjacke eingetauscht hatte, die er sich von der Garderobe nahm, riss er noch im Flur hektisch den weißen Umschlag auf und fingerte das Blatt mit der Nachricht heraus. Sie bestand nur aus einem einzigen Satz. Erst nachdem er ihn zum dritten Mal gelesen hatte, war er in sein Bewusstsein gedrungen – und verschlug ihm den Atem.

DU SOLLTEST DICH SCHÄMEN!

stand in Großbuchstaben in einer Zwölf-Punkt-Schrift auf dem einfachen Papier des Postamtes. Und dann der Absender. Er musste sich setzen. Die Buchstaben verschwammen vor seinen Augen. Der Absender: *Isabell*.

Was um Himmels willen sollte das bedeuten? Egal, wie Viktor das Blatt drehte und wendete, es machte keinen Sinn. Warum sollte er sich schämen? Wofür? Was hatte seine Frau, die sich doch gerade in Manhattan aufhielt, über ihn herausgefunden? Und warum hatte sie ihn nicht angerufen, sondern ein Telegramm geschickt? Was hatte seine Frau so verärgert, dass sie einer direkten Unterredung mit ihm auswich? Gerade jetzt, wo er sie so dringend brauchte?

Viktor beschloss, es noch einmal in New York zu probieren. Er ging zum Telefon, doch als er den Hörer abhob, passierte wie gestern wieder nichts. Die Leitung, die er unbedingt benötigte, um Isabell zu erreichen, war noch immer tot. *Was hat die Telefongesellschaft seit gestern gemacht? Karten gespielt?*, dachte Viktor verärgert. Er vermutete, dass der Orkan die Telefonmasten der Insel oder die Unterwasserleitungen im Meer gekappt hatte. Doch dann erkannte er eine viel einfachere Ursache. Zuerst war er erleichtert und wollte das Problem beheben. Doch dann erfasste ihn ein grauenhaftes, entsetzliches Gefühl: Das Telefon hatte bis zum Anruf von Kai vorgestern noch funktioniert. Danach hatte es nicht mehr geklingelt. Und der Grund lag auf der Hand: Irgendjemand hatte den Stecker aus der Wand gezogen.

38. Kapitel

ALS ISABELL WIEDER NICHT ERREICHBAR WAR, beschloss er zu handeln. Er konnte nicht allein im Haus sitzen bleiben und untätig vor dem Telefon darauf warten, dass sich seine Frau, Kai oder Anna bei ihm meldeten. Er musste endlich mit dem Reagieren aufhören und mit dem Agieren beginnen.

Es dauerte mehrere Minuten, bis er das oberste Fach der Kommode im Flur herausgezogen hatte. Hier fand er das rote, zerfledderte Notizbüchlein, in dem sein Vater vor Jahren alle wichtigen Telefonnummern der Insel handschriftlich vermerkt hatte. Zuerst blätterte er unter »A«, fand dann aber die entscheidende Nummer unter »G« wie Gasthof. Er ließ es genau dreiundzwanzigmal klingeln, bevor er resigniert wieder auflegte.

Was haben das »Mariott Marquise« am Times Square und der »Ankerhof« gemeinsam?, fragte er sich ironisch. Viktor versuchte es erneut, in der Hoffnung, sich beim ersten Mal verwählt zu haben, und blieb so lange dran, bis das Tuten von allein in einen Besetztton überging.

Keiner da.

Er sah aus dem Fenster und hatte Mühe, hinter der dichten Regenwand die schwarzen Brecher zu erkennen, die sich in unendlicher Folge ihren Weg vom offenen Meer zum Strand bahnten.

Mit nervösen Fingern blätterte er in dem abgegriffenen Notizbüchlein und fand den Buchstaben »H«.

Diesmal hatte er mehr Glück. Im Gegensatz zu Isabell und Trudi nahm Halberstaedt das Gespräch an.

»Entschuldigen Sie bitte, wenn ich Sie in Ihrer Freizeit belästige, Herr Bürgermeister. Aber ich habe über das nachgedacht, was Sie mir die letzten Tage sagten. Und ich glaube, ich brauche nun doch Ihre Hilfe.«

»Wie meinen Sie das? Ich verstehe nicht.« Halberstaedt klang etwas verwirrt.

»Ich würde mich ja selbst auf den Weg machen, wenn es nicht so regnete, und da Sie direkt nebenan wohnen, dachte ich mir ...«

»Was?«

»Ich muss dringend Anna sprechen.«

»Wen?«

»Anna«, antwortete Viktor. »Sie wissen doch. Die Frau. Anna Spiegel.«

»Sagt mir nichts.«

Ein leiser Pfeifton schwoll im rechten Ohr von Viktor an und wurde langsam lauter.

»Kommen Sie. Wir haben doch die letzten Tage mehrfach über sie gesprochen. Die Frau, die Sie beobachtet haben. Von der Sie glauben, dass sie meinen Hund getötet hat.«

»Ich weiß nicht, wovon Sie reden, Herr Doktor.«

»Ist das ein Scherz? Sie selbst haben mich doch mehrfach gewarnt. Erst gestern, als Sie mir Sindbad vorbeibrachten.«

»Geht es Ihnen gut, Dr. Larenz? Ich war die ganze Woche nicht bei Ihnen. Und ich habe nichts mit Ihrem Hund gemacht.«

Das Pfeifen hatte jetzt Tinnitusstärke erreicht und wanderte auch zum linken Ohr.

»Hören Sie mal ...« Viktor stoppte mitten im Satz, als er die vertraute Stimme im Hintergrund hörte.

»War sie das?«

»Wer?«
»Anna? Ist sie bei Ihnen?«
»Ich kenne keine Anna, Dr. Larenz. Und ich bin hier ganz alleine.« Viktor umklammerte den Telefonhörer wie ein Ertrinkender den einzigen Rettungsring.
»Das ist doch ... also ...« Er wusste nicht, was er sagen sollte, als ihm plötzlich etwas einfiel.
»Moment.«
Viktor rannte in die Diele und hob den Bademantel auf. Erleichtert fühlte er, dass sie immer noch dort war, wo er sie verstaut hatte: die geladene Pistole. In der rechten Tasche. Sie war der Beweis dafür, dass er nicht verrückt geworden war.
Viktor rannte wieder zurück zum Telefon.
»Okay, Patrick. Ich weiß nicht, was Sie hier für ein Spiel mit mir abziehen. Aber ich habe gerade die Waffe in der Hand, die Sie mir gegeben haben.«
»Oh.«
»Was heißt ›Oh‹?« Viktor schrie jetzt fast. »Kann mir mal einer sagen, was hier vor sich geht?«
»Das ... dazu ... also ...« Halberstaedt stotterte plötzlich und Viktor war sich nun völlig sicher, dass jemand hinter ihm stand und ihm Anweisungen gab.
»Egal. Hören Sie zu, Patrick. Ich weiß nicht, was das hier soll. Das klären wir später. Aber jetzt muss ich Anna dringend sprechen. Sagen Sie ihr gefälligst, dass ich mich auf den Weg mache und sie in ihrem Zimmer anzutreffen wünsche, wenn ich spätestens in einer Stunde bei Trudi im ›Ankerhof‹ bin. Und Sie kommen am besten auch gleich dorthin. Dann klären wir da die Sache gemeinsam.«
Seufzen am anderen Ende. Dann veränderte sich die Stimme. Der eben noch nervöse, fast unterwürfige Ton des Bürgermeisters war verschwunden, und an seine Stelle war eine maßlose Arroganz getreten.
»Noch einmal, Doktor. Ich kenne keine *Anna*. Und selbst wenn, könnte ich nicht tun, was Sie von mir verlangen.«
»Weshalb?«

»Weil das Gasthaus von Trudi seit Wochen geschlossen ist. Der ›Ankerhof‹ ist zu. Da wohnt keiner mehr.«

Und dann war die Leitung tot.

39. Kapitel

DIE ERKENNTNIS IST EIN PUZZLESPIEL mit einer vorher nicht bekannten Anzahl von Bausteinen. Und man gewinnt sie erst, wenn das gesamte Mosaik zusammengesetzt worden ist.
Viktor hatte sich bereits einen kleinen Rahmen aus Fragen zurechtgelegt, und er war auf dem Weg, das vollständige Bild mit den Antworten aufzufüllen. Antworten auf quälende Fragen wie:
Wer hatte Sindbad getötet?
Warum hatte er selbst sich die ganze Zeit so krank gefühlt?
Was hatte Halberstaedt mit Anna zu schaffen?
Und: Wer war Anna Spiegel?

Viktor kam nicht dazu, den entscheidenden Anruf zu tätigen, der die letzte dieser Fragen hätte klären können, da das Telefon genau in dem Moment klingelte, als er bereits zum Hörer griff.
»Wer ist sie?«
Viktor war so erleichtert, ihre Stimme zu hören, dass er im ersten Moment nicht antworten konnte und zunächst gar keinen Laut von sich gab.
»Sag mir *sofort*, wer sie ist!«
»Isabell!«, stieß Viktor schließlich heraus, von ihrer aggressiv wütenden Stimme überrumpelt. »Danke, dass du anrufst, ich habe schon versucht, dich zu erreichen, aber der Portier sagte mir ...«
»Du hast versucht, *mich* zu erreichen?«
»Ja. Warum bist du so wütend? Ich verstehe gar nichts mehr. Warum hast du mir ein Telegramm geschickt?«
»Ha!« Auf Isabells Ausruf folgte eine wütende Stille, begleitet von einer transatlantischen atmosphärischen Störung.

»Liebling.« Viktor hakte zaghaft nach. »Was ist denn los?«

»Nenn mich nicht Liebling. Nicht nach dem, was gestern passiert ist.«

Jetzt war es Viktor, der langsam wütend wurde und den Hörer von einem Ohr zum anderen wechselte.

»Würdest du die Güte haben, mich endlich aufzuklären, anstatt mich anzubrüllen?«

»Also, gut, du willst dein Spielchen spielen, dann bekommst du es. Beginnen wir zuerst mit einer ganz einfachen Frage: Wer ist die Schlampe?«

Viktor lachte erleichtert auf und spürte, wie sich eine zentnerschwere Last von seinem Brustkorb löste. Anscheinend dachte Isabell, er würde den Inselausflug für eine Affäre missbrauchen.

»Lach nicht so dumm wie ein Schuljunge, Viktor. Und halt mich bitte nicht für blöd.«

»Hey, hey, hey ... Isabell, bitte. Du glaubst doch wohl nicht, dass ich dich betrüge? Das ist doch Irrsinn! Wie kommst du denn auf diese Idee?«

»Ich sagte, du sollst mich nicht für blöd halten. Sag mir einfach, wer die Schlampe ist!«

»Wovon redest du?« Viktors Wut kehrte wieder zurück.

»Von der, die gestern an das beschissene Telefon ging, als ich dich angerufen habe«, schrie sie in den Hörer.

Viktor blinzelte irritiert mit den Augen und versuchte, das Gehörte zu verarbeiten.

»Gestern?«

»Ja, gestern. Halb drei nach deiner Zeit, wenn du es genau wissen willst.

Anna. Sie war gestern Nachmittag bei ihm gewesen. Aber sie konnte doch nicht ans Telefon ...?

Die Gedanken rasten durch Viktors Hirn. Für einen kurzen Moment fühlte er dieselbe Gleichgewichtsstörung wie ein Passagier nach einem Langstreckenflug.

»Geht das schon lange mit euch beiden? Hä? Du heuchelst etwas von Abstand. Gibst vor, an dem Interview zu arbeiten. Und benutzt das Andenken unserer Tochter, um eine andere zu *ficken*?«

Ich war doch die ganze Zeit bei ihr. Die ganze Zeit bis auf ...

Die Küche. Der Tee.
Viktor musste sich hinsetzen, als ihn die Erinnerung wie ein Bumerang traf.
Aber er war doch nur kurz ...
»Anna.«
»Okay, Anna. Und wie heißt sie weiter?«
»Was?«
Offenbar hatte er, in Gedanken versunken, ihren Namen ausgesprochen.
»Hör zu, Isabell. Das ist alles ein großes Missverständnis. Du verstehst es falsch.«
O Gott, ich höre mich tatsächlich an wie ein Ehemann, der seine Frau mit der Sekretärin betrügt. – Schatz, es ist nicht das, wonach es aussieht.
»Anna ist eine Patientin!«
»Du bumst eine Patientin?«, schrie sie hysterisch.
»Um Himmels willen, nein! Ich habe nichts mit ihr.«
»Ha!« Wieder das höhnische, laute Lachen. »Nein, natürlich hast du nichts mit ihr. Sie ist einfach so in unserem Strandhaus aufgetaucht. Obwohl du gar keine Patienten mehr behandelst. Und obwohl sie gar nicht wissen kann, dass du dich zur Zeit auf Parkum aufhältst! O Scheiße! Ich glaube, ich lege auf. Das ist zu erniedrigend für mich.«
»Isabell, bitte. Ich kann dich verstehen, aber gib mir die Chance, dir das alles zu erklären. Bitte.«
Stille am anderen Ende. Nur die durchdringende Sirene eines amerikanischen Rettungswagens schaffte den Weg über den Atlantik.
»Hör zu. Ich habe selber keine Ahnung, was hier los ist. Ich weiß jedoch ganz genau, was nicht geschehen ist: Mit der Frau, mit der du gestern telefoniert hast, habe ich definitiv nicht geschlafen. Und ich habe auch nicht vor, dich jemals zu betrügen. Bitte akzeptiere das als Basis unseres Gesprächs. Denn alles andere kann ich mir auch nicht erklären. Fakt ist: Vor fünf Tagen klopfte es an meine Tür, und eine Frau – sie nennt sich Anna Spiegel – bat darum, von mir behandelt zu werden. Sie ist angeblich Kinderbuchautorin und leidet unter schizophrenen Wahnvorstellungen. Mir ist es völlig rätselhaft, wie sie mich hier ausfindig gemacht hat, und ich weiß

noch nicht einmal, wo sie auf der Insel wohnt. Ich weiß nur, dass ihre Krankheitsgeschichte so außergewöhnlich und so interessant ist, dass ich tatsächlich eine Ausnahme gemacht und ein therapeutisches Vorgespräch mit ihr geführt habe. Eigentlich ist sie zurzeit nur noch auf der Insel, weil ein Sturm aufgezogen ist und die Fähre nicht zum Festland übersetzen kann.«
»Nette Geschichte. Gut zurechtgelegt«, zischte Isabell zurück.
»Das ist keine Geschichte. Das ist die Wahrheit. Keine Ahnung, warum sie gestern an unser Telefon gegangen ist. Ich war vielleicht kurz in der Küche und habe Tee gemacht, und sie muss die Gelegenheit dazu genutzt haben, als es klingelte.«
»Es hat nicht geklingelt.«
»Wie bitte?«
»Sie war sofort dran. Sie wird neben dem Telefon gewartet haben.«
Viktor fühlte, wie ihm mehr und mehr der Boden unter den Füßen weggezogen wurde. Irgendetwas stimmte hier wieder ganz und gar nicht. Etwas, was er sich nicht erklären konnte.
»Isabell, ich kann mir nicht erklären, warum sie das getan hat. Seitdem sie hier aufgetaucht ist, passieren die merkwürdigsten Dinge. Ich bin krank. Jemand hat mich überfallen. Und ich glaube, diese Anna hat Informationen über Josy.«
»Was?«
»Ja. Schon die ganze Zeit über habe ich versucht, dich zu erreichen. Ich wollte dir sagen, dass es vielleicht eine Spur gibt. Kai ist schon wieder an der Sache dran. Und irgendjemand hat unser Konto leer geräumt. Ich versteh das auch alles nicht und wollte es mit dir besprechen. Doch ich hab dich tagelang nicht an die Strippe bekommen. Stattdessen finde ich heute das Telegramm von dir.«
»Ich habe dir ein Telegramm geschickt, weil ich *dich* telefonisch nicht erreichen konnte.«
Die Leitung.
»Ich weiß. Irgendjemand hat gestern Abend den Stecker herausgezogen.«
»O bitte, Viktor. Strapazier meine Intelligenz nicht zu sehr. Eine Frau taucht aus dem Nichts auf, gibt dir Informationen über unsere Tochter, geht dann an unser Telefon, verplappert sich und zieht

danach den Stecker raus? Was hast du noch auf Lager? Die Geschichte vom einmaligen Seitensprung mit der Inselnutte, als du betrunken warst, wäre glaubwürdiger.«

Viktor hatte den Rest des Satzes gar nicht mehr gehört. Bereits nach den ersten Worten war bei ihm eine Alarmglocke angegangen.

»Worüber habt ihr gesprochen?«

Sie hat sich verplappert.

»Wenigstens hat sie mich nicht angelogen. Sie sagte, du wärst gerade unter der Dusche.«

»Das ist eine Lüge. Ich war in der Küche. Ich habe kurz mit Kai telefoniert und sie danach rausgeschmissen.« Jetzt war Viktor der Hysterie nahe und schrie in den Hörer. »Ich habe nichts mit dieser Frau, ich kenne sie kaum.«

»Oh, dafür kennt sie dich aber umso besser.«

»Wieso?«

»Sie nannte dich bei deinem Spitznamen. Den du doch so hasst und der außer deiner Mutter angeblich nur mir bekannt ist.«

»*Diddy?*«

»Ja, Diddy. Und weißt du was, *Diddy*? Du kannst mich mal!«

Mit diesen Worten legte sie auf, und aus der Leitung kam nur noch ein anhaltender, durchdringender Ton.

40. Kapitel

SO LANGE VIKTOR SICH ZURÜCKERINNERN KONNTE, hatte er noch nie eine solche Beklemmung gefühlt, wie sie jetzt sein gesamtes Leben im Würgegriff hielt. Es war nicht das erste Mal, dass eine Patientin Grenzen überschritt und ihn belästigte. Aber allen bisherigen Einmischungen in sein Privatleben lag ein pathologisches, aber dennoch erkennbares Muster zu Grunde. Bei Anna jedoch kam die Bedrohung aus dem Verborgenen, dem Unerklärlichen. Was wollte sie? Warum gab sie sich den Namen einer ermordeten Studentin und belog sogar Isabell, seine Frau? Und die wichtigste Frage: Was hatte das alles mit Josy zu tun?

Viktor wusste, dass er irgendetwas übersehen haben musste. Alle Ereignisse der letzten Tage waren miteinander verwoben und verknüpft. Sie folgten einem unsichtbaren Plan, den er nur dann begreifen würde, wenn er die Glieder in der Kette der Merkwürdigkeiten in die richtige Reihenfolge bringen konnte. Und das wollte ihm nicht gelingen.

Wenigstens ging es ihm körperlich etwas besser, da er seit gestern keinen Tee mehr getrunken hatte. Er duschte sich ausgiebig und zog sich um.

Langsam muss ich mal die Waschmaschine füllen und in Betrieb nehmen, dachte er noch, als er die Levis-Jeans von vorgestern noch einmal anziehen wollte. Er drehte die Hosentaschen von innen nach außen und schmiss alle Taschentücher weg, die sich angesammelt hatten. Dabei fiel ein kleiner Zettel zu Boden und schon, als er sich nach ihm bückte, wusste er, dass er ihn die letzten Tage über vergessen hatte. Er war aus Annas Portemonnaie gefallen, und Viktor hatte ihn damals hektisch eingesteckt und vergessen. Der Zettel war wie ein kleiner Liebesbrief gefaltet, den sich Teenager verstohlen unter der Schulbank zustecken. Er wusste nicht, womit er gerechnet hatte, aber er war dennoch enttäuscht, als er die Zahlenfolge darauf las. Es konnte alles Mögliche sein: ein Zifferncode für ein Bankschließfach, eine Kontonummer, ein Internet-Passwort oder das Naheliegendste: *eine Telefonnummer.*

Viktor rannte, so schnell er konnte, nach unten in die Küche und nahm den Hörer ab. Langsam wählte er die Nummer, innerlich darauf eingestellt, sofort wieder aufzulegen, wenn am anderen Ende abgehoben werden würde.

41. Kapitel

»BIN ICH FROH, dass Sie sich endlich melden, Dr. Larenz!«
Völlig überrascht vergaß Viktor aufzulegen. Mit dieser Begrüßung hatte er nicht gerechnet. Schon deshalb nicht, weil sein analoger Hausanschluss auf Parkum gar keine Rufnummernerken-

nung hatte. Wer war da dran? Wen hatte er angerufen? Und warum erwartete man ihn am anderen Ende der Leitung schon verzweifelt?

»Ja?« Viktor wollte seine eigene Identität noch nicht preisgeben und antwortete so kurz angebunden wie möglich.

»Es tut mir so Leid, Sie zu belästigen, nach allem, was Sie durchmachen mussten.«

Irgendetwas an der Stimme kam ihm vertraut vor.

»Aber ich dachte mir, es sei wirklich sehr wichtig, dass Sie das so schnell wie möglich erfahren, damit der Schaden nicht noch größer wird.«

Van Druisen! Jetzt hatte Viktor ihn endlich erkannt. Doch wie kam die Nummer seines Mentors in das Portemonnaie von Anna?

»Mein lieber Professor, warum sind Sie denn so aufgeregt?«, fragte er.

»Ja, haben Sie denn meine letzte E-Mail noch nicht gelesen?«

E-Mail? Viktor hatte in den letzten Tagen völlig vergessen, seinen Account zu überprüfen. Zumindest die E-Mails der *Bunten* mussten sich langsam in seinem Postfach stapeln, hatte er doch den ersten Abgabetermin für das Interview verpasst.

»Nein, ich bin noch nicht dazu gekommen, hier ins Internet zu gehen. Was ist denn los?«

»Bei mir wurde vor einer Woche eingebrochen, Dr. Larenz.«

»Das tut mir Leid, aber was hat das mit mir zu tun?«

»Nun ja, der Einbruch beunruhigt mich weniger. Vielmehr das, was gestohlen wurde. Der Täter hat nämlich nur einen einzigen Schrank aufgebrochen und dort auch nur eine einzige Patienten-Akte mitgenommen.«

»Welche?«

»Das weiß ich nicht. Aber es war der Aktenschrank mit Ihren Fällen. Verstehen Sie? Die Fälle, die Sie mir damals überlassen haben, als ich Ihre Praxis kaufte. Ich fürchte, irgendjemand hat es auf einen Ihrer ehemaligen Patienten abgesehen.«

»Wie können Sie wissen, dass eine Akte fehlt, wenn Sie mir nicht sagen können, welche?«

»Weil ich einen leeren Ordner auf dem Gang gefunden habe.

Das Rückenschild war abgerissen, so dass eine Identifikation nicht mehr möglich war. Aber alle Unterlagen, die in ihm enthalten waren, sind fort.«

Viktor schloss die Augen, als könne er dadurch das Gehörte besser verarbeiten. Welcher seiner alten Fälle könnte heute noch von Interesse sein? Und wer würde einen Einbruch begehen, um an eine verstaubte Akte zu kommen? Viktor hatte einen Gedanken und öffnete wieder die Augen.

»Hören Sie mir gut zu, Professor van Druisen. Und sagen Sie mir jetzt bitte die Wahrheit. Kennen Sie eine Anna Spiegel?«

»O Gott, dann wissen Sie es also?«

»Was weiß ich?«

»Na, das mit ... Also ...«

Viktor hatte den alten, distinguierten Professor noch nie so hilflos stottern hören.

»Was meinen Sie mit: Ich wüsste es?«

»Na, ja, also ... Also, Sie haben doch eben nach ihr gefragt.«

»Ja. Nach Anna Spiegel. Haben Sie diese Frau hierher zu mir geschickt? Nach Parkum?«

»Mein Gott, sie ist bei *Ihnen*?«

»Ja. Was ist denn los?«

»Ich wusste es. Ich wusste, dass es falsch gewesen ist. Ich hätte es nie so weit kommen lassen dürfen.« Van Druisens Stimme hatte jetzt einen stark verzweifelten, fast wimmernden Unterton.

»Professor, bei allem Respekt. Was ist los?«

»Sie sind in Gefahr. In großer Gefahr, mein lieber Freund.«

Viktor umklammerte den Hörer so fest wie einen Tennisschläger vor dem Aufschlag.

»Was meinen Sie damit?«

»Anna Spiegel war meine Patientin. Ich wollte sie erst gar nicht annehmen, aber sie kam ja auf Empfehlung.«

»Ist sie schizophren?«

»Ist es das, was sie Ihnen erzählt hat?«

»Ja.«

»Das ist ihre Masche, wenn ich das so salopp sagen darf.«

»Dann ist sie gar nicht krank?«

»Doch, doch. Sehr sogar. Aber sie ist nicht schizophren. Fast im

Gegenteil. Ihre Krankheit besteht darin, dass sie *behauptet*, sie wäre es.«

»Das verstehe ich nicht.«

»Hat sie Ihnen die Geschichte von dem Hund erzählt, den sie erschlagen hat?«

»Ja, Terry. Sie sagte, es wäre ihre erste Vision gewesen.«

»Das ist falsch. Sie hat den Hund wirklich getötet. Das ist tatsächlich geschehen. Sie gibt nur vor, schizophren zu sein, damit sie mit der Realität besser zurechtkommt.«

»Das heißt, alles was sie mir erzählt hat ...«

»... ist wirklich geschehen. Sie hat all die schrecklichen Dinge wirklich erlebt. Sie flüchtete sich danach in eine eingebildete Krankheit, um sich nicht der Wahrheit stellen zu müssen. Verstehen Sie, was ich sage?«

»Ja.«

Alles echt: Charlotte, der Einbruch im Bungalow, die Fahrt nach Hamburg, das Gift ...

»Aber wieso haben Sie Anna zu mir geschickt?«

»Das habe ich doch gar nicht getan, Dr. Larenz. Ich wollte Frau Spiegel in letzter Zeit gar nicht mehr behandeln. Warum sollte ich sie dann Ihnen aufbürden, wo Sie doch gar nicht mehr praktizieren? Nein, sie ist eines Tages einfach nicht mehr bei mir erschienen. Und das macht die Sache ja so mysteriös. Sie verschwand an dem Tag des Einbruchs, und ich bin mir sicher, dass sie etwas damit zu tun hat.«

»Wieso?«

»Weil sie in den letzten Sitzungen immer wieder von Ihnen gesprochen hatte, Dr. Larenz. Dass da noch eine alte Rechnung offen wäre. Sie sprach einmal sogar davon, sie überlege, Sie zu vergiften.«

Viktor schluckte und stellte fest, dass es ihm besser gelang als während der letzten Tage.

»Mich vergiften. Aber warum denn? Ich kenne die Frau doch gar nicht.«

»Oh, sie kennt Sie dafür umso besser.«

Viktor musste an Isabell denken, die vor wenigen Minuten fast das Gleiche zu ihm gesagt hatte.

»Frau Spiegel sprach dauernd von Ihnen. O Gott, ich mache mir

so große Vorwürfe. Ich glaube, sie ist sehr gefährlich. Nein, ich weiß es. Sie hat mir immer wieder schreckliche Dinge erzählt. Grausamkeiten, die sie anderen Menschen angetan hat. Vor allen Dingen diesem armen kleinen Mädchen.«
»Charlotte?«
»Ja. So hieß sie, glaube ich. Oh, ich mache mir so schlimme Vorwürfe, Dr. Larenz, bitte glauben Sie mir. Ich wünschte, ich hätte auf meine innere Stimme gehört und den Fall abgegeben. Sie hätte in eine geschlossene Anstalt eingewiesen werden müssen.«
»Und warum haben Sie es nicht getan?«
»Ja, aber ...«, wieder stockte der Professor. »Aber, das wissen Sie doch.«
»Was weiß ich?«
»Ich konnte die Therapie mit Anna nicht einfach einstellen.«
»Wieso denn nicht?«
»Weil ich es Ihrer Frau versprochen hatte. Ich stand im Wort.«
»Meiner Frau?« Viktor schwankte und musste sich an der Kühlschranktür festhalten.
»Ja. Isabell. Sie war es, die mich gebeten hat, Anna weiter zu behandeln. Was sollte ich denn machen? Schließlich handelte es sich doch um ihre beste Freundin.«

42. Kapitel

ISABELL. ANNA. JOSY. Langsam machte alles Sinn. Warum Isabell damals so ruhig geblieben war, als Josy verschwand. Warum sie emotional viel weniger belastet schien als er. Sie hatte problemlos weiter zur Arbeit gehen können, während er seine Praxis verkaufen musste. Früher hatte er sie immer für ihre Stärke bewundert. Aber vielleicht hätte man es auch als Gefühlskälte auslegen können?
 Viktors Gedanken stoben in alle Richtungen. Wenn er es rückblickend betrachtete, hatte sie eigentlich nicht richtig um ihr einziges Kind getrauert. Nicht so wie er. Und hatte sie Sindbad wirklich gefunden oder war sie ins Tierheim gefahren, um einen Ersatz für

Josy zu holen? Kannte er seine Frau überhaupt? Jedenfalls war sie jetzt, in der schlimmsten Phase seines Lebens, nicht für ihn erreichbar gewesen.

Sie hatte Anna zu van Druisen geschickt.

Und dann war da noch die Sache mit dem Geld.

Viktor fuhr im Wohnzimmer seinen Computer hoch, um im Internet die Homepage seiner Bank aufzurufen. Konnte es wirklich wahr sein? Hatte Isabell ihr gemeinsames Konto leer geräumt? Machte sie gemeinsame Sache mit Anna, um ihn in den Wahnsinn zu treiben?

Er wollte den Microsoft-Internet-Explorer öffnen, da fiel sein Blick auf die untere Taskleiste des Laptops. Völlig verwirrt fuhr er mit der Maus nach unten. Doch das Ergebnis blieb dasselbe.

Alle Icons waren gelöscht.

Er öffnete den Windows Explorer über das Start-Menü, aber auch hier dasselbe Bild. Sein Computer war leer. Es gab auf der gesamten Festplatte keine Dateien mehr.

Jemand hatte sich die Mühe gemacht, alle Notizen, Dokumente und Patientenakten zu entfernen. Das angefangene Interview war ausradiert worden und selbst der Papierkorb, in dem normalerweise die ausrangierten Dateien nach dem Löschen zwischengespeichert werden, war leer.

Viktor stand so ruckartig von seinem Schreibtisch auf, dass der Lederstuhl nach hinten kippte und krachend neben dem Bücherregal liegen blieb. Es war so weit. Die Zeit des Telefonierens war endgültig vorbei. Auch das Konto konnte warten.

Viktor nahm die Pistole, die ihm Halberstaedt gegeben hatte, entsicherte sie und steckte sie dann in die Innentasche seines wasserdichten Goretex-Mantels. Auch den würde er gut brauchen können.

Jetzt.

Wenn er sich zu Fuß durch den Sturm ins Dorf kämpfte, wo er zweierlei zu finden hoffte:

Antworten und Anna Spiegel.

43. Kapitel

ES GIBT MENSCHEN, die leiden unter kalten Füßen, die sie stundenlang am Einschlafen hindern, weil sie selbst durch heftiges Aneinanderreiben unter der Bettdecke nicht wieder warm werden wollen. Andere frieren an kalten Tagen zuerst an der Nase. Bei Viktor waren die Ohren am empfindlichsten. Wenn die Temperaturen sanken, schmerzten sie, sobald er in der kalten Luft stand. Noch schlimmer allerdings waren die Qualen, die sich einstellten, wenn Viktor wieder in die Wärme kam und seine Ohren »auftauten«. Dann gingen die Schmerzen im Ohr in stechende Kopfschmerzen über, die sich, vom Nacken herkommend, über den gesamten Hinterkopf zogen und selbst mit Aspirin oder Ibuprofen nicht abzustellen waren. Diese Lektion hatte Viktor bereits in seiner Kindheit schmerzvoll gelernt, und er zog sich deshalb auch heute auf dem Weg ins Dorf die Kapuze fest ins Gesicht. Weniger um den Regen abzuhalten, als um seine Ohren zu schützen.

Diese Kapuze und der Lärm des unablässig peitschenden Sturms, der ein Gemenge aus Sand und Blättern durch die Gegend wirbelte, machten es unmöglich, dass Viktor die metallische Melodie hören konnte, die aus seiner Jackentasche kam. Und hätte er sich nicht auf seinem Weg über die mittlerweile hoffnungslos überflutete Sandstraße kurz am alten Zollhaus untergestellt, wäre das Klingeln für immer unbemerkt geblieben. Zumal Viktor aus nahe liegenden Gründen gar keine Veranlassung sah, auf sein Handy zu achten. Es konnte hier draußen gar nicht funktionieren, denn es gab kein Netz auf Parkum. Und trotzdem läutete es, wie Viktor erstaunt zur Kenntnis nahm, als er seine Kapuze nach hinten streifte.

Er sah auf das Display, und die Nummer kam ihm irgendwie bekannt vor.

»Hallo?«

Viktor steckte sich einen Finger in das linke Ohr, um bei diesem Wind überhaupt etwas hören zu können. Doch am anderen Ende der Leitung schien niemand zu sein.

»Hallo, wer ist denn da?«

Der Sturm ließ für einen kurzen Moment nach, und er glaubte, ein Schluchzen zu hören.

»Anna? Sind Sie das?«

»Ja, es tut mir Leid, ich ...«

Den Rest konnte Viktor nicht verstehen, weil in dieser Sekunde ein dicker Ast auf das Dach seines Unterstandes knallte.

»Anna, wo sind Sie?«

»... ich ... Anker...«

Die Gesprächsfetzen waren zusammenhanglos, aber Viktor versuchte trotzdem, die Verbindung mit ihr aufrechtzuerhalten.

»Ich weiß, dass Sie nicht im ›Ankerhof‹ sind, Anna. Patrick Halberstaedt hat es mir gesagt. Also tun Sie mir einen Gefallen. Schicken Sie mir bitte eine SMS mit Ihrem genauen Aufenthaltsort. Ich komme in wenigen Minuten zu Ihnen, und wir besprechen alles. Von Angesicht zu ...«

»Es ist wieder passiert!«

Sie schrie diesen Satz, während der wütende Sturm der Insel einen kurzen Moment Ruhe gönnte, um danach sofort mit Brachialgewalt weiter zu tosen.

»Was ist passiert?«

»... sie ... bei mir ... Charlotte ...«

Viktor brauchte den vollständigen Satz gar nicht zu hören. Er wusste auch so, was sie ihm zu verstehen geben wollte. Es war passiert. Sie hatte einen schweren schizophrenen Schub. Charlotte war zum Leben erwacht.

Nach zwei Minuten des Nachdenkens begriff Viktor, dass die Leitung wieder tot war. Und obwohl er fassungslos zur Kenntnis nahm, dass sein Nokia-Display keinen Empfang anzeigte, signalisierte ihm das Standardpiepsen den Eingang einer SMS:

»Suchen Sie mich nicht. Ich werde SIE finden!«

44. Kapitel

DIE MEISTEN AUTOFAHRER HASSEN EINEN STAU, weil er ihnen das Gefühl nimmt, eigene Entscheidungsgewalt zu besitzen. Sobald man auf eine Kette roter Rücklichter zufährt und feststellt, dass es vor einem nicht weitergeht, sucht man instinktiv nach einem Fluchtweg. Und selbst wenn man die Gegend gar nicht kennt, setzt man manchmal den Blinker und nimmt die nächstmögliche Ausfahrt.

In dieser Sekunde befand sich Viktor in einer ähnlichen Situation wie ein Autofahrer, der im Feierabendverkehr vor die Wahl gestellt ist, die letzte Ausfahrt vorüberziehen zu lassen oder in ungewohntes Gebiet auszuweichen. Und wie viele Menschen entschied er sich zu handeln, anstatt passiv abzuwarten. Er musste Anna finden, obwohl sie ihn davor gewarnt hatte, sie zu suchen. Er wollte nicht abwarten, bis sie sich wieder bei ihm meldete. Zu groß war die Gefahr, dass sich eine weitere Barriere zwischen ihnen aufbauen würde.

Deshalb ging er in gebückter Haltung weiter die Küstenstraße entlang, zog die Kapuze wieder über seinen Kopf und versuchte, dem Wind ein möglichst geringes Angriffsziel zu bieten, während er gleichzeitig den regenwassergefüllten Schlaglöchern aus dem Weg ging.

Er war noch etwa fünfhundert Meter vom Jachthafen entfernt und hatte das einzige Restaurant der Insel bereits hinter sich gelassen, als er unvermittelt anhielt und sich umsah. Er hätte schwören können, dass sich jemand vor ihm befand.

Viktor wischte sich die dicken Regentropfen aus seinem Gesicht und schirmte die Augen mit der flachen Hand in Stirnhöhe ab. Da!

Er hatte sich nicht getäuscht. Zirka zwanzig Meter vor ihm ging eine in einen blauen Regenmantel gehüllte Gestalt durch den Sturm und zog offenbar etwas hinter sich her.

Zuerst war er nicht sicher, ob es sich um einen Mann oder eine Frau handelte und ob er das Gesicht von vorne oder nur den Hinterkopf sah. Selbst auf diese kurze Distanz machte es der Sturm nahezu unmöglich, auch nur einzelne Details zu erkennen. Erst als ein Blitz über dem Meer die Szenerie entlang der kleinen Küstenstraße schwach beleuchtete, erkannte Viktor zeitgleich mit dem schweren Donnergrollen, wer es war, der auf ihn zukam und was er in der Hand hielt.

»Michael, sind Sie das?«, rief er dem Fährmann zu, als dieser nur noch wenige Schritte von ihm entfernt war. Aber die Nebengeräusche des Orkans sorgten dafür, dass sie erst miteinander sprechen konnten, als sie unmittelbar voreinander standen und sich die Hände reichen konnten.

Michael Burg war mittlerweile einundsiebzig Jahre alt, und bei besserem Wetter sah man ihm das auch an. Wind und Salzwasser hatten tiefe Falten in die Lederhaut seines Gesichtes eingekerbt. Trotz seines hohen Alters besaß er immer noch die stattliche Erscheinung eines Menschen, der die meiste Zeit seines Lebens körperlich schwer gearbeitet hatte und dabei der guten Seeluft ausgesetzt gewesen war.

Michael gab Viktor die linke Hand. In der rechten hielt er eine Leine, an dessen Ende ein völlig durchnässter Mittelschnauzer zitterte.

»Meine Frau hat mich gezwungen, mit dem Hund rauszugehen, Dr. Larenz«, schrie der Fährmann gegen den Wind und schüttelte dabei verächtlich mit dem Kopf, so als ob er sagen wollte, dass nur ein Weibsbild auf einen derart bescheuerten Einfall kommen konnte. Viktor musste schmerzvoll an Sindbad denken.

»Aber was in Dreiteufelsnamen treibt Sie bei diesem Unwetter aus dem Haus?«, wollte Burg wissen.

Ein weiterer Blitz erleuchtete den Himmel, und Viktor bemerkte in dem Bruchteil der Sekunde, in der er einen Blick auf den Fährmann werfen konnte, einen tiefen Argwohn in dessen Augen.

Viktor entschied sich für die Wahrheit. Weniger aus Ehrlichkeit als mehr aus dem Umstand heraus, dass ihm so schnell keine plausible Erklärung für seinen gefährlichen Spaziergang durch den seit über zehn Jahren stärksten Sturm einfiel.

»Ich suche jemanden. Vielleicht können Sie mir weiterhelfen.«
»So? Um wen handelt es sich denn?«
»Sie heißt Spiegel. Anna Spiegel. Eine kleine, blonde Frau, etwa

fünfunddreißig Jahre alt. Sie haben sie vor drei Tagen von Sylt übergesetzt.«
»Vor drei Tagen? Das ist unmöglich.«
Unmöglich. Viktor überlegte, wie oft er in den letzten Stunden dieses Wort schon gehört oder gedacht hatte.
Unterdessen zitterte der schwarze Schnauzer heftiger und zog an der Leine. Offenbar hatte er noch weniger Lust aufs Gassi-Gehen als sein Besitzer, zumal wenn es nicht voranging.
»Was meinen Sie mit *unmöglich*?« Viktor hatte das Gefühl, immer lauter schreien zu müssen, damit er verstanden werden konnte.
»Ich habe den Fährbetrieb vor drei Wochen eingestellt. Sie waren der Letzte, den ich gefahren habe. Seitdem wollte niemand mehr hier auf die Insel!«
Michael zuckte mit den Achseln.
»Aber das kann nicht sein«, protestierte Viktor, während Michael bereits Anstalten machte weiterzugehen.
»Vielleicht ist sie ja mit einem anderen Boot gekommen, obwohl ich das auch nicht glaube. Davon hätten wir was mitbekommen. Wie sagten Sie, heißt die Frau?«
»Spiegel, Anna«, wiederholte Viktor und sah, wie Michael den Kopf schüttelte.
»Nie gehört, Dr. Larenz. Tut mir Leid. Jetzt muss ich aber weiter, sonst hol ich mir noch den Tod.«
Passend zu seinen letzten Worten rollte ein weiteres tiefes Grollen von Norden her über die Insel hinweg, und ein Teil von Viktor wunderte sich, dass er den dazu gehörenden Blitz gar nicht gesehen hatte. Der andere Teil versuchte, das neu gewonnene Puzzlestück an der richtigen Stelle einzuordnen. Wie war Anna hierher gekommen, wenn nicht mit der Fähre? Und warum hatte sie auch in diesem Punkt gelogen?
»Ach, ähh, Dr. Larenz …«
Der alte Fährmann unterbrach Viktors Gedankengang und war wieder ein paar Schritte auf ihn zugekommen.
»Es geht mich zwar nichts an, aber, was wollen Sie denn von der Frau?«
Wo Sie doch verheiratet sind, heute Abend, hier, mitten im Regen?

165

Diese Worte blieben unausgesprochen, hingen jedoch schweigend in der stürmischen Luft.

Viktor zuckte nur mit den Achseln und wandte sich ab.

Ich will wissen, was mit meiner Tochter passiert ist.

45. Kapitel

DER »ANKERHOF« WAR EIN BILDERBUCH-GASTHOF, wie man ihn sich auf einer einsamen Nordseeinsel vorstellt. Direkt dem Jachthafen gegenüber gelegen, zählte das dreistöckige Fachwerkhaus zu den höchsten Gebäuden der Insel, wenn man mal vom Leuchtturm am Struder Eck absah. Nachdem ihr Mann gestorben war, konnte sich Trudi von der geringen Rente und den wenigen Gästen, die sich in der Saison hierher verirrten, gerade so über Wasser halten. Aber sowohl das Haus als auch seine Besitzerin waren eine Institution, die nicht aus dem Inselalltag wegzudenken war und für deren Erhalt die Einwohner alles getan hätten. Notfalls sogar selbst bei ihr übernachtet. An guten Tagen, wenn Parkum die Anlaufstelle für eine Segelregatta war, fanden hier bis zu zwanzig Personen eine behagliche Unterkunft. Und wenn die wenigen Sonnentage es zuließen, stellte Trudi die Tische ins Freie und servierte Gästen und Bekannten ihre selbst gemachte Limonade oder Eiskaffee im Garten. Im Herbst erzählten sich die alten Dorfbewohner vor dem schmiedeeisernen Kamin im Foyer des kleinen Hotels Seemannsgeschichten und genossen Trudis selbst gebackenen Kuchen. Es sei denn, Trudi beschloss, ihre Verwandten in wärmeren Gefilden zu besuchen und den Betrieb bis zum Frühling zu schließen. So wie dieses Jahr. Nach dem mysteriösen Gespräch mit Halberstaedt war Viktor, während er sich langsam dem Gebäude näherte, nicht erstaunt, dass die Fensterläden im »Ankerhof« verriegelt waren und aus dem Schornstein kein Rauch drang.

Was will ich hier?, fragte er sich, als er sich umsah und nach einem Lebenszeichen von Anna Ausschau hielt.

Einen kurzen Augenblick musste Viktor den Impuls unterdrücken, laut ihren Namen zu rufen, nur um wirklich sicherzugehen, dass sie nicht gewaltsam in das verschlossene Haus eingedrungen war, um von dort aus ihre unheimlichen Spiele mit ihm zu spielen.

Plötzlich klingelte sein Handy wieder. Dieses Mal war es ein anderer Klingelton, den er für seine engsten Freunde und Verwandten eingestellt hatte.

»Ja?«
»Sag mal, willst du mich verarschen?«
»Kai? Was ist denn los?«

Viktor ging zurück auf die Straße, einige Schritte weiter nach Osten und versuchte dabei, den Privatdetektiv zu verstehen.

»Was spielst du für ein Spiel mit mir?«
»Ich? Wovon redest du?«
»Ich rede von dem Fax.«
»Ach so. Gut, dass du anrufst, da war nichts drauf.«
»Nichts drauf? Du weißt selbst am besten, was da nicht drauf war, also verarsch mich nicht.«
»Was meinst du denn nur? Was ist los mit dir?«

Viktor musste sich gegen den Wind drehen, als eine Böe ihm einen Schwall Regenwasser ins Gesicht wehte. Von dieser Position aus wirkte der verlassene »Ankerhof« wie eine baufällige Filmkulisse.

»Ich habe den Anschluss überprüfen lassen, von dem die Kinderzeichnung gesendet worden ist. Ich wollte wissen, wer mir die Katze zugesandt hat.«

Die blaue Katze Nepomuk.

»Und?«
»Sie kam von dir. Aus deinem Haus. Du selbst hast sie mir von Parkum aus gefaxt.«

Das kann nicht sein, dachte Viktor.

»Kai, ich weiß nicht, was ...«, wollte er gerade ansetzen, als er von einem Doppelpiepton unterbrochen wurde, gefolgt von einer anonymen Frauenstimme: »Sie befinden sich außerhalb unseres GSM-Netzes. Bitte versuchen Sie es später noch einmal.«

»Scheiße.« Viktor sah auf sein Handy und fluchte laut. Sein letzter Kontakt zum Festland war abgerissen. Er drehte sich wieder um. Blieb stehen. Ließ seinen Blick in alle Himmelsrichtungen wandern und sah schließlich nach oben, als könne er von dem blauschwarzen Himmel eine Antwort erwarten.

Mit wem konnte er jetzt sprechen? Zu wem konnte er gehen? Ein Regentropfen traf ihn direkt auf seine Pupille. Er musste heftig blinzeln, wie früher als kleiner Junge, wenn ihm in der Badewanne das Haarshampoo ins Gesicht gelaufen war. Viktor rieb sich beide Augen, und als er damit fertig war, kam es ihm so vor, als könne er seine Umgebung jetzt schärfer wahrnehmen. Seine Sicht hatte sich geklärt. So als ob die Augenärztin beim Sehtest endlich die richtige Linse gewählt hatte und er jetzt auf einmal die Buchstaben am anderen Ende der Wand erkannte. Vielleicht war es aber auch nur purer Zufall, dass er auf einmal wusste, wohin er als Nächstes zu gehen hatte.

46. Kapitel

WIE ERWARTET, brannte noch Licht in dem kleinen Haus des Bürgermeisters. Viktor rannte schnell die Stufen zur Veranda hinauf und drückte die Klingel an der Haustür von Halberstaedt.

Irgendwo bellte ein Hund, wahrscheinlich der von Michael, und eine Gartentür schlug in der Nähe auf und zu. Vielleicht stammte das Geräusch auch von einem schlecht befestigten Fensterladen. Jedenfalls konnte Viktor nicht hören, ob die Klingel tatsächlich geläutet hatte. Er wartete noch eine weitere Minute, falls Halberstaedt bereits auf das erste Läuten reagiert haben sollte und gerade auf dem Weg zur Tür war.

Doch auch nach dem zweiten Klingeln ließ sich niemand blicken, also versuchte Viktor es mit Gewalt. Er betätigte den faustgroßen Türklopfer und rammte ihn mehrmals an die Zedernholztür. Halberstaedt wohnte allein. Seine Frau hatte ihn vor zwei Jahren wegen eines reichen Internet-Fuzzis aus München verlassen.

Erneut keine Reaktion.

Vielleicht hört er mich nicht bei dem Krach, den dieses Sauwetter macht, dachte sich Viktor und ging um das Haus herum. Es war eigentlich sehr schön gelegen, direkt neben dem »Ankerhof« mit Blick auf den Jachthafen. Aber es hatte keinen eigenen Zugang zum Meer und keine eigene Anlegestelle. Man musste erst über die schmale Küstenstraße, wenn man ans Wasser wollte. Das war an und für sich auf einer so kleinen Insel kein Problem. Aber Viktor war der Meinung, wenn man schon am Wasser wohnte, dann aber richtig. Sonst könnte man sich ja auch auf dem Festland ein schönes Ferienhaus nehmen und mit dem Auto zum nächstgelegenen See fahren.

Die Böen kamen vom Meer, und als Viktor hinter dem Haus stand, genoss er für einen kurzen Moment den Schutz, den ihm die Vorderfront gewährte.

Den ganzen Weg entlang der Küste hatte es außer wenigen kümmerlichen, dürren und durch den Wind schräg gewachsenen Kiefern nichts gegeben, was sich dem Sturm entgegenstellen konnte, so dass ihn dessen ganze Wucht unaufhörlich von vorne traf. Jetzt, wo zum ersten Mal die Regenschauer etwas nachgelassen hatten, konnte er endlich wieder durchatmen. Nach einer kurzen Pause machte er sich auf die Suche nach einem Lebenszeichen des Hauseigentümers.

Der Blick durch das große Hinterfenster gab die Sicht frei auf Halberstaedts Arbeitszimmer. Offenbar war er gerade in der oberen Etage. Sein Schreibtisch war übersät mit handgeschriebenen Papieren, und auf einem kleinen Hocker stand ein aufgeklapptes Notebook, aber von seinem Besitzer war nichts zu sehen. Das Feuer im Kamin war heruntergebrannt, und außer einer grell leuchtenden Schreibtischlampe deutete sonst nichts darauf hin, dass Halberstaedt hier vor kurzem gearbeitet hatte.

Ich wusste gar nicht, dass Patrick ein Arbeitszimmer braucht, geschweige denn einen Computer, wunderte sich Viktor und sah sich um.

Aus der oberen Etage drang kein Lichtstrahl nach draußen, was nichts bedeuten musste, wenn Halberstaedt sich tatsächlich hingelegt oder die Vorhänge zugezogen hatte.

Viktor musste sich eingestehen, dass er mit seinem Latein am Ende war. Bisher hatte er bei seinem Ausflug durch den dichten Regen nichts gewonnen. Das war auch kein Wunder, da er sich gar

nicht im Klaren war, wo genau er suchen sollte, geschweige denn, was er tun würde, wenn er Anna oder Halberstaedt gefunden hätte.
Suchen Sie mich nicht. Ich werde SIE finden.

Viktor wollte noch ein letztes Mal sein Glück mit dem Türklopfer versuchen, als ihm der Schuppen an der Rückseite des ungepflegten Gartens auffiel.

Unter normalen Umständen hätte der schwache Lichtschein, der unter der Wellblechtür nach draußen in die Dunkelheit drang, gar nicht seine Aufmerksamkeit erregt. Aber die körperliche Anspannung hatte gleichzeitig seine Sinne geschärft, so dass Viktor mehrere Auffälligkeiten auf einmal bemerkte: Im Schuppen brannte Licht, das einzige Fenster war ohne erkennbaren Grund von innen mit einem dicken Brett zugenagelt worden, und ein kleiner, eiserner Schornstein, der aus dem Flachdach ragte, war ganz ohne Zweifel in Betrieb.

Was hatte Halberstaedt bei diesem Sauwetter in seinem Geräteschuppen verloren? Und wieso war er so sehr darauf bedacht, dass kein Licht nach draußen gelangen konnte, wo doch sein Arbeitszimmer im Haus so hell erleuchtet war?

Viktor ignorierte das immer stärker werdende Gefühl der Bedrohung und ging über den durchnässten Rasen zu der kleinen Hütte, um zu sehen, was hier vor sich ging.

47. Kapitel

DIE TÜR WAR NICHT VERSCHLOSSEN. Als er sie langsam öffnete, wallte ihm ein muffiger Geruch entgegen, die typische Gemengelage aus Öl, nassem Holz und schmutzigen Lappen, die man in jedem unaufgeräumten Werkzeugkeller vorfindet. Außer ein paar Käfern und Asseln, die Viktor aufscheuchte, als er aus dem Regen in die Hütte trat, konnte er kein weiteres Lebewesen entdecken. Hier war Halberstaedt auch nicht.

Aber es fehlte noch etwas anderes, das Viktor an diesem Ort eigentlich erwartet hätte. Werkzeuge. Weder Gartengeräte noch die sonst obligatorischen Baustoffreste und Lackdosen standen in den Plastikregalen an den Wänden oder lagen auf dem Fußboden des Raumes, der etwa so groß war wie eine geräumige Doppelgarage. Doch es war nicht nur die Abwesenheit von Schubkarren, alten Fahrrädern oder ausrangierten Ruderbootteilen, die Viktor frösteln ließ. Zum ersten Mal, seitdem er sich auf den langen Weg von seinem Ferienhaus bis hierher in die verborgene Hütte im Garten des Bürgermeisters der Insel begeben hatte, spürte er eine physisch erdrückende Kälte. Sie legte sich um seine Hüften und schlich den Rücken hinauf bis zum Nacken, von wo aus sie die Kopfhaut überzog, bis schließlich sein ganzer Körper von einer unheimlichen Gänsehaut überzogen war.

Warum ist der Tod immer kalt?

Viktor schüttelte sich, sowohl um sich zu beweisen, dass er nicht träumte, als auch um die irren Gedanken loszuwerden, die sich einstellten, als er realisiert hatte, was genau sich hier in diesem Schuppen befand.

Grauenvoll.

Wie gerne wäre er jetzt zu Hause, wo immer sein Zuhause auch war. Gemeinsam mit seiner Frau vor dem Kamin oder in einem warmen Badezimmer, brennende Kerzen am Rand der Wanne. Das Haus durch dicke Türen und verschlossene Fenster gesichert, vor der Unbill der Welt abgeschirmt. Überall wollte er sein, nur nicht hier zwischen Hunderten schrecklicher Fotos und Zeitungsartikeln.

Halberstaedt, Anna oder wer immer die letzten Monate an diesem Ort gewesen war, hatte die Wände mit einer entsetzlichen Collage aus Bildern, Zeitschriftenfetzen und ausgeschnittenen Buchstaben verkleidet. Die Fotos waren nicht deshalb so abstoßend, weil sie sadistische Perversionen, Leichenteile oder andere Übelkeit erregende Motive zeigten, wie sie sonst nur auf indizierten Seiten im Internet zu finden sind. Viktor überkam das Grauen, weil er überall dasselbe Gesicht sah. Auf allen Zeitungsausschnitten, auf allen Fotografien, die an Wäscheleinen quer durch den Raum aufgehängt waren und die an den Regalen klebten, war immer wieder nur ein Motiv zu sehen: Josy.

Er fühlte sich gefangen in einem Papierwald von Erinnerungen, gezwungen, seiner Tochter in die Augen zu schauen, egal, wohin er auch blickte. Irgendjemand musste nahezu seine gesamte Freizeit darauf verwandt haben, sich mit ihrer Entführung zu beschäftigen. Viktor fand einen Götzentempel des Wahnsinns. Jemand hatte Josy zum Gegenstand eines irrwitzigen, mit rationalen Maßstäben nicht nachvollziehbaren Kultes gemacht.

Nach dem ersten Schock begann er, auch die Details dieser fürchterlichen Collage zu erkennen, die sich ihm im Schein der altersschwachen Glühbirne an der Decke zeigte.

Zuerst glaubte er, sich zu täuschen, aber dann war er sich sicher, dass die Fotos teilweise mit blutigen Fingerabdrücken übersät waren. Fingerabdrücke, die von einer kleinen Hand zu stammen schienen, zu klein für die dicken Pranken von Halberstaedt.

Hätte Viktor einen letzten Beweis dafür gebraucht, dass er gerade das Werk eines Geisteskranken betrachtete, dann hatte er dies in dem Inhalt der Zeitungsschlagzeilen gefunden, die fein säuberlich ausgeschnitten, mit Textmarker gekennzeichnet und über die verschiedenen Fotos geklebt worden waren.

Viktor umwickelte seine rechte Hand mit seinem Schal und drehte die heiße Glühbirne zur Seite, um die Texte der Collage an der Wand besser lesen zu können.

Tochter von Starpsychiater verschwunden

Albtraumheiler jetzt selbst in einem Albtraum

Starpsychiater von seiner Frau verlassen

Kleine Josy vergiftet?

Entschieden: Larenz darf nie wieder praktizieren!

Welcher Irrer erfindet diesen Wahnsinn?, fragte sich Viktor. Einige Schlagzeilen waren echt. Doch die meisten waren ganz offensichtlich gefälschte Meldungen, die mit jeder Zeile absurder wurden.
Oder sollte ich lieber fragen, welche Irre?

Was für eine Mühe! Jemand musste sich die Texte erst ausgedacht, dann mit dem Computer in ein Zeitungslayout gebracht, ausgedruckt, verfremdet und hier an der Wand aufgehängt haben. Und woher stammten all diese Fotos von Josy? Einige waren ihm bekannt, wahrscheinlich aus dem Internet heruntergeladen. Andere hatte er noch nie zuvor gesehen.

Hatte sie die Familie damals überwacht? Heimlich Fotos von seiner Tochter gemacht? Auch wenn es noch keinen endgültigen Beweis gab, so war sich Viktor mittlerweile sicher, dass das hier das Werk von Anna sein musste.

Und wahrscheinlich lassen die einzelnen Schlagzeilen ihr Ziel erkennen. Das Muster, nach dem sie handelt und das ich gesucht habe, dachte Viktor weiter, während er die Glühbirne nach links schwenkte.

Wäre dies in dem Moment nicht geschchen, so hätte vielleicht alles noch eine andere Wendung genommen. Er hätte nicht laut vor Entsetzen aufgeschrien, sondern stattdessen das scharrende Geräusch von draußen gehört. Er wäre nicht so sehr darauf konzentriert gewesen, zu erkennen und zu begreifen, was an der Wand hing, sondern hätte das Knacken der Zweige im Garten bemerkt. Und vielleicht hätte er sich umgedreht und die Gefahr etwas früher kommen sehen. Vielleicht.

Stattdessen ließ er die Glühbirne los und griff nach dem Fetzen Papier, der an einem rostigen Nagel an der Rückwand des Schuppens baumelte. Was darauf stand, interessierte ihn nicht. Er wusste sofort, was er in den Händen hielt und wo er so etwas schon einmal gesehen hatte. Und zwar erst vor kurzem, vor wenigen Minuten. Es war das gleiche graue Recycling-Papier und die gleiche Handschrift. Für Viktor gab es keinen Zweifel – dieses Blatt stammte aus dem Zettelhaufen, der sich einen Steinwurf von hier entfernt auf dem Schreibtisch von Patrick Halberstaedt stapelte. Derjenige, der diese Collage des Grauens erstellt hatte, arbeitete nicht nur hier im Gerätehaus, sondern auch wenige Meter weiter entfernt im Haus des Bürgermeisters der Insel.

Mit dieser Erkenntnis und der entsicherten Pistole in der Hand stürmte Viktor zurück in den Garten.

48. Kapitel

ER BRAUCHTE NUR ZWEI MINUTEN, dann fand er das Versteck. Auch Halberstaedt hatte für den Notfall einen Zweitschlüssel seines Hauses auf der Veranda unter einen Tonkrug gelegt.

Nachdem Viktor die Tür aufgeschlossen hatte, rief er erst laut den Namen des Hauseigentümers und rannte schließlich durch jedes Zimmer, nur um ganz sicher zu sein, dass ihn seine Vorahnung nicht getäuscht hatte. Niemand war da. Viktor betete innerlich, dass Halberstaedt nichts passiert sei. Trotz des irrationalen Gesprächs mit ihm vorhin und trotz des unheimlichen Schuppens konnte und wollte er einfach nicht glauben, dass Halberstaedt der Komplize von Anna war. Dafür kannte er ihn schon zu lange. Doch was war er dann? Die Alternative erschreckte ihn gleichermaßen, zumal er an Isabell denken musste. Anna war mittlerweile eine handfeste Bedrohung geworden, und er konnte nur hoffen, dass sich ihr Wahnsinn auf seine eigene Person beschränkte.

Mit schnellen Schritten ging er zum Schreibtisch, ohne sich darum zu kümmern, dass seine Schuhe Dreck auf der hellen Auslegeware verteilten.

Er starrte auf den Papierstapel neben dem Computer.

Was stand auf den Blättern? Woran hatte Halberstaedt oder Anna gearbeitet? Dieses Mal war er sich sicher, endlich den Schlüssel zu allen Antworten in Händen zu halten.

Viktor zog seinen Regenmantel aus und legte die Pistole neben den Papierstapel auf den Schreibtisch, bevor er sich setzte, um die ersten Seiten zu lesen.

Er konnte auf einen Blick erkennen, dass es sich um ein Manuskript handelte. Und als Viktor den Anfang überflog, ereilte ihn ein noch nie zuvor erlebtes Déjà-vu.

B: Wie fühlten Sie sich unmittelbar nach der Tragödie?
L: Ich war tot. Zwar atmete ich noch, ich trank auch und aß hin und wieder. Und ich schlief manchmal sogar ein bis zwei Stunden am Tag. Aber ich existierte nicht mehr. Ich starb an dem Tag, an dem Josephine verschwand.

Er musste diese Zeilen zweimal lesen und war sich selbst dann noch nicht völlig sicher, ob das wirklich real war, was er las. Dies war nicht irgendeine von Annas Geschichten. Das war sein Interview. Seine erste Antwort auf die Fragen der Illustrierten *Bunte*.

Viktor überlegte zuerst, wie Anna an seine Aufzeichnungen gelangt sein konnte, als er sich daran erinnerte, dass nahezu die gesamte Festplatte seines Computers gelöscht worden war. Sie musste einen unbeobachteten Moment – vielleicht gestern, während er schlief – dazu benutzt haben, seine gesamten Daten zu stehlen.

Aber warum machte sie sich die Mühe und schrieb die Seiten handschriftlich ab? Warum druckte sie die Antworten nicht einfach aus? Warum diese Unmengen mit einem Kugelschreiber beschriebener Blätter? Und was war das für eine merkwürdige Handschrift, die eher maskulin aussah und so gar nicht zu der kleinen, zierlichen Frau passen wollte? Doch Halberstaedt? Nein, der Bürgermeister war nie in seinem Haus gewesen. Hatte keinen Zugang zu seinen Daten.

Hastig blätterte Viktor die Seiten durch und stellte fest, dass Anna tatsächlich alles eigenhändig kopiert haben musste. Jede Frage. Jede Antwort. Wort für Wort. Satz für Satz. Alles, was er bisher getippt hatte.

Er sah zur Seite auf den eingeschalteten Laptop. Derselbe Vajo, auf dem er auch arbeitete. Dasselbe Modell. Viktor griff nach der Touchscreenmouse, um den Microsoft-Bildschirmschoner verschwinden zu lassen. Er wollte – nein, er musste sehen, woran Anna zuletzt gearbeitet hatte.

Mit einem Klick öffnete sich ein Word-Dokument, und Viktor sah sofort, worum es sich handelte. Es waren die Original-Fragen der *Bunte*-Redaktion. Haargenau dieselbe E-Mail, die ihm die Chefredaktion geschickt hatte.

Viktor blickte wieder vom Computer hinüber auf den Stapel Papier. Er wusste: Es war theoretisch möglich, dass Anna seine Daten gestohlen und vielleicht sogar in Berlin seine Akte entwendet hatte. Aber sie war erst gestern Abend bei ihm gewesen. Und das in einem extrem schlechten körperlichen Zustand. Ihr war also nur sehr wenig Zeit geblieben, um mit ruhiger Hand seine Ausführungen abzuschreiben.

Konnte das möglich sein?

Wieder stieg eine Erinnerung in Viktor auf, diesmal an eine der ersten Begegnungen mit Anna. Als sie im Regen den Weg zum Strandhaus zu Fuß zurückgelegt hatte. Trotzdem waren ihre eleganten Schuhe weder nass noch schmutzig gewesen.

Und der Zeitfaktor ließ ihm keine Ruhe. Dass sie in wenigen Stunden so viel geschrieben haben sollte. Zumal ihm der Stapel viel dicker vorkam als das, was er selbst in den letzten Tagen in seinen Laptop getippt hatte.

Viktor zog die untersten zwei Seiten aus dem Packen hervor und hielt die Luft an. Tatsächlich. Das hatte er nicht geschrieben. Der Wahnsinn bei Anna war anscheinend noch ausgeprägter, als er ohnehin schon zum Vorschein gekommen war. Anna hatte ihn nicht nur kopiert, sondern seine Aufzeichnungen mit ihren eigenen Worten ergänzt.

Viktor las:

Ich fühle mich schuldig am Tod meiner Tochter. Und ich fühle mich schuldig, dass meine Ehe zerbrochen ist. Es gibt viele Dinge, die ich anders machen würde, könnte ich jetzt noch einmal von vorne beginnen.

Wie habe ich Isabell nur so betrügen können?

Er starrte fassungslos auf die Zeilen. War das der Beweis für eine Verschwörung zwischen Anna und Isabell?

Aber warum? Mit welchem Ziel? Von Sekunde zu Sekunde schien alles nur noch verworrener zu werden, anstatt dass endlich einmal Licht in das Dunkel kam und der Sturm sich legte.

Ohne die Schritte auf dem Fußboden hinter sich zu bemerken, blätterte Viktor um und las weiter:

Ich hätte mehr auf meine Frau hören sollen. Sie war es, die immer die richtigen Entscheidungen getroffen hat. Wie konnte ich damals nur denken, sie wäre gegen mich? Wie habe ich mich von ihr abwenden können? Jetzt, zu spät, sehe ich, wie falsch es war, ihr die Schuld an allem zu geben, was mit Josy passiert ist. Und in welche Gefahr ich unsere Tochter genau dadurch gebracht habe.

Viktor las die letzten beiden Sätze immer und immer wieder. Sie hätten auch auf Chinesisch verfasst sein können, er hätte ihre Bedeutung genauso wenig entschlüsseln können. Er überlegte, ob er sich einfach den Stapel greifen und das Haus sofort verlassen sollte.

Doch dafür war es bereits zu spät.

49. Kapitel

»WISSEN SIE JETZT BESCHEID?«
Viktor ließ vor Schreck die Blätter fallen, die er in seiner Hand hielt, als er die ihm bekannte Stimme hörte. Das Entsetzen packte ihn wie eine Würgeschlange. Und weil er unter der verstreuten Papiersammlung auf dem Schreibtisch seine Pistole nicht mehr finden konnte, drehte er sich um – völlig wehrlos. Im Gegensatz zu Anna. Sie hatte sich mit einem langen Tranchiermesser bewaffnet, dessen Holzgriff sie so fest hielt, dass jegliches Blut aus ihren Fingern gewichen war. Trotz des bedrohlichen Auftretens sah sie so schön aus wie am ersten Tag. Es ging ihr wieder besser. Ihre Haare waren perfekt frisiert, ihr schwarzes Kostüm betonte ihre sinnliche Figur und zeigte keine einzige Falte. Selbst die Lackschuhe waren auf Hochglanz poliert.
Suchen Sie mich nicht. Ich werde SIE finden!
»Hören Sie.«
Viktor beschloss, die Flucht nach vorne zu wagen und erst einmal zu ignorieren, dass sie ihm ganz eindeutig mit Gewalt drohte.
»Anna, ich kann Ihnen helfen!«
Sie ist nicht schizophren. Sie tut nur so.
»Sie wollen mir helfen? Sie? Wo Sie doch schon bei Ihrer eigenen Familie alles verpfuscht haben? Ihr Kind, Ihre Frau, Ihr Leben.«

»Was haben Sie mit meiner Frau zu tun?«
»Sie ist meine beste Freundin. Ich lebe jetzt mit ihr zusammen.«
Viktor wünschte sich, er könnte den Wahnsinn in ihren Augen aufblitzen sehen. Doch ihr hübsches Gesicht machte ihre bizarren Worte nur noch grauenhafter.
»Wie heißen Sie wirklich?«, fragte Viktor und suchte nach irgendeiner Gefühlsregung in ihren Gesichtszügen.
»Sie kennen meinen Namen, Viktor. Ich heiße Anna. Anna Spiegel.«
»Okay, Anna. Ich weiß, dass das nicht stimmt. Ich habe mit der Parkklinik in Dahlem telefoniert.«
Anna lächelte Viktor zynisch an.
»Sie haben da angerufen? Sind Sie neugierig gewesen?«
»Ja, und man hat mir gesagt, dass Sie dort nie als Patientin waren. Wohl aber gab es eine Studentin mit diesem Namen. Und die ist jetzt tot.«
»Was für ein merkwürdiger Zufall, finden Sie nicht? Wie wurde sie denn ermordet?«
Anna hielt das Tranchiermesser schräg, so dass der sich darin widerspiegelnde Schein der Schreibtischlampe für einen kleinen Moment Viktors Augen blendete.
»Das weiß ich nicht«, log er. »Aber bitte seien Sie vernünftig.«
Viktor dachte fieberhaft nach. Für diese Situation hatte er sich keine Strategie zurechtgelegt. In Berlin war nach einem wesentlich harmloseren Zwischenfall ein Alarmknopf unter seinem Schreibtisch installiert worden. *Und das ist der Grund, warum ich früher Patienten niemals außerhalb meiner Praxis empfangen habe*, dachte er. Verzweifelt versuchte er es mit einer anderen Strategie.
»Schön, Anna. Sie haben mir doch gesagt, dass alle Personen, die Sie sich in Ihren Büchern ausdenken, real werden.«
»Ja, gut zugehört, Doktor.«
Ich muss erreichen, dass sie redet. Bis Halberstaedt nach Hause kommt. Bis irgendetwas passiert. Egal, was.
Viktor beschloss, weiter so zu tun, als glaube er ihr die Geschichte von ihrer Schizophrenie.
»Dafür gibt es eine ganz einfache Erklärung. Als Sie vorhin sagten, es sei ›wieder‹ passiert, da meinten Sie, dass erneut jemand in

Ihrem Leben in Erscheinung getreten ist, den Sie selbst erschaffen haben. Richtig?«

Ein kurzes Kopfnicken wurde von Viktor als Zustimmung gedeutet.

»Das ist deshalb der Fall, weil Sie mein Interview abgeschrieben haben.«

»Nein.« Anna schüttelte heftig ihren Kopf.

»Sie haben meine Antworten abgeschrieben und dabei mich erschaffen. Aber das ist nur natürlich, da ich wirklich existiere. Verstehen Sie?«

»Nein. So ist es nicht.«

»Anna, bitte. Es ist dieses Mal wirklich ganz einfach: Ich existiere. Ich entspringe nicht Ihren Gedanken, ich bin nicht die fiktive Gestalt aus einem Ihrer Bücher. Das, woran Sie zuletzt gearbeitet haben, handelt von mir. Nicht Sie! *Ich* habe es geschrieben.«

»Das ist doch Blödsinn!«, schrie Anna unvermittelt auf und fuchtelte wild mit dem Tranchiermesser, so dass Viktor mehrere Schritte zurückwich, bis er an den Schreibtisch vor dem Fenster stieß.

»Begreifen Sie denn gar nicht, was hier vor sich geht? Sehen Sie denn nicht die Zeichen?« Ihre Augen blitzen wild und funkelten ihn böse an.

»Was meinen Sie? Von welchen Zeichen reden Sie?«

»Oh, Dr. Psycho-Profi, Sie halten sich für superschlau. Ja? Sie meinen, dass ich Sie bestehle, bei Ihnen einbreche, mit Ihrer Frau telefoniere. Und Sie glauben, dass ich etwas mit dem Verschwinden Ihrer Tochter zu tun habe? Sie haben es nicht begriffen, nicht wahr? Sie haben es tatsächlich nicht begriffen.«

Bei den letzten Sätzen war Anna auf einmal wieder völlig ruhig geworden. Jegliche Strenge und Härte war aus ihrem Gesicht gewichen, und sie glich plötzlich wieder der hübschen jungen Frau in dem altmodischen Kostüm, die Viktor vor einigen Tagen kennen gelernt hatte.

»Also gut«, fuhr sie fort und lächelte ihn an. »Dann hilft es wohl nichts, und wir beide müssen noch einen Schritt weiter gehen.«

»Was haben Sie vor?«

Unbändige Angst schnürte Viktor die Kehle zu. Er bekam kaum noch Luft zum Atmen.

Ein letzter Schritt?

»Kommen Sie zu mir, und schauen Sie nach draußen!«

Anna deutete mit dem Messer auf das Fenster zur Straßenseite. Viktor folgte ihrem Befehl und sah nach draußen.

»Was sehen Sie?«

»Ein Auto. Einen Volvo.«

Viktor zögerte beim Sprechen. Zum einen waren Privatautos auf der Insel nicht erlaubt, zum anderen entsprach das Fahrzeug haargenau dem Modell, das er auf dem Parkplatz in Sylt hatte stehen lassen.

»Komm schon!« Anna stand bereits an der Tür.

»Wohin?«

»Wir machen eine Spritztour. Unser Fahrer wartet.«

Tatsächlich sah Viktor, dass irgendjemand bereits hinter dem Steuer saß und den Motor angelassen hatte.

»Und was, wenn ich hier stehen bleibe?«, protestierte Viktor und sah Anna fest in die Augen.

Ohne ein Wort zu sagen, griff Anna in die Tasche ihres Mantels und zog die Pistole hervor, die Viktor noch vor wenigen Minuten auf dem Schreibtisch von Halberstaedt gesucht hatte.

Resigniert fügte er sich in sein Schicksal und ging langsam auf die Haustür zu.

50. Kapitel

DAS INNERE DES VOLVOS roch nach frisch eingefettetem und mit Bienenwachs poliertem Leder. Viktor war so überwältigt von den Erinnerungen an seinen eigenen Wagen, dass er für einen Augenblick die Gefahr vergaß, in der er sich befand. Dieses Auto entsprach exakt dem Modell, mit dem er vor drei Wochen ans Meer gefahren war. Es war genau so ausgestattet. Alles war ihm so vertraut. Und obwohl es praktisch völlig unmöglich war, hätte Viktor schwören können, dass jemand bei diesem Unwetter seinen eigenen Wagen von Sylt nach Parkum eingeflogen hatte.

»Was soll das Theater?«, fragte er sowohl Anna, die rechts neben ihm auf der Rückbank Platz genommen hatte, als auch den unbekannten Fahrer, den er nur schemenhaft wahrnehmen konnte, da er direkt hinter ihm saß.

»Wie ich schon sagte. Wir machen eine Spritztour.« Anna klatschte in die Hände, und der Volvo setzte sich sanft in Bewegung.

Wo immer wir auch hinfahren, dachte Viktor, *weit kann es nicht sein. Die Insel hat nur zwei Straßen. Spätestens in sechs Minuten sind wir am Leuchtturm, und dann müssen wir umdrehen.*

»Wohin soll es denn gehen?«

»Das wissen Sie doch ganz genau, Viktor. Sie müssen nur noch eins und eins zusammenzählen, und dann haben Sie die Lösung.«

Der Wagen nahm Geschwindigkeit auf, und obwohl der Regen mit unglaublicher Wucht auf die Windschutzscheibe herunterprasselte, machte der Fahrer keine Anstalten, die Scheibenwischer anzuschalten.

»Hier, lesen Sie das!« Anna reichte Viktor drei weitere Seiten, dicht von Hand mit blauem Kugelschreiber beschrieben. Offenbar stammten sie auch aus ihrer Feder, und Viktor schwante Übles.

»Was ist das?«

»Das letzte Kapitel über Charlotte. Der Schluss. Das ist es doch, was Sie lesen wollten.«

Irritiert sah er, dass die Seitenränder der Blätter leicht verkohlt waren. Als ob Anna die Zeit zurückgedreht und sie gerade noch rechtzeitig wieder aus seinem Kamin geholt hätte.

»Lesen Sie!« Anna pochte mit dem Pistolenknauf auf die Seiten, und er warf einen ersten Blick darauf.

Die Flucht

»Wieso können Sie mir nicht einfach erzählen, was …«

»Lesen Sie!«, unterbrach sie ihn wütend, und er begann zögernd mit den ersten Sätzen:

Die Nacht im Hyatt Hotel war grauenhaft. Charlotte hatte ununterbrochen Nasenbluten, und wir mussten den Zimmerservice um frische Laken und Handtücher bitten. Ich hatte keine Medikamente mehr, aber Charlotte bat mich, sie nicht alleine zu lassen, um welche zu holen. Deshalb konnte ich nicht selbst zur Nachtapotheke laufen. Als sie endlich eingeschlafen war, wollte ich nicht riskieren, sie zu wecken, indem ich den Portier nach Paracetamol und Penicillin schickte. Sein Klopfen an unserer Zimmertür hätte Charlotte sicherlich wieder aus dem Schlaf gerissen.

Ein Ruck ging durch den Wagen, als der Volvo durch ein mit Wasser gefülltes Schlagloch preschte, und Viktor sah auf. Bisher hatte er nichts gelesen, das ihm eine Begründung für die absurde Situation gegeben hätte, in der er sich gerade befand: eingesperrt mit einer bewaffneten Irren, die ihn zwang, handschriftliche Beweise ihrer Wahnvorstellungen zu lesen.

Sie ist nicht schizophren. Sie behauptet es nur.

Zu allem Überfluss schien der taubstumme Fahrer einen Geschwindigkeitsrekord brechen zu wollen. Und das mitten in einem Jahrhundertsturm bei einer Sichtweite von unter vier Metern. Er fuhr mittlerweile so schnell, dass man durch die regennassen Seitenfenster nicht mehr erkennen konnte, wo genau sie sich befanden.

»Weiterlesen!« Anna hatte den kleinen Moment seiner Ablenkung sofort bemerkt und unterstrich ihren Befehl damit, dass sie die Pistole entsicherte.

»Hey, hey, hey! Ist ja gut. Ich lese, Anna. Ich lese.«

Zum wiederholten Mal fügte sich Viktor in sein Schicksal. Und zum wiederholten Mal überfiel ihn dabei das nackte Entsetzen.

51. Kapitel

NACH EINEM KURZEN FRÜHSTÜCK am nächsten Morgen brachen Charlotte und ich vom Hotel aus auf und fuhren zum Bahnhof. Dort stiegen wir in den Zug, der uns nach Westerland bringen sollte. Dann dauerte es noch einmal eine Stunde, bis wir einen alten Fischer dazu überredet hatten, uns nach Parkum überzusetzen. Bis zu unserer Ankunft auf der Insel wusste ich nicht, warum Charlotte mich hierher führte. Ich ahnte nur, dass sie die Dinge zu einem Abschluss bringen wollte. Und dass dies offenbar hier, in der Abgeschiedenheit von Parkum, geschehen sollte.

Sobald wir wieder festen Boden unter den Füßen hatten, geschah etwas Außergewöhnliches. Charlotte sah sofort besser aus. Als ob ihr die Seeluft und das Reizklima der Nordsee gut bekämen. Und wie zur Bestätigung der nach außen sichtbaren Veränderung bat sie mich um einen Gefallen:

»Nenn mich nicht mehr Charlotte. Hier, auf meiner kleinen Insel, habe ich einen anderen Namen.«

»Josy?« Viktor sah auf, und Anna lächelte.

»Natürlich. Wir wussten doch beide von Anfang an, um wen es hier geht, oder?«

»Aber das ist unmöglich. Sie können nicht mit Josy auf Parkum gewesen sein. Das wäre aufgefallen. Man hätte es mir erzählt ...«

»Sicher.« Anna sah ihn an, so wie man einen schwachsinnigen Patienten ansieht und zu ihm sagt: »Ja, ja, alles wird gut.«

»Lesen Sie einfach weiter.«

Viktor gehorchte dem Befehl.

52. Kapitel

WIR BEZOGEN EIN KLEINES STRANDHAUS, etwa zehn Gehminuten vom Ort und vom Jachthafen entfernt. Josy sagte mir, dass sie früher oft in den Ferien mit ihren Eltern hier gewesen sei. Immer dann, wenn sie für längere Zeit Urlaub machen wollten und sich nicht nur während eines kurzen Wochenendes in Sacrow aufhielten.

Wir waren gerade dabei, Feuer im Kamin anzuzünden und etwas Tee aufzusetzen, als Josy mich bei der Hand nahm.

»Nun werde ich dir das letzte Zeichen geben, Anna«, sagte sie zu mir, und wir gingen zum Wohnzimmerfenster, das uns einen herrlichen Blick auf den Strand und das Meer ermöglichte.

»Das Böse hat uns die ganze Zeit über verfolgt«, erklärte sie mir. »Wir konnten es nicht abhängen. Weder in Berlin noch in Hamburg und auch nicht auf Sylt. Es ist hier bei uns auf der Insel.«

Erst wusste ich nicht, was sie damit meinte. Doch dann sah ich in etwa fünfhundert Meter Entfernung eine winzige Person den Strand entlanglaufen. Und je näher sie kam, desto sicherer war ich mir, dass ich mit meiner Vermutung richtig lag. Das Böse hatte tatsächlich bei ihr zu Hause auf Schwanenwerder gewohnt. Und es hatte uns bis hierher verfolgt. Ich packte Josy und lief mit ihr zum Vordereingang. Noch hatte ich keinen Plan, aber ich wusste – wenn ich das kleine Mädchen nicht versteckte, würde etwas Grauenhaftes passieren. Also rannte ich mit ihr nach draußen zu einem kleinen Generatorschuppen, der nur wenige Meter von der Veranda entfernt stand.

Wir gingen hinein, und sofort umfing uns eine muffige Kälte wie der kalte Tabakgestank in einer alten Telefonzelle. Doch alles war besser, als draußen zu warten. Ich schloss die Tür – keine Sekunde zu spät.

Denn zu diesem Zeitpunkt war Isabell weniger als hundert Meter von uns entfernt.

»Meine Frau?« Viktor traute sich nicht, Anna in die Augen zu sehen.
»Ja«
»Was hat sie getan?«
»Lesen Sie einfach weiter. Dann verstehen Sie auch die Zusammenhänge.«

Der Motor des Volvos dröhnte mittlerweile so laut wie das Blut in Viktors Ohren. Er wusste nicht, ob das Adrenalin, das durch seine Adern raste, durch die Gewaltbereitschaft seiner Entführerin hervorgerufen wurde oder durch das wahnwitzige Tempo, mit dem das Auto über die unbefestigte Straße donnerte. Wahrscheinlich durch beides. Viktor wunderte sich über sich selbst, dass er in dieser Situation um Leben und Tod überhaupt klar denken, geschweige denn lesen konnte. *Zum Glück wird mir beim Autofahren nicht schlecht, wenn ich lese,* dachte er und vertrieb diesen banalen Gedanken sofort wieder.

Und er las weiter.

53. Kapitel

DIE TÜR DES GENERATORSCHUPPENS ließ sich leider nur von außen abschließen. Ich wusste ja nicht, was Isabell vorhatte, welche Macht sie besaß und was sie Josy alles antun wollte. Ich ahnte aber, dass wir verloren wären, wenn sie uns in dem Verschlag suchen würde. Der Schuppen war fensterlos, und sein Innenraum mit einem Blick einzusehen. Ich überlegte, ob wir uns hinter dem ratternden Generator verkriechen sollten, der zum Glück alle Geräusche übertönte, die wir machten. Aber der Hohlraum zwischen dem Motor und der Blechwand bot nicht ausreichend Platz für uns beide.

»Was hat sie dir angetan?«, wollte ich von Josy wissen, während ich weiter nach einem Ausweg aus der Falle suchte.

»Deute die Zeichen«, antwortete sie, aber ihre Stimme klang nicht mehr so altklug wie zuvor.

»Dazu haben wir keine Zeit mehr«, fuhr ich sie an. »Josy, wenn ich dir helfen soll, musst du mir sagen, was uns hier erwartet! Was hat deine Mutter mit dir gemacht?«

»Sie hat mich vergiftet«, antwortete das Mädchen leise.

Ich fuhr herum, weil ich glaubte, ein Geräusch vor dem Schuppen gehört zu haben.

»Aber, warum?«, fragte ich, während ich zur Tür ging.

»Ich war böse. Ich habe mich schlecht benommen in Sacrow.«

»Was hast du getan?«

»Ich habe geblutet. Und Mami will nicht, dass ich blute. Ich soll ihr kleines Kind bleiben. Soll nicht groß werden und ihr Ärger machen.«

Viktor ließ die Blätter entsetzt auf den Boden des Volvos fallen.

»Verstehen Sie es jetzt?«, fragte Anna.

»Ja. Ich glaube«, hauchte Viktor.

Auf einmal machte alles Sinn. Das Blut im Badezimmer. Das Gift. Isabell. Konnte das möglich sein? Hatte seine Frau es nicht zulassen wollen, dass ihre eigene Tochter erwachsen wurde? War sie so krank? Hatte sie Josy deshalb vergiftet, damit sie immer ein hilfloses kleines Mädchen blieb, um das sie sich kümmern konnte?

»Woher wissen Sie das alles?«, fragte Viktor. »Was haben Sie mit dieser Sache zu tun?«

»Ich kann es Ihnen nicht sagen«, antwortete Anna. »Sie müssen es lesen, um es zu verstehen.«

Und Viktor griff nach den Blättern zu seinen Füßen, um endlich zu erfahren, wie der Albtraum endete, der vor über vier Jahren für ihn begonnen hatte.

54. Kapitel

ICH ÖFFNETE DIE TÜR EINEN KLEINEN SPALT und wich entsetzt wieder zurück. Isabell stand auf der Holzveranda und hatte sich mit einem langen Tranchiermesser aus der Küche bewaffnet. Sie sah sich um und setzte sich langsam in Bewegung, die Treppe hinunter.

»Wie hat sie dich vergiftet, Josy? Womit?«, fragte ich, während ich die Tür wieder zuzog.

»Ich hab eine Allergie«, flüsterte die Kleine heiser. »Ich vertrage weder Paracetamol noch Penicillin. Keiner weiß das. Nur sie.«

Ich hatte keine Zeit, die Bedeutung ihrer Worte zu analysieren. Zuerst musste ich einen Ausweg für uns beide finden. Aber was konnte ich tun? Ich traute mich nicht, das Licht anzuschalten, und zündete ein Feuerzeug an, auch wenn ich natürlich wusste, dass man das in einem Heizungsraum besser unterlassen sollte.

Verzweifelt sah ich mich um, immer bemüht, Josys Hand nicht loszulassen, damit sie sich nicht losreißen und in Panik nach draußen rennen konnte.

»Es hat keinen Sinn, Anna«, flüsterte sie heiser.

»Sie wird uns finden. Und sie wird uns töten. Ich war böse.«

Ich ging darauf nicht ein. Suchte weiterhin die Wände ab, die Decke, immer in Erwartung, dass die Tür auffliegen und Isabell mit dem Messer am Eingang stehen würde.

Schon hörte ich, wie sie ihren Namen rief.

»Josy, Josy, Liebling. Wo bist du? Komm zu mir. Ich will dir doch nur helfen!«

Ihre unnatürlich sanfte Stimme erklang aus nächster Nähe, und Josy begann zu weinen. Zum Glück verschluckte der Lärm des Generators weiterhin jedes andere Geräusch. Ich starrte im flackernden Licht meines Einwegfeuerzeugs nach oben, unten, zur Seite. Und endlich fand ich die Lösung. Mein Blick fiel zum wiederholten Mal auf den rostigen Motor. Ich verfolgte den Weg der Ölleitung, die vom Gerät im rechten Winkel nach unten führte und vor meinen Füßen im Boden versank. Die Ölwanne!

Wie ich vermutet hatte, entsprachen sowohl der Generator als auch der Brennstofftank nicht den neuesten Vorschriften. Der Öltank war rechts neben dem Generator in den Fußboden des Schuppens eingelassen. Er war weniger ein Tank als ein mittelgroßer Kunststoffkessel mit einem Radius von fast einem Meter, dessen Deckel etwa zehn Zentimeter aus dem Erdreich schaute. Ich brach die Verplombung auf und schob die dünne Betonplatte, die den Kessel abdeckte, zur Seite. Erst dachte ich, dass ich es nicht schaffen würde, weil der Deckel zu schwer für mich war. Dann aber stemmte ich mich mit den Füßen an der hinteren Schuppenwand ab und legte die ganze Kraft der Verzweiflung in meine Anstrengungen. Mit Erfolg. Die Abdeckung bewegte sich etwa vierzig Zentimeter zur Seite und gab damit einen ausreichend breiten Einstieg für mich und Josy frei.

»Ich geh da nicht rein.« Josy stand neben mir, und wir beide schauten in das dunkle Loch, aus dem ein Übelkeit erregender Gestank nach altem Heizöl herauswaberte.

»Wir müssen das tun«, sagte ich zu ihr. »Es ist unsere einzige Chance.«

Wie zum Beweis meiner Worte wurden die Rufe Isabells vor dem Schuppen lauter.

»Josy? Komm zu Mami! Sei ein braves Mädchen.«

Sie war nur noch wenige Schritte entfernt.

»Komm«, forderte ich das Kind auf. »Du bist nicht allein. Ich bin bei dir.«

Josy war paralysiert vor Angst, was es mir einfacher machte. So konnte ich sie problemlos hochheben und in den Tank hinabgleiten lassen. Er war etwa anderthalb Meter tief und nur zur Hälfte mit Öl gefüllt, so dass keine Gefahr bestand, dass Josy ertrinken würde. Kaum war sie drin, rannte ich zur Tür und stellte einen alten Gartenstuhl unter die Metallklinke. Dann nahm ich ein Brecheisen von der Wand und zerschlug das Deckenlicht. Als Nächstes kappte ich in nahezu völliger Dunkelheit die Zuleitung vom Generator, legte das Eisen unter den Betondeckel und hebelte ihn nach oben. Ich legte meine allerletzte Kraft in einen einzigen gewaltigen Ruck, ignorierte meine Kniescheiben und meine knackenden Kreuzbandwirbel ... und schaffte es tatsächlich. Der Betondeckel kippte, fiel seitlich vom Öltank hinunter und blieb mit einem dumpfen Aufschlag zwischen Generator und Tank liegen.

Jetzt überwand auch ich meinen Ekel und stieg in die klebrigdunkle Flüssigkeit hinein. Keine Sekunde zu früh. Kaum, dass meine Füße den Boden berührten und ich auf dem glitschigen Grund verzweifelt Halt suchte, rüttelte es auch bereits an der Tür.

»Josy? Bist du hier drin?«

Noch hatte Isabell den Stuhl nicht aus dem Weg geräumt, aber es konnte sich nur noch um Sekunden handeln, bis er nachgab.

»Wieso hast du das getan? Wieso ist der Deckel weg?«, fragte mich Josy schluchzend, während sie mit ihrer ölverschmierten Hand nach meiner griff.

»Weil es so weniger auffällig ist«, sagte ich ihr. »Ich hätte den Deckel niemals von innen wieder zuziehen können. So können wir hoffen, dass sie es nicht bemerkt oder uns hier nicht sieht.«

Mir war bewusst, dass mein Plan irrsinnig war und nicht den Hauch einer Chance hatte.

Unter lautem Scheppern flog die Tür des Wellblechschuppens auf, und ich konnte einen kalten Luftzug spüren, den der Wind von draußen bis zu uns nach unten in den Öltank wehte.

»Josy?«

Ich wusste, dass Isabell jetzt im Raum war, hörte aber keine Schritte über uns, da der Generator noch lauter geworden war und alles andere übertönte.

Da ich außer der schwächer werdenden Nachmittagssonne keinen weiteren Lichtschein sehen konnte, stellte ich erleichtert fest, dass Isabell keine Taschenlampe dabeihatte. Ich betete lautlos, dass sie den offen stehenden Tank nicht bemerken würde. Und selbst wenn – ohne Taschenlampe und bei fehlendem Deckenlicht würde sie uns hier unten nicht erkennen können. Und sie würde doch nicht mit einem Streichholz in einen Öltank hineinleuchten …?

Ich befahl Josy, sich hinzuknien, und sie gehorchte. Ihr Körper war jetzt völlig von dem kalten Gel umschlossen, und ihr Kopf ragte nur knapp mit dem Mund über dem Öl hervor.

Sie musste husten. Diesmal aber nicht wegen ihrer Krankheit, sondern wegen des unerträglichen Ölgestanks. Ich wollte ihr über die Haare streichen, verschmierte ihr aber nur den Kopf.

»Bleib ruhig. Alles wird gut«, flüsterte ich, doch meine Worte hatten keine Wirkung. Josy begann nur noch heftiger zu zittern und weinte jetzt hemmungslos. Ich hielt ihr den Mund zu, achtete dabei aber darauf, dass sie durch die Nase atmen konnte. Josy biss mich in die Hand. Trotz des heftigen Schmerzes, der meinen gesamten Arm durchzuckte, ließ ich nicht los. Nicht, solange Isabell noch über uns war.

Ich weiß nicht mehr, wie lange ich so verharrt hatte: selbst nach

Luft ringend, mit einem hysterischen Mädchen in enger Umklammerung, kniend, panisch, in einem dunklen und stinkenden Öltank. Eine Minute? Fünf? Ich hatte jegliches Zeitgefühl verloren. Und doch wusste ich auf einmal, dass Isabell gegangen war. Ich merkte es daran, dass das schummrige Dämmerlicht verschwunden war. Sie musste die Tür geschlossen haben.

Erleichtert lockerte ich meinen Griff um Josy, die immer noch heftig schluchzte.

»Ich hab Angst, Papa«, sagte sie zu mir, und ich war froh, dass sie mich als ihren Vater anredete. So sah sie in mir wenigstens eine Vertrauensperson.

»Ich auch«, sagte ich und drückte sie ganz fest an mich. »Aber alles wird gut.«

Und alles hätte gut werden können. Ich wusste es. Isabell war wieder weg.

Sie wollte wohl gerade zurück zum Haus gehen. Vielleicht, um dort nach einer Taschenlampe zu suchen. Und das hätte uns Zeit verschafft. Zeit, um aus dem Tank zu klettern, ins Dorf zu laufen, Hilfe zu holen ...

Zeit für die nächsten Schritte.

Doch dann passierte es. Josy konnte einfach nicht still halten. Sie fing an zu weinen. Es war zu viel für die Kleine. Sie litt unter Klaustrophobie in der klebrig-glitschigen Ölwanne, in der es so dunkel war wie in einem Grab. Und dann begann sie zu schreien. Laut. Ich konnte einfach nichts dagegen tun. Ich war mit ihr in dem Tank gefangen und konnte sie nicht beruhigen. Doch das war leider nicht das Schlimmste. Den größten Fehler hatte ich gemacht, als ich die Ölleitung gekappt hatte. Es war mir erst klar, als der Generator zu stottern begann. Und dann plötzlich ausfiel.

Das war das Schlimmste. Denn plötzlich drang jedes Geräusch, das wir verursachten, ungehindert nach draußen.

55. Kapitel

VIKTOR FÜHLTE, wie ihm plötzlich Tränen in die Augen schossen. Sein kleines Mädchen, lebendig begraben in einem stinkenden Grab. Er sah zu Anna hin, roch den Duft des Volvos, spürte die Vibration des Motors und fühlte sich in seinem eigenen Albtraum gefangen.
»Was ist mir ihr geschehen? Wo ist sie?«
»Lies weiter!«

Die Tür flog wieder auf, und diesmal hörte ich die Schritte über mir. Ich hatte keine andere Wahl. Jeden Augenblick erwartete ich, das Gesicht von Isabell an der oberen Kante des Öltanks zu sehen, und jetzt war ich mir überhaupt nicht mehr sicher, ob es wirklich so abwegig war, dass sie ein Feuerzeug anzünden könnte, wenn sie uns hier unten vermutete. Bevor Josy sich endgültig verraten würde, blieb mir nur eine einzige Möglichkeit. Ich riss die Kleine nach unten und tauchte mit ihr ab.

Das Öl umschloss uns wie ein Mantel des Todes. Sein klebriger Film durchdrang alle Kleider und schloss jede Öffnung im Gesicht. Es verstopfte die Nasenlöcher und drückte wie ein Pfropfen in die Ohren, so dass ich nichts mehr hören konnte. Jetzt hatte ich eine Ahnung, wie sich ein sterbender Seeadler fühlt, der verzweifelt versucht, die schwarze Pest, das aus einem Schiffsrumpf ausgelaufene Erdöl, aus seinem Gefieder zu bekommen, bevor er im verseuchten Meer für immer untergeht.

Ich unterdrückte meinen Lebenserhaltungstrieb, presste Josys Kopf nach unten und stieg selbst nicht auf, obwohl meine Lungen nach Sauerstoff schrien. Ich wusste nicht, was über mir los war. Ich sah nichts, hörte nichts und merkte nur, wie meine Kräfte schwanden. Erst als ich es nicht mehr aushalten konnte, riss ich zuerst Josy, dann mich selbst wieder nach oben. Ich musste es tun, selbst wenn es zu früh gewesen wäre und Isabell uns jetzt gesehen hätte. Ich konnte es keine Sekunde länger aushalten.

Doch es war nicht zu früh. Es war zu spät.
Als ich wieder auftauchte, hielt ich Josy leblos in meinen Armen. Ich strich ihr das Öl vom Mund, presste ihre Lippen auseinander. Schüttelte sie. Wollte sie beatmen. Doch es hatte keinen Sinn. Ich fühlte es. Ich wusste es.
Bis heute bin ich mir nicht sicher, ob es der Schock, die Angst oder wirklich das Öl war, was sie tötete. Aber ich weiß, dass nicht Isabell, sondern ich sie umgebracht habe.

»Das ist eine LÜGE!«
Viktor wollte schreien, aber es kam nur ein Krächzen aus seiner Kehle.
»Nein. Ist es nicht«, antwortete Anna kalt und sah kurz aus dem Seitenfenster des Volvos.
Viktor wischte sich die Tränen mit dem Handrücken aus dem Gesicht und zog die Nase hoch.
»Sag mir, dass das nicht wahr ist.«
»Das kann ich leider nicht.«
»Das ist doch alles Scheiße. Du bist doch komplett irre.«
»Ja, das bin ich, Viktor. Es tut mir Leid.«
»Warum quälst du mich? Warum denkst du dir das alles aus? Josy ist nicht tot.«
»Doch.«
Sie ist nicht schizophren, Dr. Larenz. Alles, was sie sagt, hat sie wirklich getan.
Der Motor heulte jetzt auf, und Viktor sah durch die regennasse Windschutzscheibe verschwommen eine Reihe von Lichtern in einiger Entfernung auf sich zukommen.
»Hab keine Furcht, es ist gleich vorbei.« Sie griff nach seiner Hand.
»Wer bist du?«, schrie er sie an. »Woher weißt du das alles?«
»Ich bin Anna. Anna Spiegel.«
»Verdammt, nein. Wer bist du wirklich? Was willst du von mir?«
Die Lichter kamen näher, und jetzt sah man trotz fehlender Scheibenwischer ganz deutlich, wo sie waren. Der Volvo befand sich auf einem Steg über dem Meer und raste den Wellen entgegen.
»Sag mir endlich, wer du bist!«, brüllte Viktor und fühlte sich

trotz seiner Todesangst so wie damals in der Schule nach einer Prügelei. Verrotzt, verheult und unendlich deprimiert.

»Ich bin Anna Spiegel. Ich habe Josy umgebracht.«

Die Lichter waren nur noch etwa zweihundert Meter entfernt. Das Auto musste mindestens tausend Meter auf das offene Meer hinausgefahren sein, und jetzt empfing sie am Ende des Weges die unendliche Weite der kalten Nordsee.

»WER BIST DU?«

Viktors Stimme überschlug sich, aber sie ging sofort unter in dem Gemisch aus Motorengeheul, Wind und Wellentosen.

»Anna. Ich bin Anna Spiegel. Aber warum verplemperst du deine letzte Zeit mit Nebensächlichkeiten? Die Geschichte ist noch nicht zu Ende. Du hast noch eine Seite zu lesen.«

Viktor schüttelte den Kopf und wischte sich etwas Blut ab, das ihm aus seiner Nase heraustropfte.

»Na schön«, sagte sie. »Dann tue ich dir jetzt einen letzten Gefallen und werde es dir vorlesen.«

Anna nahm Viktor das letzte Blatt aus der Hand.

Und während das Auto unbarmherzig aufs tosende Meer zuraste, fing sie an.

56. Kapitel

»JOSY WAR TOT. Es gab keinen Zweifel. Ich drückte das kleine, leblose Mädchen an mich und wollte selbst laut losschreien. Aber der Ölfilm verklebte meinen Mund und nahm mir mein Ventil, um die Trauer nach draußen zu lassen. Es wäre mir jetzt egal gewesen, ob mich jemand hörte. Ob Isabell mich hörte. Sie hatte ja ihr Ziel erreicht. Josy, ihre eigene Tochter, das Mädchen, das mich seit Tagen begleitet hatte, war tot.

Ich stand auf und stieg aus dem Tank. Ich öffnete die Tür, wischte mir das Öl mit dem Handrücken vom Mund und rief ihren Namen.

Isabell. Erst leise. Dann lauter. *ISABELL!*
Ich lief einige Meter vom Generatorhaus weg auf die Veranda zu.
ISABELL! MÖRDERIN!
Und tatsächlich. Auf einmal hörte ich ein Knacken. Hinter mir. Ganz leise. Ich drehte mich um und sah sie aus dem Schuppen kommen. Und da wusste ich: Sie hatte ihn nie verlassen. Sie war so lange darin geblieben, bis sie sicher war, dass ich ihr Kind erstickt hatte.
Langsam bewegte sie sich auf mich zu. Ich konnte sie nur schemenhaft erkennen, weil das Öl immer noch mein linkes Auge verschmierte. Doch dann war sie nur noch wenige Schritte von mir entfernt, und ich konnte wieder klar sehen. Und völlig klar denken.
Sie reichte mir ihre Hand, die ebenfalls mit Öl beschmutzt war, und da begriff ich endlich meinen Irrtum. Ich hatte mich getäuscht. Die ganze Zeit. Alles war nur ein großer Irrtum. Und es war meine Schuld. Denn vor mir stand nicht Isabell.
Vor mir stand ...«

... Viktor sah Anna in die Augen, bevor sie die entscheidenden Worte sprach. Und dann passierte es.
In dem Moment, in dem der Wagen abhob und auf die Wellen zuflog, lichtete sich der Nebel, und Viktor begann alles zu verstehen.
Eine Heizung. Die Deckenlampe. Das kleine Zimmer.
Auf einmal war ihm alles klar.
... das weiße Metallbett, die graue Tapete, der Tropf.
Jetzt verstand er. Jetzt machte alles Sinn. Anna Spiegel!
Die Erkenntnis durchflutete seinen Körper und nahm Besitz von seinem Geist.
Vor mir stand ...
Die Bedeutung war plötzlich klar: Anna. Vorwärts wie rückwärts gelesen. *Spiegel*verkehrt.
»Ich bin du!«, sagte er zu ihr und sah, wie das Auto langsam verschwand und sich in ein Klinikzimmer verwandelte.
»Ja.«

Viktor erschrak ein letztes Mal vor seiner eigenen Stimme, so wie ein Tier, das sich in seinem Spiegelbild erkennt. Schließlich wiederholte er den Satz noch einmal, als ob er sichergehen wollte, dass er sich nicht irrte.
»*Vor mir stand ...*
Vor mir stand ... ich selbst!«
Und dann war es still.

Es war Montag, der 26. November, und die klare Wintersonne drang durch das vergitterte Fenster in das kleine Einzelzimmer der psychiatrischen Klinik in Berlin-Wedding. Dort, wo sich Dr. Viktor Larenz, ehemaliger Starpsychiater und renommierter Spezialist für schizophrene Erkrankungen, wegen multipler Wahnvorstellungen in Behandlung befand und wo er nach vier Jahren den ersten lichten Moment hatte, seitdem vor knapp zwei Wochen seine Medikamente abgesetzt worden waren.

Es war ein schöner, sonniger Winternachmittag in Berlin. Der Wind hatte nachgelassen, die Wolken lockerten auf und das Unwetter der letzten Tage hatte sich endgültig verzogen.

57. Kapitel

Neun Tage später. Heute.

DER HÖRSAAL DER PSYCHIATRISCHEN KLINIK in Wedding war schlecht besucht. Bis auf die zwei Männer in der ersten Reihe und die kleine, grauhaarige Gestalt am Rednerpult war keine Menschenseele anwesend. Trotzdem war der Saal, der normalerweise über fünfhundert Stundenten fasste, abgedunkelt und von innen abgeschlossen.
Die beiden einzigen Zuhörer zählten zu der juristischen Elite des Landes, und was der Klinikleiter, Professor Malzius, ihnen zu sagen hatte, war streng geheim.

»Dr. Larenz leitete viele Jahre eine gut gehende Privatpraxis in der Friedrichstraße in Berlin-Mitte. Zu seiner Person muss ich wohl in diesem Kreis keine größeren Ausführungen machen, er dürfte allen hinlänglich durch seine zahlreichen Veröffentlichungen und Auftritte in den Medien bekannt sein, auch wenn die jetzt einige Jahre zurückliegen.«

Die beiden Juristen räusperten sich, und Professor Malzius wechselte von einem Dia, das Dr. Larenz als einen stattlichen jungen Mann vor dem Bücherregal in seiner Praxis zeigte, zu einem weniger angenehmen Anblick. Wieder war es Larenz, doch diesmal lag er nackt, in Fötus-Haltung auf einer schlichten Krankenhausliege.

»Er wurde bei uns eingeliefert, als er unmittelbar nach dem Verschwinden seiner Tochter kollabierte. Ursprünglich sollte er nur vorübergehend aufgenommen werden. Aber sein Zustand wurde von Tag zu Tag schlimmer, so dass wir ihn schließlich bis heute weder entlassen noch verlegen konnten.«

Ein neues Dia erschien und zeigte eine Zeitungsschlagzeile.

Ein Land sucht Josy.
Tochter des Starpsychiaters seit Jahren vermisst.

»Die zwölfjährige Tochter von Dr. Viktor Larenz verschwand im November vor vier Jahren. Ihrem Verschwinden war eine elfmonatige Krankheit vorangegangen, die man sich zunächst nicht erklären konnte. Die Ursache ihrer Krankheit, der Grund ihres Verschwindens, die Identität ihres Entführers – all das wurde nie herausgefunden.«

Malzius machte eine Kunstpause, um seine nachfolgenden Worte besser zur Geltung zu bringen. »Bis heute.«

»Entschuldigung.«

Einer der beiden Juristen, ein kleiner Mann mit blondem, gelocktem Haar, war von seinem Platz in der ersten Reihe aufgestanden und hatte wie im Gerichtssaal das Wort ergriffen.

»Könnten Sie sich mit Ihren Ausführungen vielleicht etwas beeilen? Wie Sie sich denken können, sind wir mit diesen Details bestens vertraut.«

»Ich danke Ihnen für den Hinweis, Dr. Lahnen. Ich bin natürlich davon unterrichtet, dass Sie und Ihr Kollege Dr. Freymann heute wenig Zeit haben.«

»Gut. Dann wissen Sie sicherlich auch, dass der Patient schon in einer halben Stunde in die psychiatrische Gefängnisklinik Moabit verlegt werden soll, wo morgen die erste richterliche Vernehmung stattfinden wird. Und wir würden gerne noch heute mit ihm reden. Jetzt, wo er wieder transportfähig ist, wird er sich bald wegen Totschlags, vielleicht sogar wegen Mordes zu verantworten haben.«

»Ja. Umso wichtiger ist es, dass Sie mir gut zuhören, wenn Sie Dr. Larenz vernünftig verteidigen wollen«, ermahnte Professor Malzius, dem es gar nicht passte, in seinem eigenen Hörsaal von Nichtmedizinern gemaßregelt zu werden.

Lahnen kniff die Lippen zusammen, setzte sich aber wieder, und Malzius fuhr mit seinen Ausführungen fort.

»Über vier Jahre war der Patient nicht ansprechbar. Vier Jahre, die er in seiner eigenen Scheinwelt lebte, bis wir uns vor nunmehr drei Wochen zu einem mutigen, ungewöhnlichen, ja vielleicht sogar radikalen Behandlungsschritt entschlossen haben. Ich erspare Ihnen die medizinischen Details und komme gleich zu dem, was wir herausgefunden haben.«

Freymann und Lahnen nickten dankbar.

»Sie sollten zunächst wissen, dass Viktor Larenz unter zwei Krankheiten gleichzeitig leidet. Dem *Münchhausen-Stellvertreter-Syndrom* und der der Allgemeinheit wohl bekannteren *Schizophrenie*. Ich will Ihnen erst einmal den Münchhausen-Aspekt erläutern. Die Krankheit hat ihren Namen von dem bekannten Lügenbaron. Sie heißt so, weil die Patienten ihre Mitmenschen und Ärzte über Krankheitssymptome anlügen, um dadurch mehr Aufmerksamkeit und Zuneigung zu bekommen. Es gibt dokumentierte Fälle, in denen völlig gesunde Menschen ihrem Arzt Blinddarmschmerzen vortäuschen und diese so perfekt simulieren, dass sie operiert werden. Später reiben sie sich dann Kot und Abfall in die OP-Wunde, damit sie nicht wieder verheilt.«

»Das ist ja krank«, murmelte Lahnen angewidert. Dem Gesichtsausdruck nach zu urteilen, teilte sein Kollege dessen Meinung.

»Ja, genau das ist es«, bestätigte Malzius. »Und diese Krankheit ist sehr schwer zu diagnostizieren. Dabei tritt sie gar nicht so selten auf. Auf einigen Intensivstationen Englands ist man schon zur Videoüberwachung übergegangen. Doch selbst das hätte im Falle des Münchhausen-Stellvertreter-Syndroms wie bei Viktor Larenz gar keinen Erfolg bringen können. Denn Larenz hat sich nicht selbst, sondern einen Stellvertreter geschädigt. Seine Tochter Josephine, genannt Josy.«

Der Professor ließ seine letzten Worte etwas wirken, bevor er weiterredete.

»Der Vater hatte als einziges Familienmitglied Kenntnis von zwei akuten Medikamentenallergien seiner Tochter, die er sich für seinen mörderischen Plan zunutze machte: Josephine vertrug weder Paracetamol noch Penicillin. Beide Arzneimittel verabreichte ihr Larenz in immer höheren Dosen. Wenn man so will, trägt diese Vergiftung Züge eines perfekten Verbrechens. Da Larenz die Allergie seiner Tochter allen verschwiegen hatte, schöpfte niemand Verdacht, wenn er ihr Paracetamol gegen Kopfschmerz und später Penicillin gegen die unerklärlichen Infekte verabreichte. Sein Umfeld glaubte, er würde sich liebevoll um seine Tochter kümmern und sie mit den indizierten Tabletten professionell behandeln. Tatsächlich aber verschlimmerte er dadurch aktiv den Zustand von Josephine, bis hin zu lebensbedrohlichen anaphylaktischen Schocks.«

Der Klinikleiter unterbrach seinen Vortrag kurz und nahm einen weiteren Schluck aus dem Wasserglas, dann fuhr er fort.

»Auch der Marathon durch die Arztpraxen, den Josy durchzustehen hatte, ist ein typisches Symptom von *Münchhausen by proxy*, also des Münchhausen-Stellvertreter-Syndroms«, redete er schließlich weiter. »Die mörderischen Handlungen wurden durch ein Schlüsselereignis im Urlaub ausgelöst. Larenz verbrachte mit seiner Frau Isabell und Josephine die Ferien in einem Bungalow im Sacrower Forst, dem Wochenendhaus der Familie. Josephine war zu dieser Zeit elf Jahre alt, und die Vater-Tochter-Beziehung war bis dahin äußerst eng. Doch das änderte sich nun. Josephine wollte plötzlich im Badezimmer allein sein. Sie suchte mehr die Nähe ihrer Mutter und mied gleichzeitig den Vater. Der Grund: Sie hatte ihre erste Periode bekommen. Dieses völlig normale Ereignis im

Leben der jungen Tochter löste eine Spirale des Wahnsinns beim Vater aus. Ihm wurde klar, dass Josephine nun langsam erwachsen werden und dass sie sich früher oder später völlig von ihm lösen würde. Keinem war aufgefallen, dass Larenz' Emotionen seiner Tochter gegenüber ungesund und krankhaft waren. Und keiner bemerkte, was der Vater tat, um sich die Nähe von Josephine zu erhalten: Er vergiftete sie. Er machte sie hilflos und abhängig. Das ist der Münchhausen-Aspekt seiner Krankheit. Bisher war ein solcher Fall in der Medizin nur bei Müttern bekannt. Es ist das erste Mal, dass ein Vater seiner Tochter so etwas antut.«

»Professor Malzius«, unterbrach Freymann den Arzt. »Das ist ja alles hochinteressant. Aber wir müssen ein Bild davon bekommen, ob der Mann nach Plan handelte oder impulsiv. Wenn er seine Tochter über Monate hinweg vergiftet hat, hört sich das ziemlich strukturiert und vorsätzlich an.«

»Nicht unbedingt. Sie dürfen nicht vergessen: Larenz ist ein krankhafter Lügner. Ein Münchhausen-Patient. Aber er ist nicht nur das. Er lebt in seinen Lügenwelten. Er glaubt an sie. Hier setzt seine zweite Krankheit ein, die Schizophrenie.«

Malzius blickte in die Runde.

»Sie macht ihn völlig unberechenbar.«

58. Kapitel

DA DIE TÜREN DES AUDIMAX verschlossen waren, musste Dr. Roth nach draußen auf den Hof gehen, um von dort aus einen Blick durch die Fenster des abgedunkelten Hörsaals werfen zu können. Nachdem ihm Larenz vor wenigen Minuten das Ende der Geschichte erzählt hatte, war er nach unten geeilt, um zu sehen, wo Professor Malzius und die beiden Rechtsanwälte blieben. Er hatte insgeheim gehofft, der Professor würde auch heute wieder zu ausschweifenden Erklärungen neigen. So wie immer, wenn er ein Publikum hatte. Und seine Vermutung schien sich zu bestätigen. Roth schätzte die ihm noch verbleibende Zeit auf eine Viertelstunde, als er sah, dass Malzius gerade erst mit seinen Dias begonnen hatte. Trotzdem beeilte er sich auf seinem Rückweg in die geschlossene Station, zumal er noch einen Umweg zur Hausapotheke eingeplant hatte. Nur drei Minuten später stand er etwas außer Atem wieder vor dem Zimmer mit der Nummer 1245. Er strich sich die Haare glatt und warf schnell einen Blick durch den Spion, der in die hellgraue Metalltür eingelassen war. Alles unverändert. Larenz lag gefesselt auf dem Bett und starrte die Decke an. Trotzdem zögerte Roth. Dann gab er sich einen Ruck und steckte mit der rechten Hand langsam den schweren Eisenschlüssel in das alte Schloss. Die Tür sprang von selbst auf, als er ihn nach rechts drehte.

»Sie sind also zurückgekommen.«

Larenz hob leicht den Kopf und drehte ihn zur Tür, als der Arzt in sein Zimmer trat. Die linke Hand tief in seiner Kitteltasche versteckt, damit Larenz nicht sofort sehen konnte, wodurch sie sonst noch ausgebeult wurde.

»Ja, bin ich.«

»Also haben Sie es sich doch anders überlegt?«

Dr. Roth ging zum vergitterten Fenster und sah wortlos auf den dunklen, schneebedeckten Hof hinaus. Heute Morgen waren die ersten Flocken gefallen und überdeckten jetzt die karge Hässlichkeit der betonierten Klinikauffahrt.

»Haben Sie das dabei, um was ich Sie gebeten hatte?«

»Ja, aber ...«

»Kein Aber! Es gibt kein Aber, wenn Sie mir vorhin aufmerksam zugehört haben.«

Larenz hatte Recht. Dr. Roth wusste es. Doch trotzdem zögerte er noch. Der Plan war zu gefährlich. So einfach wollte er es ihm nicht machen.

»Kommen Sie schon. Uns bleibt keine Zeit mehr, mein junger Freund. Die hätten bereits seit einer halben Stunde hier sein sollen.«

»Gut. Ich springe jetzt über meinen Schatten und tue Ihnen einen einzigen Gefallen, Dr. Larenz. Weil Sie sich mir heute so offen anvertraut haben. Aber mehr können Sie wirklich nicht von mir erwarten.«

Roth ließ das Pillendöschen in seiner Kitteltasche los, zog die linke Hand heraus und löste mit wenigen geschickten Handgriffen die Fesseln am Bett. Erleichtert rieb sich Viktor die Knöchel und Gelenke seiner befreiten Arme und Beine.

»Danke. Das ist eine Wohltat.«
»Keine Ursache. Uns bleiben maximal zehn Minuten. Dann muss ich Sie wieder festbinden. Wollen Sie in dieser Zeit noch einmal auf die Toilette gehen und sich frisch machen?«
»Nein. Sie wissen, was ich will.«
»Die Freiheit?«
»Ja.«
»Das ist unmöglich. Ich kann das nicht tun, und Sie wissen es.«
»Aber wieso? Das verstehe ich nicht. Jetzt, wo Sie doch die ganze Geschichte kennen.«
»Tu ich das?«
»Aber natürlich. Ich habe Ihnen alles erzählt.«
»Das glaube ich nicht.« Dr. Roth schüttelte den Kopf und atmete dabei schwer durch die Nase aus. »Ich bin eher der Meinung, Sie verheimlichen mir etwas Entscheidendes. Und Sie wissen ganz genau, wovon ich rede.«
»Tue ich das?« Larenz lächelte schelmisch.
»Was gibt es denn da zu lachen?«
»Nichts.« Larenz grinste noch breiter. »Eigentlich gar nichts. Ich hab mich nur gefragt, wie lange es dauert, bis es Ihnen endlich auffällt.«

59. Kapitel

PROFESSOR MALZIUS hüstelte und griff erneut zum Wasserglas. Dann verfiel er wieder in jenen monotonen Singsang, in dessen zweifelhaftes Vergnügen sonst nur ausgewählte Ärzte, Patienten und Studenten kamen.

»Larenz flüchtete sich dank seiner Schizophrenie temporär in Scheinwelten. Zu Beginn nur hin und wieder. Später ununterbrochen. Seine schizophrenen Schübe halfen ihm alles zu verdrängen, was er Josy angetan hatte. Wenn Sie so wollen, waren sie ein Selbstschutzreflex. Er verdrängte, dass er seine Tochter vergiftete, wenn er ihr die allergieauslösenden Medikamente gab. Er erschien nicht nur anderen, sondern auch sich selbst als fürsorglicher Vater, der sogar seinen Beruf aufgab, um sich besser um seine Tochter kümmern zu können. Und der die Suche nach der Ursache für ihre Leiden vehement betrieb. Er ging mit ihr zu allen möglichen Ärzten; lediglich einen längst fälligen Besuch beim Allergologen ersparte er sich und dem Kind. Je weiter seine Krankheit aber voranschritt, desto schlimmer wurden seine schizophrenen Visionen. Die Beziehung zu seiner Frau Isabell verschlechterte sich, und plötzlich steigerte er sich in die Gedanken hinein, dass sie etwas mit den Krankheitssymptomen von Josephine zu tun haben könnte. In seinem Wahn ging er tatsächlich so weit, Isabell zu verdächtigen, obwohl er selbst der Täter war.«

»Wenn das stimmt, was Sie uns hier erzählen, dann befand sich Dr. Larenz während seiner Taten in einem Zustand der Schuldunfähigkeit.«

Dieses Mal hatte sich Dr. Freymann zu Wort gemeldet. Der grobschlächtige Zwei-Meter-Hüne trug einen blauen, zweireihigen Blazer mit auffallenden Knöpfen. Ein kleiner Bauchansatz wölbte sich über seiner grauen Flanellhose, an deren Gürtelschlaufe die goldene Kette einer Taschenuhr zu sehen war.

Malzius antwortete ihm mit belehrender Stimme wie einem schlecht erzogenen, vorlauten Kind: »Ich kann Ihnen nur die Fakten schildern, meine Herren. Und das ist nun mal die Sachlage – nach unseren derzeitigen Erkenntnissen. Zu den juristischen Schlüssen müssen Sie schon selbst kommen. Aber ja, auch ich teile hier Ihre Meinung: Viktor Larenz war definitiv nicht zurechnungsfähig. Und auf jeden Fall fehlte es ihm am Vorsatz. Er hat nie vorgehabt, seine Tochter zu töten. Er wollte sie lediglich in seiner Abhängigkeit halten. Und so war es letztlich auch nicht das Gift, was Josephines Tod herbeiführte. Sie wurde von ihm aus Versehen erstickt.«

Professor Malzius drückte auf die Fernbedienung in seiner Hand, und ein neues Dia wurde an die Wand geworfen. Diesmal sah man die Villa der Familie auf Schwanenwerder am Wannsee.

»Das ist das Haus oder besser gesagt war das Anwesen der Familie.«

Freymann und Lahnen nickten wieder ungeduldig.

»Dr. Larenz hatte während seines schwersten schizophrenen Schubs eine tödliche Vision. Er dachte, er wäre auf Parkum, einer kleinen Insel in der Nordsee. Tatsächlich befand er sich im Garten der Familienvilla und spielte mit Josy. Auf einmal setzten die Anfälle bei ihm ein. Er hörte Stimmen und sah seine Frau Isabell, die sich in Wahrheit noch in der Stadt aufhielt und dort arbeitete. Wie gesagt – er hatte sich mittlerweile in den Gedanken hineingesteigert, Isabell sei eine Bedrohung für Josephine. Er glaubte, sie wolle dem Mädchen etwas antun, und daher verschleppte er Josephine in das Bootshaus hier, direkt am Wasser.«

Das Dia wechselte, und das neue Motiv zeigte ein schönes Blockhaus am Ufer des Wannsees.

»Er befahl Josephine, leise zu sein, damit Isabell sie nicht hören könne. Als sie ihm nicht gehorchen wollte und laut wurde, drückte er sie zwischen den Booten unter Wasser und hielt ihr so lange den Mund zu, bis sie erstickte.«

In der ersten Reihe begannen die beiden Juristen zu tuscheln, und Malzius hörte leise Wortfetzen wie »Paragraphen 20, 63 StGB« und »einstweilige Unterbringung«.

»Wenn ich noch kurz Ihre Aufmerksamkeit auf einen wichtigen Punkt lenken darf«, unterbrach Malzius das Flüstern. »Ich bin zwar kein Jurist, aber Sie sagten mir, das Gericht werde zu untersuchen haben, ob es Mord oder nur ein Unfall war.«

»Unter anderem, ja.«

»Nun, wie ich schon sagte: Tatsache ist, dass Larenz seine Tochter niemals töten wollte. Dafür liebte er sie viel zu sehr. Als ihm bewusst wurde, was er im Bootshaus getan hatte, stürzte er in eine weitere schizophrene Halluzination. Er wollte alles wieder rückgängig machen. Die Krankheit von Josephine. Ihre Schmerzen. Und vor allen Dingen ihren Tod. Also ließ sein Gehirn das Mädchen wieder zum Leben erwachen. Er besuchte – wie er glaubte mit Josephine – einen Allergologen in der Uhlandstraße, um sie untersuchen zu lassen. Die Praxis war damals überfüllt. Keinem fiel es auf, dass der Vater ohne seine Tochter erschienen war. Bei der Anmeldung wunderte man sich auch nicht, dass er gar keinen Termin hatte, weil eine neue Arzthelferin, die zu dieser Zeit gerade eingearbeitet wurde, häufig Fehler machte. Der Arzt, Dr. Grohlke, und später auch die Polizei hatten keinen Grund, zu bezweifeln, dass das Mädchen aus dem Wartezimmer entführt worden war, während der Vater die Toilette aufsuchte. Viktor Larenz bekam noch in der Praxis von Dr. Grohlke einen Kollaps und wurde bei uns eingeliefert. Bis vor einem Monat haben wir ihn dann erfolglos behandelt. Wir führten seinen Zustand auf den schrecklichen Verlust seiner Tochter zurück, konnten uns aber nicht erklären, warum sein Zustand durch die Behandlung mit herkömmlichen Psychopharmaka nicht besser wurde. Tatsächlich trat genau das Gegenteil ein: Sein Zustand verschlechterte sich von Tag zu Tag, von Monat zu Monat. Und da wir nicht wussten, dass er selbst für das Verschwinden von Josephine verantwortlich war, gingen wir zugegebenermaßen völlig falsch an diesen Fall heran. Wir behandelten ihn zunächst wegen seiner schweren Depressionen. Sein Zustand verschlechterte sich jedoch immer mehr. Schließlich war er überhaupt nicht mehr ansprechbar, verfiel in eine katatonische Starre. Wie wir jetzt wissen, flüchtete er sich wieder in seine fiktive Scheinwelt und lebte in seinen Wahnvorstellungen nun ununterbrochen auf der Insel Parkum. Dort wohnte er mit seinem Hund Sindbad, hatte Kontakt zu einem Bürgermeister namens Halberstaedt, einem Fischer namens Burg, und er schrieb an einem Interview. Alles nur in seinem Kopf. Nichts davon ist real gewesen.«

»Aber wenn er wirklich so schwer krank ist ...«, hakte Freymann nach und zog eine Taschenuhr hervor, um zu sehen, ob sie noch genügend Zeit hatten, »... und wenn er vier Jahre überhaupt nicht ansprechbar war, warum ist er vor neun Tagen dann auf einmal aufgewacht? Sie selbst haben uns in der Vorbesprechung gesagt, er wäre jetzt wieder verhandlungsfähig. Wieso?«

»Eine sehr gute Frage«, gab Malzius zu. »Bitte sehen Sie sich dazu kurz diese Fotos von ihm an.« Er schob einen neuen Kasten in den Projektor.

»Hier sehen Sie seinen Krankheitsverlauf. Vom ersten Tag der Einlieferung an, als er wirr in die Kamera starrte, bis hin zum völ-

ligen Zusammenbruch, als er autistisch und sabbernd in seinem Zimmer dahinvegetierte.«
Die Bilder wechselten in rascher Folge.
»Selbst für einen medizinischen Laien ist es klar ersichtlich: Alles, was wir in den Jahren unternommen hatten, die Medikamente, die Behandlungen – sie verschlimmerten seinen Zustand nur. Er baute ab, und es wurde schlechter anstatt besser. Bis ein junger Arzt schließlich eine verwegene Idee hatte. Die Rede ist von Dr. Martin Roth. Auf seinen Vorschlag hin setzten wir von einem Tag auf den anderen alle Medikamente ab.«
»Und als er seine Spritzen nicht mehr bekam ...«, rief Lahnen aufgeregt in den Saal.
»... wurden, wenn man so will, seine Selbstheilungskräfte aktiv. Er schuf sich in seiner Halluzination gewissermaßen selbst einen Therapeuten: Anna Spiegel.«
Lahnen pfiff leise durch die Zähne, was ihm einen bösen Blick von Freymann einfing. Offenbar gab es selbst zwischen den beiden Starjuristen noch so etwas wie eine Hackordnung.
»Erst dachte Dr. Larenz, sie wäre bei ihm in Behandlung. Tatsächlich war es genau umgekehrt. Er war der Patient und Anna Spiegel seine Psychotherapeutin. Sie hielt ihm im wahrsten Sinne des Wortes einen Spiegel vor und zeigte ihm, was er getan hatte: seine eigene Tochter zu töten. Damit ist er der erste schizophrene Patient, der sich mit Hilfe seiner eigenen Visionen therapiert hat.«

Das Licht ging an, und die beiden Juristen nahmen dankbar zur Kenntnis, dass die Sitzung endlich zu Ende war. Sie wollten schon seit einer Stunde oben bei ihrem Mandanten sein und hätten ein schriftliches Briefing durch Professor Malzius bevorzugt. Dennoch, sie hatten soeben wichtige Neuigkeiten erfahren, auf denen sich eine plausible Verteidigungsstrategie aufbauen lassen würde.
»Konnte ich Ihnen weiterhelfen?«, wollte der Professor wissen, während er die Tür des Hörsaals aufschloss und seine Besucher in die Wandelhalle führte.
»Ja, sicher«, antwortete Freymann, und Lahnen stimmte ihm zu.
»Es war wirklich sehr aufschlussreich. Allerdings ...«

»Ja?« Malzius zog die Augenbrauen hoch. Mit etwas anderem als uneingeschränktem Lob für seine Schilderungen hatte er nicht gerechnet.

»Na ja, alles, was Sie uns hier berichtet haben, beruht doch letztendlich auf dem, was Ihnen Viktor Larenz persönlich erzählt hat, nachdem er wieder einigermaßen klar denken konnte. Richtig?« Malzius nickte. »Mehr oder weniger. Bislang war er nicht sehr gesprächig. Das meiste mussten wir uns aus wenigen Andeutungen zusammenreimen.«

Der Professor hatte die Anwälte bereits in der telefonischen Vorbesprechung darauf hingewiesen, dass der Patient in den letzten Tagen äußerst verschlossen gewesen war. Bis auf Dr. Roth wollte er mit keinem ein Wort wechseln, und die Ärzte waren deshalb längst nicht über alles im Bilde, was sich in Larenz' Wahnvorstellungen tatsächlich ereignet hatte.

»Wenn aber Dr. Larenz, wie Sie selbst sagten, ein krankhafter Lügner ist, ein Münchhausen-Patient, wie können wir dann sicher sein, dass diese Geschichte nicht auch wieder ein gut ausgedachtes Märchen ist?«

Malzius sah erst auf seine Armbanduhr und verglich sie dann mit der großen Digitaluhr, die hinter ihm an der Hörsaalwand hing. Als er sichergehen konnte, dass die Anwälte begriffen hatten, was er von solchen zeitraubenden Fragen hielt, antwortete er knapp: »Sicherheiten kann ich Ihnen bei dem momentanen Stand der Dinge natürlich nicht geben. Das kann man nie. Aber ich halte es doch für sehr unwahrscheinlich, dass ein Münchhausen-Patient fast vier Jahre lang einen schizophrenen Schub simuliert, um eine Lüge glaubhafter zu machen. Wenn Sie jetzt keine weiteren Fragen mehr haben, würde ich gerne ...«

»Nein!«, wurde er von Freymann fast rüde unterbrochen. Der Prozessanwalt hatte seine Stimme nur leicht gehoben, aber es reichte aus, um Malzius davon abzuhalten, ihm den Rücken zuzukehren.

»Was denn noch?«, fragte der Klinikleiter jetzt unüberhörbar genervt.

»Noch eine einzige Frage.«

Malzius zog seine Augenbrauen zusammen und ließ seine Augen abwechselnd zwischen Lahnen und Freymann hin- und herwandern.

»Und was?«, wollte er von den Anwälten wissen. »Welche Frage habe ich Ihnen denn noch nicht beantwortet?«

»Nun. Die wichtigste. Die, wegen der wir heute überhaupt gekommen sind.« Freymann lächelte gutmütig. »Wo ist die Leiche?«

60. Kapitel

»BRAVO!« Larenz klatschte kraftlos in seine Hände. »Sehr gut. Eine einfache, aber sehr gute Frage.«

»Also? Wo ist der Leichnam Ihrer Tochter?«, insistierte Dr. Roth jetzt schon zum zweiten Mal.

Larenz hörte auf zu klatschen, rieb sich seine Handgelenke und sah auf den braunen Linoleumboden, der durch das künstliche Deckenlicht einen leicht grünlichen Schimmer annahm. »Na, schön«, seufzte er. »Aber dann machen wir unseren Deal.«

»Sie erzählen mir Ihre Geschichte, und ich schenke Ihnen die Freiheit?«

»Ja.«

»Nein!«

Viktor atmete schwer aus und seufzte.

»Ich weiß, ich bin schuldig. Ich habe das schlimmste Verbrechen begangen, das man sich vorstellen kann. Ich habe den Menschen getötet, den ich am meisten liebe. Meine eigene Tochter. Aber Sie wissen, dass ich krank war. Krank bin. Für mich gibt es keine Heilung. Es wird ein Medienspektakel geben. Einen Prozess, und schließlich sperrt man mich weg. Wenn ich Glück habe, in einer geschlossenen Anstalt. Aber glauben Sie, dass dadurch der Gesellschaft geholfen ist?«

Dr. Roth zuckte mit den Schultern.

»Für die Gesellschaft habe ich einen Mord begangen. Ja. Aber man könnte mich sofort freilassen und dabei sicher sein, dass ich es nie wieder tun würde. Weil ich nie wieder einen Menschen so lieben werde, wie ich meine Tochter geliebt habe. Ich bitte Sie. Meinen Sie nicht, ich bin genug gestraft? Wem soll das hier nützen?«

Dr. Roth schüttelte ablehnend den Kopf. »Vielleicht haben Sie Recht. Aber ich darf das nicht tun. Ich mache mich strafbar.«

»Mein Gott, ich will doch gar nicht, dass Sie die Tür aufschließen, Dr. Roth. Martin! Bitte! Ich bleib doch hier. Gib mir einfach den Pillencocktail, und ich kann zurück nach Parkum.«

»Nach Parkum? Was wollen Sie denn da? Dort haben Sie doch all die Schrecken erlebt, von denen Sie mir heute stundenlang erzählt haben.«

»Das war doch erst die letzten Wochen so. Bis vor kurzem lebte ich auf einer Trauminsel.« Viktor lachte über sein Wortspiel. »Das Wetter war warm und mild, meine Frau rief täglich an und wollte mich bald besuchen. Halberstaedt kümmerte sich um den Generator, und Michael brachte mir frischen Fisch von seinen Fahrten mit. Sindbad lag mir zu Füßen. Und das Wichtigste: Josy lebte bei mir. Alles war bis dahin perfekt. Der Sturm zog erst auf, als ihr meine Medikamente abgesetzt habt.«

Dr. Roth griff in seine Tasche und hielt das Pillendöschen fest. Die Worte von Larenz hatten ihn berührt.

»Ich weiß nicht. Es ist nicht richtig.«

»Okay.« Larenz setzte sich jetzt im Bett auf. »Ich mache es Ihnen leicht, Dr. Roth. Ich werde Ihre letzte Frage beantworten. Ich sage Ihnen, wo die Leiche von Josy ist. Unter einer Bedingung: Sie geben mir erst die Pillen.«

»Umgekehrt«, antwortete der Arzt und strich nervös mit der Hand seine Haare über die Geheimratsecken.

»Sie sagen es mir jetzt sofort, und ich gebe Ihnen danach die Medikamente.«

»Nein. Bisher habe ich die ganze Zeit geredet, ohne zu wissen, ob ich eine Gegenleistung erhalte. Jetzt sind Sie an der Reihe. Vertrauen Sie mir, und geben Sie mir die Tabletten. Es dauert mindestens zwei Minuten, bis sie wirken. Das reicht aus, um Ihnen den Ort zu nennen.«

Dr. Roth blieb zögernd vor dem Bett von Larenz stehen und

überlegte. Er wusste, dass das, was er jetzt tat, allem widersprach, was er zeit seines Lebens gelernt hatte. Aber er konnte nicht anders. Seine Neugier war stärker als sein Verstand.

Er zog die Hand aus dem Kittel und gab Viktor Larenz das weiße Döschen mit den gewünschten Medikamenten. Es war genau das Mittel, das sie ihm in den letzten Jahren regelmäßig gespritzt hatten, bis sie es schließlich vor drei Wochen absetzten.

»Vielen Dank.« Larenz verlor keine Zeit und zählte sich sofort acht davon auf seine blasse Handfläche. Der Oberarzt sah ihm mit unbewegter Miene zu. Gerade als sein Gegenüber sie sich in den Mund steckte, wollte er seine Hand zurückreißen, um seinen Fehler wieder zu korrigieren. Aber es war zu spät. Larenz hatte bereits alle verschluckt.

»Keine Angst. Vertrauen Sie mir, Dr. Roth. Sie tun das Richtige. Es ist ein plausibler Zeitpunkt für einen Rückfall. Niemand wird bei mir ein Blutbild anfordern, wenn ich in wenigen Augenblicken wieder selbstvergessen in meinem Bett liege. Dafür werden meine Verteidiger schon sorgen. Die wollen doch, dass ich nicht verhandlungsfähig bin. Professor Malzius wird denken, meine Selbstheilungskräfte hätten doch nicht ausgereicht, und zur klassisch-medikamentösen Behandlung zurückkehren. Schließlich war es ja nicht seine Idee, die Spritzen abzusetzen.«

»Oder auch nicht, und er lässt Ihnen den Magen auspumpen.«

»Mit dem Risiko muss ich wohl leben und ... sterben.« Viktor fiel mit einem schweren Atemzug zurück auf sein Bett. Er hatte die doppelte Dosis eingenommen, und in seiner Stimme machten sich bereits die ersten Anzeichen davon bemerkbar. Mit einer matten Handbewegung winkte er Dr. Roth zu sich heran, der sich zu ihm herabbeugte, damit Larenz ihm ins Ohr sprechen konnte.

Dieser verdrehte die Augen, und Dr. Roth hatte schon Angst, Viktor würde die Antwort auf seine Frage mit sich nach Parkum nehmen.

»Wo ist Josy?« Er schüttelte Larenz an der Schulter. »Wo ist ihre Leiche?«

Für einen Moment sah er, wie die Augen seines Patienten flimmerten, doch dann war sein Blick wieder klar.

Larenz sprach seine letzten Worte mit fester, deutlicher Stimme.

»Passen Sie gut auf«, sagte er, und Dr. Roth beugte sich wieder zu ihm runter. Ganz nah.
»Hören Sie gut zu, mein junger Freund. Jetzt sage ich Ihnen etwas, was sie berühmt machen wird.«

Epilog

Eine halbes Jahr später.
Cote d'Azur.

DIE SUITE 910 des »Vista Palace«-Hotels in Roquebrunne zeichnet sich nicht nur durch ihre spektakuläre Aussicht auf Cap Martin und Monaco aus. Sie besitzt neben drei separaten Schlafzimmern und zwei Badezimmern auch einen eigenen kleinen Pool, damit die betuchten Gäste nicht mit dem Pöbel aus den Executive-Zimmern in einem Swimming-Pool baden müssen. Isabell Larenz lag auf einer Liege am Rand des Wassers und genoss die Vorzüge des 24-Stunden-Zimmerservices. Sie hatte sich ein Filetsteak mit italienischen Kartoffeln bestellt, dazu ein Glas Champagner. Das Gericht wurde in diesem Moment von einem Kellner in weißer Livree vor ihren Augen auf einem schweren Porzellanteller angerichtet. Ein zweiter Kellner rückte ihr einen Sessel aus der Suite nach draußen an den Teakholztisch, an dem sie ihr Mittagessen einnehmen wollte. Sie hatte es abgelehnt, auf einem schlichten Gartenstuhl zu sitzen.

»Es klingelt, Madam.«

»Was?«

Irritiert, von einem der Bediensteten angesprochen zu werden, legte Isabell die neueste Ausgabe der französischen *InStyle* aus der Hand und schirmte ihre Augen mit der Hand vor der Sonne ab.

»Jemand klingelt an der Tür. Soll ich öffnen?«

»Ja, ja.« Isabell scheuchte den Mann vom Zimmerservice aus ihrem Blickfeld und stand auf. Sie hatte Appetit und hoffte, dass sich die beiden Kellner endlich entfernten. Zuvor allerdings tauchte sie noch einmal ihren großen Zeh in den Privatpool und entschied, heute Nachmittag schon wieder die Frau vom Nagelstudio kommen zu lassen. Der Lack, den sie gestern ausgewählt hatte, würde nicht mehr zu ihrer heutigen Abendgarderobe passen.

»Guten Tag, Frau Larenz«.

Isabell drehte sich unwillig um und sah einen ihr unbekannten Mann durch die Schiebetür der Suite auf die Terrasse treten. Er war mittelgroß, einfach gekleidet und hatte eine nachlässig verstrubbelte Frisur. Und er sprach Deutsch.

»Wer sind Sie?«, fragte sie ihn und sah sich um. Irritiert stellte sie fest, dass beide Kellner gegangen waren, ohne auf ihr Trinkgeld gewartet zu haben. Und ohne die Beilagen zu servieren, wie sie empört registrierte.

»Mein Name ist Roth. Dr. Martin Roth. Ich bin der behandelnde Arzt Ihres Mannes.«

»Ach ja?« Isabell blieb am Pool stehen. Eigentlich wollte sie sich setzen und anfangen zu essen. Doch dann hätte sie dem ungebetenen Gast ebenfalls etwas anbieten müssen.

»Ich bin gekommen, um Ihnen etwas zu sagen. Etwas sehr Wichtiges, was mir Ihr Mann anvertraut hat, kurz bevor er wieder einen Zusammenbruch erlitt.«

»Ich verstehe nicht ganz, was der Aufwand soll. Sind Sie deswegen von Berlin aus hierher geflogen? Nur um mit mir zu sprechen? Warum haben Sie denn nicht einfach angerufen?«

»Weil ich denke, dass wir das besser persönlich besprechen sollten.«

»Schön. Also gut, Dr. Roth. Das Ganze kommt mir zwar etwas merkwürdig vor, aber bitte. Wollen Sie sich nicht setzen?«, heuchelte sie ein wenig Höflichkeit.

»Nein, danke. Ich will gar nicht lange stören.« Dr. Roth ging an dem Pool vorbei und stellte sich auf die Rasenfläche der Terrasse in die Sonne.

»Schön haben Sie es hier.«

»Ja, es ist ganz nett.«

»Machen Sie oft Urlaub in diesem Hotel?«

»Nein, ich bin das erste Mal seit über vier Jahren in Europa, Dr. Roth. Aber könnten wir bitte zur Sache kommen. Mein Essen wird kalt.«

»Buenos Aires, nicht wahr?«, ignorierte er ihre Bitte.

»Sie haben das Land verlassen, kurz nachdem Josy starb.«

»Ich hatte meine Gründe, alles hinter mir zu lassen, wie Sie vielleicht verstehen, wenn Sie selbst Familie haben.«
»Selbstverständlich.« Dr. Roth sah Isabell prüfend an.
»Nun. Wie Sie ja wissen, hat mir Ihr Mann gestanden, Ihrer Tochter über lange Zeit hinweg Gift verabreicht und sie schließlich im Wahn erwürgt zu haben.«
»Die Anwälte, die ich beauftragt habe, sagten es mir bereits.«
»Wie Sie dann ja auch wissen, ist Ihr Mann nach dem Geständnis wieder ins Delirium zurückgefallen.«
»Und bislang nicht mehr aufgewacht. Ja.«
»Aber zuvor wollte er mir noch verraten, wo sich die Leiche Ihrer Tochter befindet.«
Isabells Gesicht blieb regungslos. Sie nahm die Gucci-Sonnenbrille, die sie bisher in ihr Haar hochgeschoben hatte, und setzte sie sich auf die Nase.
»Und?«, fragte sie mit sicherer Stimme nach. »Hat er es Ihnen gesagt?«
»Ja, wir wissen jetzt, wo Ihre Tochter liegt.«
»Wo?«, fragte sie, und zum ersten Mal zeigte sie dabei eine emotionale Reaktion. Ihre Unterlippe zitterte leicht.
Martin Roth ging über den Rasen und lehnte sich an die Geländerbrüstung. Unter ihm fiel die Steilküste weit in die Tiefe, mehrere hundert Meter bergab.
»Kommen Sie doch mal bitte her zu mir!«, forderte er sie auf.
»Weshalb?«
»Kommen Sie. Bitte. Es fällt mir leichter, es Ihnen hier zu sagen.«
Zögernd trat Isabell an ihn heran.
»Sehen Sie links unter uns den allgemeinen Swimming-Pool für alle Gäste dieses Hotels?« Dr. Roth deutete auf die Terrasse unter ihnen.
»Ja.«
»Warum schwimmen Sie da nicht?«
»Ich verstehe nicht, was das mit meinen Mann zu tun hat. Aber wie Sie sehen, habe ich meinen eigenen kleinen Pool.«
»Ja. Das ist richtig«, sagte Dr. Roth, ohne seinen Blick von dem Treiben unter ihnen abzuwenden.

»Aber wieso liegt dann dieser Herr dort unten?«

Dr. Roth deutete auf einen schlanken Herrn in rot karierter Badehose. Er war etwa Anfang vierzig und schob gerade seine Liege aus der Sonne in den Schatten.

»Woher soll ich das wissen. Ich kenne ihn nicht.«

»Er wohnt neben Ihnen. Er ist ebenfalls Arzt, so wie ich. Und er hat auch eine Suite mit eigenem Pool. So wie Sie. Und trotzdem liegt er da unten.«

»Dr. Roth, ich bin wirklich ein geduldiger Mensch. Aber haben Sie nicht eben gesagt, dass Sie mir etwas Wichtiges über den Verbleib meiner Tochter sagen wollten? Und finden Sie es nicht etwas geschmacklos, dann stattdessen über das Badeverhalten mir unbekannter Männer zu sinnieren?«

»Ja. Sie haben Recht. Es tut mir Leid. Es ist nur so …«

»Was?« Isabell nahm ihre Sonnenbrille wieder ab und funkelte ihn mit ihren tiefschwarzen Augen an.

»Es ist nur so, dass dieser Mann dort unten vielleicht lieber am öffentlichen Pool ist, weil ihm da die Mädchen besser gefallen. Etwa das hübsche, junge Mädchen, das sich drei Liegen links von ihm befindet. In der Nähe der Dusche. Sehen Sie es?«

»Ja. Aber ich kenne auch diese Frau nicht. Und ich bin jetzt nicht länger bereit …«

»Nein?«

Dr. Roth steckte zwei Finger seiner freien linken Hand in den Mund und pfiff zum Pool hinunter.

Mehrere Menschen im Wasser und auf den Liegen blickten nach oben. Auch die gut aussehende junge Blondine sah hoch, legte ihr Buch zur Seite, dann winkte sie zögernd Dr. Roth zu, der seinen Arm gehoben hatte.

»*Hola?*«, rief sie, stand auf und lief einige Schritte von der Liege weg.

Isabell erstarrte, als das Mädchen kurze Zeit später nur wenige Meter unter ihnen stand und abwechselnd zu Dr. Roth und Isabell hochsah.

»*Hola. Qué pasa?*«, rief sie wieder auf Spanisch. »*Quién es el hombre, mami?*«

Dr. Roth hatte damit gerechnet, dass sie fliehen würde. Isabell hatte noch nicht einmal das Wohnzimmer erreicht, als die Tür aufflog und ein französischer Polizist hereinkam. »Sie sind verhaftet wegen des Verdachtes auf Behinderung der Justiz, Vortäuschung eines besonders schweren Verbrechens und schwerer Körperverletzung«, sprach der Beamte in gebrochenem Deutsch.

»Das ist doch lächerlich«, empörte sich Isabell.

Die Handschellen klickten.

»Das ist ein Irrtum!«, schrie sie, als sie abgeführt wurde.

Der Polizist sprach etwas Unverständliches in sein Mikrofon, und nur eine Sekunde später hörte man etwa hundert Meter entfernt über den Dächern des Hotels das Dröhnen eines Hubschrauberrotors.

»Eigentlich war es ein sehr geschickter Plan, Frau Larenz«, sagte Dr. Roth, während er ihr hinterherlief, als Isabell nach draußen geführt wurde. Er war sich sicher, sie hörte ihm zu.

»Josy war nicht erstickt. Sie war nur ohnmächtig, als Sie sie im Bootshaus fanden. Sie haben Ihre Tochter versteckt und mit einem Schiff nach Südamerika gebracht. So konnten Sie die Geisteskrankheit Ihres Mannes zu Ihrem Vorteil ausnutzen. Sie ließen ihn in dem Glauben, ein Mörder zu sein. Er dachte, er hätte sein Kind getötet, und kollabierte. Und Sie konnten ihn entmündigen lassen. Dadurch kamen Sie an sein Vermögen. Die Anwälte haben ganze Arbeit geleistet, während man in Argentinien keine Fragen nach dem kleinen Mädchen an Ihrer Seite stellte, solange nur genügend Geld da war. Kein schlechter Plan. Dummerweise hat er nicht auf Dauer funktioniert. Sie hätten nie so leichtsinnig sein und mit Josy nach Europa zurückkommen dürfen, nur weil Sie dachten, Viktor würde nach seinem Geständnis nie wieder aufwachen.«

Der Polizist war mit Isabell die Treppe in den fünften Stock hinaufgeeilt und befand sich jetzt auf dem Dach des »Vista Palace«-Hotels, das normalerweise für die betuchten Gäste als Hubschrauberlandeplatz diente. Jetzt wartete hier der Helikopter eines Sondereinsatzkommandos der Gendarmerie. Isabell hatte den ganzen Weg nach oben nichts gesagt und antwortete auch jetzt nicht auf die Fragen, die Dr. Roth ihr hinterherrief:

»Was haben Sie Josy damals erzählt? Dass es besser für sie wäre, vor dem Medienrummel nach Buenos Aires zu fliehen? Dass ein neuer Name dort keine Fragen aufwerfen würde? Wie lange hat es gedauert, bis sie nicht mehr nach ihrem Vater gefragt hat?«

Isabell blieb stumm. Sie antwortete nicht. Und sie stellte selbst keine einzige Frage. Sie wollte nicht wissen, wo ihr Anwalt blieb. Sie äußerte noch nicht einmal den Wunsch, sich von ihrer Tochter verabschieden zu dürfen, um die sich unten bereits eine Polizistin kümmerte. Isabell war wortlos ins Freie auf das Dach getreten und hatte sich widerstandslos zum Hubschrauber führen lassen.

»Ihr Mann hatte eine Entschuldigung«, brüllte Dr. Roth ihr hinterher und hoffte, dass sein letzter Satz nicht im Lärm des Helikopters unterging.

»Viktor ist krank. Aber Sie ... Sie sind nur habgierig.«

Erst bei diesen Worten blieb sie stehen und drehte sich um. Ohne zu zögern, richtete der Polizist die Waffe auf sie. Isabell fragte etwas, aber Dr. Roth konnte es nicht hören. Also machte er einen Schritt auf sie zu.

»Wie hat Viktor es herausgefunden?«

Jetzt war er nah genug, um sie zu verstehen.

»Wie hat mein Mann es erfahren?«

Oh, Viktor wusste es schon lange, dachte Dr. Roth, ohne zu antworten. Es war Larenz kurz nach dem Erwachen klar geworden, lange bevor Dr. Roth ihn zum ersten Mal nach Josys Leiche befragt hatte. Die Tatsache, dass die Polizei sie nicht am Bootshaus gefunden hatte, ließ für ihn nur eine einzige logische Erklärung zu: Josy war nicht tot. Den Rest hatte sich Larenz schnell selbst zusammenreimen können. Erst hatte Dr. Roth sich natürlich gefragt, warum Larenz trotzdem in seine Traumwelt zurückwollte. Obwohl er jetzt doch wusste, dass seine Tochter noch am Leben war. Doch dann war ihm sehr schnell klar geworden, dass Larenz Angst hatte. Unermessliche Angst. Vor sich selbst. Er hatte seine Tochter schon einmal verletzt. Fast umgebracht. Und da er als Psychiater am besten wusste, wie gering seine Heilungschancen waren, wählte er für sich den einzigen Ort auf der Welt, an dem Josy für immer vor ihm sicher war. Parkum.

»Woher wusste Viktor, dass Josy noch lebt?«, schrie Isabell erneut gegen das Getöse der Rotorblätter an.

»Sie hat es ihm gesagt!«, brüllte Dr. Roth zurück und war für einen kurzen Augenblick selbst überrascht, dass er ihr diese Antwort gegeben hatte. Wahrscheinlich, weil es die Antwort war, die sich Viktor von ihm gewünscht hätte.

»Gesagt? *Wer* hat es ihm gesagt?«

»Anna.«

»Anna?«

Der Polizist gab Isabell einen leichten Stoß und zwang sie damit, wieder weiterzugehen. Sie gab nach, versuchte aber immer wieder, sich nach hinten umzudrehen. Sie wollte noch ein letztes Mal mit Dr. Roth reden. Ihm eine letzte Frage stellen. Aber er konnte ihre Worte schon nach wenigen Metern nicht mehr verstehen. Doch das war auch gar nicht mehr nötig. Es reichte ihm, ihre Lippen zu sehen, die sich lautlos bewegten.

»*Wer zum Teufel ist Anna?*«

Ihr verständnisloser Blick, die völlige Hilflosigkeit in ihren Augen, als der Hubschrauber mit ihr abhob, war das Letzte, was Martin Roth von ihr sah. Und es sollte sich für immer in sein Gedächtnis einprägen.

Langsam drehte er sich um und ging zum Treppenhaus. Und während er die Stufen hinunterlief, wusste er, dass ihm das Schwerste noch bevorstand. In den kommenden Monaten würde es sich zeigen, ob er sein Handwerk als Psychiater verstand. Eine neue Patientin wartete auf eine Therapie. Er würde sein Bestes geben, um ihr die ganze Wahrheit zu erklären. Er hatte es ihrem Vater versprochen.

Danksagung

ZUNÄCHST – UND DAS IST KEINE FLOSKEL – bedanke ich mich bei Ihnen. Fürs Lesen. Sie und ich, wir haben etwas gemeinsam. Denn Schreiben und Lesen sind einsame und dadurch intime Tätigkeiten. Sie haben mir das kostbarste Geschenk gemacht, das Sie besitzen: Ihre Lebenszeit. Sogar sehr viel Zeit, wenn Sie sich jetzt auch noch durch den Nachspann kämpfen. Wenn Sie Lust haben, können Sie mir gerne Ihre Meinung zum Buch schreiben. Besuchen Sie mich doch einfach im Internet unter: www.sebastianfitzek.de.
Oder schreiben Sie mir gleich eine Mail an: fitzek@sebastianfitzek.de.

Schließlich ist es mir ein dringendes Bedürfnis, den Menschen zu danken, die mich »erschaffen« haben:

Meinem Literaturagenten Roman Hocke zum Beispiel, der mich vom ersten Tag an nicht wie einen Neuling, sondern wie einen der zahlreichen Bestsellerautoren behandelt hat, die er üblicherweise vertritt.

Ich danke meiner Verlagslektorin, Frau Dr. Andrea Müller, die mich nicht nur freundlich in der Knaur-Familie aufnahm, sondern zudem durch ihre Arbeit den Roman maßgeblich geprägt hat.

Meinem Freund Peter Prange danke ich, weil er mich selbstlos an seinem Wissen als Bestsellerautor teilhaben ließ, und der mir gemeinsam mit seiner Frau Serpil wichtige Änderungsvorschläge unterbreitete. Ich hoffe, ich habe sie alle befolgen können.

Clemens, dir danke ich für die medizinischen Hinweise. Es kann nie schaden, einen Privatdozenten für Neuroradiologie zum Bruder zu haben. Wenigstens einer in der Familie hat etwas Vernünftiges gelernt. Damit meine Kritiker nicht zu deinen werden, lass sie wissen, dass etwaige wissenschaftliche Unstimmigkeiten nur darauf zurückzuführen sind, dass ich dir nicht alles zu lesen gegeben hatte.

Jeder Roman ist Ende eines langen Weges. Meiner begann mit meinen Eltern Christa und Freimut Fitzek. Euch danke ich für eure Liebe und unermüdliche Unterstützung.

Geschichten sind nichts wert, wenn man sie niemandem erzählen kann. Gerlinde, dir muss ich danken, dass du dir »Die Therapie« mindestens sechsmal angehört und jede Fassung aufs Neue gelobt hast, auch wenn die Liebe deine Objektivität sicherlich etwas trübte.

Schließlich danke ich so vielen Menschen, die ich gar nicht kenne, ohne die das Buch aber gar nicht körperlich existieren würde. Denjenigen, die das wunderbare Cover gestalteten, das Werk druckten, zu den Buchhändlern auslieferten und es in das Regal stellten, damit Sie es dann erwerben konnten.

Und ich danke natürlich dir, Viktor Larenz. Wo immer du jetzt gerade bist.

Sebastian Fitzek
Berlin, im Januar 2006